GABY VALENTIN

Meine Ehe mit dem Boß

Gaby Valentin

MEINE EHE MIT DEM BOSS

Roman

© Copyright by author and Bastei-Verlag
Lizenzausgabe: Bastei-Verlag Gustav H. Lübbe,
Bergisch Gladbach
Printed in Western Germany 1975
Einbandgestaltung: Ralf Rudolph
Gesamtherstellung: Ebner, Ulm
ISBN 3-404-00218-0

Der Preis dieses Bandes versteht sich einschließlich
der gesetzlichen Mehrwertsteuer

1

Seine geübten Hände glitten wie auf einer Klaviertastatur über meinen nackten Leib. Kraftvoll bohrten sich seine Finger in das nackte Fleisch. Mein Körper bäumte sich. Ich stöhnte und ächzte. Wenn er mir sehr weh tat, schrie ich auf, konnte aber kein Mitleid erhoffen. Er tat, was ich verlangte und wofür ich ihn bezahlte. Er tat seine Pflicht — er war der beste Masseur von Berlin.

Lohmann konnte sich rühmen, die High-Society unter seinen Pranken zu haben. Wir standen auf sehr vertrautem Fuß. Schließlich kannte er schon seit zehn Jahren nicht nur meinen Körper, sondern alle Höhen und Tiefen meines Lebens in dieser Zeit. Warum auch nicht? Lohmann war verschwiegen wie ein Grab.

Plötzlich hielt er inne. Er hatte einen Makel an meinem Knie entdeckt.

»Na so wat«, sagte er, »nich eene von meine fuffzig Weiber hat so'n Tränensack am Knie. Der muß weg, den kriejen wir ooch wieder weg, det garantier' ick Ihnen, sonst geb' ick meinen Beruf als Masseur auf. Det is Schlamperei, reine Schlamperei. Sie müssen sich regelmäßig massieren lassen. Mit sechsunddreißig Jahren darf det Jewebe noch nicht erschlaffen. Sie haben eine so schöne Fijur, die jeraden, schlanken Beene. Ein Jammer, wenn Se mit Beuteln am Knie rumrennen. Muß doch nich sinn.«

Die Flurglocke unterbrach seinen Redefluß. »Wer is denn det schon wieder?«

»Weiß ich doch nicht, machen Sie mal auf.« Ich kicherte in mich hinein und stellte mir die verdutzten Gesichter der Besucher beim Anblick des hemdsärmeligen Athleten mit der großen weißen Schürze vor. Ihm fehlte nur noch das Schlachtermesser in der Hand. Und schon hörte ich ein Kinderstimmchen:

»Guten Tag, Onkel Fleischer. Ich möchte gern ein Monogramm von der Schauspielerin Vera Croner.«

»Wat willste, een Monogramm?« Es folgte dröhnendes Gelächter. »Du kleener Piefke, wat willste denn mit'n Autojramm? Du hast doch die Schauspielerin noch nie jesehen – dich lassen se doch noch gar nich rin ins Theater.«

»Doch, ick kenn'se von der Straße, ick möchte vier Bildkarten. Meine Freunde in der Schule wollen ooch eene.«

Ich war schon aufgesprungen und holte vier griffbereit liegende, schon unterzeichnete Bilder aus dem Schrank. Publicity ist Publicity, dachte ich, und besser in der Schulklasse berühmt als gar nicht.

Lohmann nahm die Karten entgegen und ging wieder zur Tür. »Na, nu sei mal ehrlich, du kleener Piefke, wat machste denn mit die Karten?«

Der Knirps griente. »Sag's aber nich der Tante, die tausch' ick ein. Für vier Vera Croners krieg' ick eene Sophia Loren.«

Wieder dieses dröhnende Gelächter Lohmanns! Es begleitete seine Schritte in mein Schlafzimmer. In dem Moment haßte ich ihn, zwang mir aber trotzdem ein Lächeln ab.

»Sagen Se mal«, fragte er mich, »wat sind Se denn?«

»Na, Schauspielerin«, antwortete ich empört.

»Det weeß ick nu langsam. Ick meene, wat hamse denn für ne Konfession?«

»Waas?« fragte ich entgeistert.

»Wat Se für ne Konfession haben, will ick wissen.«

»Katholisch.«

»Wat sind Se, katholisch? Un da sitzen Se hier noch rum?« Er sprang wie elektrisiert von meiner Bettkante hoch. »Det is ja jroßartig! Da haben Se ja so'n Knüller in der Hand! Nu machen Se sich aber jleich auf die Socken, uff ins Rheinland! Wie hoch Se hier im Kurs stehen, haben Se ja eben jehört, vier Vera Croners gegen eine Sophia Loren. Da drüben sitzen die reichen Knülche. Mensch —«, er schlug die Hände über dem

Kopf zusammen, »ick wünschte, ick wär' katholisch. Noch heut ging ick ins Rheinland. Die Brüder halten doch zusammen. Im Rheinland bei die Industriekapitäne, da liegen Se richtig.«

»Wie soll ich denn da hinkommen?«

»Na, indem Se sich ne Fahrkarte koofen und sich in 'n Zug setzen. Aber, Moment mal ... nich mit der Frisur! Zöpfe müssen Se tragen, Zöpfe so oben uff'n Detz, det sieht hübsch solide aus. Alle meine Weiber mit Zöpfen sind wie warme Semmeln wegjejangen, die mondänen finden keene Freier zum Heiraten.« Dann machte er ein bedenkliches Gesicht. »Se haben natürlich 'nen Makel, det wissen Se ja.«

»Und der wäre?«

»Von wegen der kirchlichen Trauung.«

»Da kann ich Sie beruhigen«, fiel ich ihm ins Wort, »ich war nur standesamtlich getraut.«

»Jroßartig, jratuliere! Wann reisen Se?«

»Mensch, Lohmann, ich hab' doch gar kein Geld.«

»Eben deshalb müssen Se ja sehen, daß Se unter die Haube kommen, wollen wir doch unter uns Pfarrerstöchtern ehrlich sein. Ein berühmter Star sind Se nie jeworden und jetzt is' zu spät. Sehnse! In Ihrem Alter muß man nur noch auf Versorgung ausjehen. Mensch, bei Ihrem Aussehen! Jetzt finden Se noch wat. Oder wollen Se warten, bis Se ooch wie die Unterleibsleidenden mit 'nem verhärmten Zug um'n Mund rumgaloppieren? Is doch wahr, bleibt doch nich aus bei den ewigen Sorgen.«

»Notfalls könnte ich mich einer Gesichtskorrektur unterziehen.«

»Um Gottes willen, bloß nich, die Weiber sehn alle aus wie die Windhunde.« Er tastete meine Schultern ab. »Werden ooch schon 'n bißchen müde.«

Ich kam mir vor wie auf dem Viehmarkt. Lohmann als Fleischbeschauer ließ sich nicht täuschen. Er zwickte mich in die Arme. »Sind noch schön fest. Een ungeübtes Auge läßt sich noch betrügen. Würde sagen, man könnte Se zehn Jahre jünger schätzen, ohne Schmus. Vor allem den Kopf. Gesichte is noch janz glatt. Die dunklen Haare — schöner Kontrast zu den blauen Augen.« Neue Bedenken kräuselten seine Stirn. »Ick weeß nich, ob wir die Haare aufnorden sollen. Blond is jefragter, macht jünger, aber das überlaß ick Ihnen. Alles in allem, Se sind eine repräsentative Frau, und det brauchen die vornehmen Herrschaften dort drüben. Hier, im überalterten Berlin, sind nur Krankenpflegerinnen jefragt. Schrappen Se Ihr janzes Geld zusammen, setzen Se sich ab nach Düsseldorf, in den Breidenbacher Hof. Ick steck in das Unternehmen ooch noch 'n paar Mark. Se finden jarantiert eenen. Det Geld seh ick wieder. Oder wissen Se wat? Schreiben Se doch mal uff eene Heiratsannonce, da stehen immer dufte Sachen drin. Fabrikant und so, kostet ja nichts. Kommt auf'n Versuch an. Menschenskind«, rief er, begeistert von der Idee, »wenn Se Ihre Starfotos einsenden, fallen die doch uff'n Arsch. Solche Weiber melden sich bestimmt nich. Da schreiben doch nur einsame Herzen, olle Muttis, Witwen und so!«

»Aber ich liebe Jean!«

»Ja, Sie lieben Jean!« In seinem Tonfall schwang ›blöde Gans‹ mit. »Aber Jean liebt Sie nich!«

»Wie können Sie so etwas Gemeines sagen?«

»Na, will er Sie sehen?«

»Lohmann, Sie vergessen, Jean ist schwerkrank.«

»Det sagt er Ihnen. Der ist krank, weil er Se dicke hat. Schlagen Se sich doch den Kerl aus'm Kopp! Kostet nur Zeit, und zu erben is ooch nischt.«

»Doch«, protestierte ich, »Jean hat ein Testament gemacht. Ich hab' es gesehen. Demnach erbe ich seine Rennpferde.«

»Wat woll'n Se denn mit die Viecher, die fressen Se doch nur arm!«

»Und sein Haus in Biarritz erbe ich auch.«

»Ach, du liebe Zeit, ooch das noch, müssen Se jedes Jahr die Salzkruste vom Meer abkratzen!«

»Seine Wohnung in Paris will er mir auch überlassen.«

»Dann versteh' ick nich, warum er Se nich heiratet. Könnte ihm doch wurscht sein, wenn er so sicher is, daß er bald abnippelt. Ick werd' Ihnen mal wat sagen, der is überhaupt nich krank. Der is janz schön helle, der Bursche, der hält Se hin. Aber Se lassen sich ja nich belehren, und ick meene es bestimmt nur jut!«

Das wußte ich, deshalb nahm ich auch Lohmann nichts übel. Wie rührend, mir sein im Schweiß erarbeitetes Geld anzubieten! Ich kam mir richtig gemein vor, denn so ganz arm war ich nicht. Aber das wußte Lohmann nicht. Woher sollte er auch — ich jammerte ihm ständig die Ohren voll, dafür massierte er mich zu halben Preisen!

»So, det hätten wir wieder mal«, unterbrach Lohmann meine Gedanken. »Ick seh Se dann nächsten Montag um die jleiche Zeit. Falls Se nich schon im Rheinland sitzen.« Er rollte seine Schürze zusammen und stopfte sie in die Aktentasche. »Aber verjessen Se nich, mich vorher anzurufen. Damit ick Ihnen noch einen Reisegroschen mitgeben kann. Und denken Se an die Zöpfe.«

Ich begleitete Lohmann zur Tür. Geziert tänzelte er vor mir her, dann drehte er sich um. »Jetzt geh ick zu einer, die is so vornehm —«, er spitzte den Mund, »die spricht nur durchs Sieb. Dort werd' ick ooch immer janz vornehm. Berlinern jibt's da nich. Hab' ick mir ja ooch schon abjewöhnt. Ich hab' ja hier bei Ihnen schon 'n bißchen trainiert. Haben Se's jemerkt?«

Nachdem Lohmann sich verabschiedet hatte, stürzte ich zum Spiegel. Mit Nylonstrümpfen baute ich mir ein Nest auf den Kopf, um festzustellen, wie mir Zöpfe zu Gesicht standen. Ich war entsetzt. Doof sah ich aus!

Dann kramte ich mir die Sonntagszeitung hervor und suchte unter der Rubrik ›Heiratsmarkt‹ die Angebote. Irgendwie leuchteten mir Lohmanns Ratschläge ein. Der Existenzkampf unter den Schauspielern war unerbittlich. Filme wurden kaum noch gedreht. Meine Abfindung aus meiner gescheiterten Ehe mit einem Im- und Exporteur wäre schnell verbraucht, wenn ich die Substanz angreifen müßte.

Ich überflog die zahlreichen Spalten. *Treuer Schäferhund* ... Ach nee, das ist der Tiermarkt; aber gleich darunter: *Witwe,*

Witwe, noch mal Witwe, junge Dame, Fräulein, Mutti . . . Halt, stop! Meine Augen saugten sich fest.

»*Mutti gesucht für meine sechs Kinder* . . .« Endlich kamen die suchenden Männer, aber nur junges Gemüse war gefragt. Selbst ein Sechzigjähriger ging nur bis fünfundzwanzig in seiner Wahl. Ich sah schwarz für meine rosige Zukunft.

Aber da stand es: »*Raum Köln-Aachen. Witwer, sehr vermögend, Mitte vierzig, 1,65 groß* (also fünf Zentimeter kleiner als ich), *sucht kultivierte Dame bis zweiunddreißig* (na, wegen der vier Jahre!), *gebildet* (hm, es geht!), *mehrsprachig* (Englisch sehr gut, Französisch mittelprächtig), *blond* (läßt sich arrangieren!), *anpassungsfähig* (wenn's unbedingt sein muß!), *aus ersten Kreisen* (kann ich getrost vorzeigen), *humorvoll* (na und ob!), *die zu repräsentieren versteht. Bildzuschriften erwünscht.*«

Mir blieb die Spucke weg. Genau das, was ich suchte! Die Zeitung war vier Wochen alt, stellte ich jetzt betrübt fest, aber versuchen sollte man es. Ich nahm mein kostbares Briefpapier (geprägt, versteht sich!) und schrieb einmal, zweimal, dreimal, achtmal; immer wieder fand ich bessere, gebildetere Formulierungen. Mein nobles Briefpapier nahm rapide ab. Ich vergaß natürlich nicht meinen Mercedes zu erwähnen, auch ließ ich durchblicken, daß ich nicht unvermögend sei, weitgereist (ich durfte meinen Ehemann auf seinen Reisen begleiten), und sehr anpassungsfähig. Sehr unterstrich ich. Schauspielerin verschwieg ich, das klingt leicht anrüchig. Dafür gab ich mich als Schriftstellerin aus. So etwas klingt gebildet, und darauf legte der Herr ja Wert.

Tatsächlich erschien mal ein Büchlein von mir mit lustigen Kurzgeschichten. Es war alles ganz kurz. Nur kurz konnte ich mich im Ruhm einer Schriftstellerin sonnen. Kurz hieß auch der Verleger, und kurz danach ging er pleite.

Kurz entschlossen trennte ich mich, wenn auch schweren Herzens, von einem großen Foto, auf dem ich bildschön aussah. Es war unersetzlich, vor sechs Jahren in meiner Glanzzeit entstanden. Als Anmerkung schrieb ich: ›*Leider ist das Foto etwas groß geraten, dafür erspart es Ihnen die Lupe und ist garantiert erst drei Wochen alt.*‹

Und um dem Humor Suchenden gleich noch eine Kostprobe zu vermitteln, fügte ich hinzu: ›*Sie werden verzeihen, wenn ich mir als Bürgerliche anmaße, zu den ersten Kreisen zu zählen. Ich bin nur versehentlich in der falschen Linie geboren. Notfalls kann ich immer meine gräflichen Verwandten zu meiner Untermalung antanzen lassen.*‹

Beflügelt rannte ich mit meinem Päckchen zur Post. Eile war in Anbetracht der alten Zeitung geboten.

Als ich nach Hause kam, berichtete mir meine Mutter von einem mysteriösen R-Gespräch (so etwas gab es noch im November 1956). Ein Herr Boese aus Reutlingen wollte mich sprechen. Meine Mutter kannte meine Neugier — sie konnte sich selbst nicht davon freisprechen — und versicherte gleich dem Telefonfräulein: »Bestimmt hätte meine Tochter das Gespräch angenommen, aber sie ist im Moment nicht da.« Natürlich zerbrachen wir uns die Köpfe, wer Herr Boese sein könnte. Wir kannten weder ihn, noch irgend jemand in Reutlingen.

»Vielleicht eine Filmfirma«, rätselte meine Mutter.

»Aber, Mutti, die wären ja jetzt schon pleite, wenn sie mich mit R-Gespräch anrufen müßten. Außerdem gibt's in Reutlingen keine Filmfirma.«

Ich stürzte zum Telefon und meldete mich sprechbereit.

»Bedaure«, sagte die Dame, »der Herr hat verzichtet. So lange konnte er nicht warten.«

Viele Stunden später meldete sich wieder Herr Boese, diesmal aus Hannover, und beachtlicherweise zahlte er sogar selbst für sein Gespräch.

»Ich bin ein guter Freund Ihres Bruders, ich komme gerade aus Melbourne und soll Ihnen herzliche Grüße bestellen.«

Ich freute mich, von meinem Bruder zu hören, der tatsächlich in Australien lebt.

»Haben Sie etwas vor heute abend?« fragte Herr Boese. »Ich fliege in zwanzig Minuten nach Berlin und würde mich freuen, mit Ihnen zu Abend zu essen.«

Ich hatte nichts vor. Die Neugierde trieb mich, pünktlich, wie verabredet, ins Hotel am Steinplatz. Herr Boese — Kennzeichen Kamelhaarmantel — stürzte, kaum daß ich vorgefahren war, durch die Drehtür auf mein Kennzeichen Mercedes zu. Wir beschnupperten uns abschätzend.

Ich stellte fest, daß Boese ein gut aussehender Mann war, Seriosität verriet, Haare — soweit vorhanden — graumeliert, ungefähr vierzig Jahre alt, etwas größer als ich. Allerdings für meinen Geschmack viel zu dick. Aber die Dicken sollen ja gemütlich sein.

Herr Boese stellte fest, daß ich einen Nerzmantel trug, im Jahre 1956 eine Seltenheit, und an meinen Fingern Brillanten glitzerten. »Wo wollen wir essen?« fragte er ohne Umschweife.

Da mir die Manieren des Herrn Boese nicht bekannt waren, schlug ich ein bestimmtes Restaurant am Kurfürstendamm vor. Auf dem Weg erinnerte ich mich der Ermahnung meiner Mutter: Steck dir genügend Geld ein, vielleicht bestellt er Kaviar und Champagner, verschwindet und läßt dich mit der Zeche sitzen! Mein Bruder, der jede Woche ausführlich schrieb, hatte nie einen Herrn Boese erwähnt. Also — Vorsicht war geboten! Mißtrauen war durch das R-Gespräch gesät.

Kaum hatten wir Platz genommen, fragte mich Herr Boese: »Wie wär's mit Kaviar als Vorspeise? Dazu einen Wodka, und im Anschluß Fasan?«

Seine Manieren waren bestens. Er erlaubte mir keinen Blick in die Speisekarte.

Ich sagte nur: »Ja«, denn ich hatte dreihundert Mark bei mir.

»Ein Gläschen Champagner zum Fasan?«

Auch das konnte ich notfalls bezahlen.

Herr Boese unterhielt mich und das halbe Lokal mit kehliger, heiserer Stimme. Er berichtete von seinen Weltreisen; er hatte überall allerbeste Freunde. Diese Freunde zeichneten sich durch hohe Titel aus. Herzöge, Prinzen, Grafen regneten nur so vom Himmel. Riesige Geschäfte. Millionenumsätze schwirrten um meinen Kopf.

»Wo leben Sie in Deutschland?« erlaubte ich mir zu fragen.

»Im Rheinland.« Ticktack machte es in meinem Hirn.
»Nehmen Sie Ihre Gattin nicht mit auf Reisen?«
»Ich bin seit einem halben Jahr geschieden.«

Das Rädchen in meinem Hirn tickte Sturm. »Ach, wie traurig! Sicher haben Sie eine schreckliche Enttäuschung erlebt«, sagte ich, scheinheilig mitfühlend.

»Das kann man wohl sagen! Meine Frau hat sich auf unserer letzten Weltreise in einen indischen Prinzen verliebt. Angeblich will er sie heiraten. Aber die wird sich noch umsehen! Der heiratet sie nie!«

»Ich hoffe von Herzen, Ihre Gattin kehrt wieder zu Ihnen zurück!« Mein Ton klang überzeugend, wie ich es im Schauspielunterricht gelernt hatte.

Herr Boese aß hastig, redete ununterbrochen und leerte in Windeseile Teller und Schüsseln.

Schnelle Esser sind schnelle Arbeiter und Denker, so sagt der Volksmund. Herr Boese stieg in meiner Achtung, obwohl ich seine Erzählungen gleich mit einem fünfzigprozentigen Abstrich versah. Jetzt vertraute er mir spitzbübisch lächelnd an, daß die abhanden gekommene Ehefrau nicht die einzige war. Es hatten sich schon vor ihr zwei weitere aus dem Staube gemacht.

»Beklagenswertes Schicksal! Sie Armer! Was für ein Pech!« heuchelte ich gekonnt.

Herr Boese ließ die zweite Flasche Champagner kaltstellen. Er trank nämlich auch sehr schnell, und somit wuchs sein Erzähleifer.

»Haben Sie die anderen Frauen auch auf Ihren Weltreisen verloren?« setzte ich die Unterhaltung fort.

Er klatschte in Erinnerung vergnügt in die Hände. »Nö, die erste hat sich zu Tode gesoffen. Die zweite —«, er lachte schallend, »na, mit der habe ich ein Ding erlebt.« Er rückte näher. »Wissen Sie, während ich in den Krieg zog, wurden Frau und Kind — ich hab' nämlich eine Tochter! — aufs Land evakuiert. Ich hatte aber in der Eile übersehen, daß dort ein Fliegerhorst war. Was soll ich Ihnen sagen? Die schmucken Flieger wurden bald nur noch die ›Boese-Sturzflieger‹ genannt. Jeden Morgen drehten sie ihre Loopings über dem Haus meiner Frau, die voller Stolz den Kopf zum Fenster raushing. Dabei stürzte einer vor ihren Augen ab. Dem Kommandanten war meine Existenz nicht bekannt. Er wußte nur, daß Frau Boese die Braut des zu Tode gekommenen Leutnants war. Und was tat meine Frau? Sie werden es nicht glauben! Tiefverschleiert, als gebrochene Hinterbliebene, gestützt von zwei Offizieren, stand sie, gramgebeugt und schluchzend, am offenen Grabe...«

»Welch grauenhaftes Verhängnis!« sagte ich, an Frau Boese denkend.

Herr Boese bezog es auf sich. »Ja, ja, ich hab' was durchgemacht! Natürlich ließ ich mich scheiden.«

»Natürlich«, ergänzte ich. »Das kann man Ihnen nicht verdenken. Nun müssen Sie aber aufpassen, daß Sie nicht noch einmal reinfallen. Sonst hätten Sie vier Frauen zu ernähren...«
Ich testete die finanzielle Lage des Herrn Boese.

Er enthob mich der Sorge. »Ich zahle für keine! Wissen Sie, ich hab' mir das zur Methode gemacht. Ich heirate nur schöne Frauen, die wird man auch ohne zu zahlen wieder los!«

Ob meine Schönheit Boeses Vernunftgründen standhielt?

Boese unterbrach meine Gedanken: »Ich bin des Alleinseins müde. Ich möchte es noch ein viertes Mal versuchen.«

»Das würde ich mir aber gut überlegen«, sagte ich, und sah mich schon mit Herrn Boese auf dem Standesamt. Das Jawort lag mir bereits auf der Zunge. Natürlich nur in Gedanken an Lohmann. Mein Herz gehörte Jean. Und solange ich auch nur mit geringster Hoffnung einem Zusammenleben mit Jean entgegensehen konnte, wären selbst die verlockendsten anderen Angebote vergeblich. Beruhigend war immerhin, daß mein Makel als Geschiedene, wie Lohmann meinte, bei Herrn Boese wohl nicht allzu schwer ins Gewicht fallen konnte. Sollte Boese mich um ein Wiedersehen bitten, würde ich in jedem Fall Zöpfe tragen.

Er erhob sich.

»Entschuldigen Sie mich bitte einen Moment.«

Ängstlich schaute ich ihm nach. Er eilte in Richtung Garderobe, wo sich auch die Toiletten befanden. Oder gab es noch einen Hinterausgang? Ich hatte einen bitteren Geschmack auf der Zunge. Gottlob, meine Handtasche lag noch neben mir. Sicherheitshalber öffnete ich sie. Mein Portemonnaie lachte mir zu. Nervös steckte ich mir eine Zigarette an, und da stand Herr Boese auch schon wieder vor mir.

Wie konnte ich nur so schlecht von ihm denken! In jedem Fall wollte ich ihn jetzt mal fragen, weshalb er mich per R-Gespräch angerufen hatte. Natürlich ganz delikat und spaßig. Herr Boese wurde blaß und ergriff meine Hand.

»Um Gottes willen, gnädige Frau, das ist mir ja furchtbar peinlich! Wissen Sie, ich spreche immer sehr lange mit meinen Fabriken. Natürlich rufe ich dann per R-Gespräch auf Geschäftskosten an. Das muß ein Versehen der Telefonzentrale im Hotel gewesen sein. Ich meldete beide Gespräche gleichzeitig an. Moment mal... Ich sagte: ein R-Gespräch nach Krefeld und einmal Berlin. Ja, so war es«, rekapitulierte er. »Hat doch dieser Idiot... Gnädige Frau, können Sie mir noch einmal verzeihen?«

Ich konnte.

Boese, der übrigens mit Vornamen — soweit waren wir schon! — Franz Otto hieß, entpuppte sich als Gentleman. Mein Angebot, ihn ins Hotel zu bringen, wies er entrüstet ab.

»Selbstverständlich begleite ich Sie nach Hause, zurück nehme ich ein Taxi.«

Am Ziel zog Boese meine Hand vom Steuer, küßte sie inbrünstig, bedankte sich für den wunderschönen Abend und rückte ganz dicht an meine Seite.

»Übrigens«, fragte er dann unvermittelt, »welcher Konfession gehören Sie an?«

Ich war sprachlos über diese indiskrete Frage und selig zugleich. Konnte ich doch meinen Haupttrumpf ausspielen! »Katholisch!« jubelte ich.

Ruckartig, als hätte ich eine ansteckende Krankheit, setzte sich Boese ab. »Ach, du liebe Zeit! Falls Sie mal nach Krefeld kommen, erzählen Sie das bloß nicht meiner Familie. Die sind allergisch gegen die Schwarzen.«

»Gegen die Schwarzen?« fragte ich und dachte an Neger. »Befaßt sich Ihre Familie denn mit Rassenproblemen?«

»Nee, Neger sind uns willkommener als Katholiken, die nennen wir nämlich die Schwarzen.«

Diesen Ausdruck hörte ich zum erstenmal. Das mag unwahrscheinlich klingen, aber ich bin in Berlin aufgewachsen, hier lebt und denkt man toleranter als im übrigen Deutschland. In meiner Familie, ja, in meiner ganzen Umgebung respektiert man jede Konfession. Ich kenne nicht einmal die Religionszugehörigkeit meiner besten Freunde. Ich weiß nur, ob sie nett oder nicht nett sind. Alles andere ist für mich unwichtig.

Weder in London noch in Paris oder gar in New York hatte man mich nach meiner Religion gefragt. Nur dem Lohmann war es nach zehnjähriger Massage gelungen, meinen Katholizismus an die Oberfläche zu bringen. Und gleich mußte ich eine solche Ohrfeige einstecken! Meine Zukunft schien daran zu zerschellen.

Trotzdem nannte mich Franz Otto noch Vera, und fragte, ob ich mit ihm das Weihnachtsfest in Garmisch verleben wollte. Der Schock saß mir noch zu tief in den Knochen. Das mußte ich mir erst reiflich überlegen. Garmisch war nicht nach meinem Geschmack, und außerdem liebte ich Jean. Und Jean wollte ›Deutsche Weihnachten‹ mit mir feiern. Was er sich wohl darunter vorstellte? Ich fragte nicht viel. Ich war glücklich über Jeans Entschluß, entweder in Deutschland oder in Paris mit mir zusammen zu sein. Jedoch festlegen konnte er sich erst kurz vor Weihnachten — mit Rücksicht auf seine Krankheit.

Boese ließ mich nicht mehr zur Ruhe kommen. Falls ich nicht an der Tür stand, um seine Blumenspenden entgegenzunehmen, saß ich am Telefon. Unzählige Male rief er an. Jedesmal mit der Frage auf den Lippen, ob es was Neues gäbe...

»Ja, daß Sie schon wieder anrufen«, sagte ich, nicht gerade sehr freundlich. Er ging mir wirklich auf die Nerven. Zum tausendsten Mal wollte er wissen, ob ich mich nun entschlossen hätte, Weihnachten mit ihm zu verleben. Ich bemühte mich um neue Ausreden. Die Wahrheit — Jean — wollte ich natürlich nicht preisgeben. Mein Mütterchen mußte herhalten; sofort wurde sie von Boese auch eingeladen. Aber da war noch meine Tante ... Für Herrn Boese kein Hindernis. Mein Vater, der bei meinem Bruder in Australien zu Besuch weilte, hätte sich plötzlich entschlossen, Weihnachten in der Heimat zu verleben ...

»Na, großartig!« rief Herr Boese. »Ihren Herrn Vater kenne ich ja schon. Ein reizender Unterhalter!«

Nun holte ich meine Großmutter aus dem Grab. »Sie ist sehr gebrechlich, und es ist sicher ihr letztes Weihnachtsfest im Kreise ihrer Lieben.«

Aber das konnte Herrn Boese nicht erschrecken. Oma wurde auch eingeladen.

Ich holte zum letzten Schlag aus. Keinen Schritt könne Oma laufen und müsse meistens liegen, wie das so sei bei einem schrecklichen Rückenleiden. Wegen der eventuell in Frage kommenden Erbanlagen, mit denen ich meine Zukunft nicht verbauen wollte, führte ich die Krankheit auf einen grauenhaften Unfall zurück. Dabei fühlte ich keinerlei Skrupel, meine Großmutter konnte ja nicht mehr verunglücken. Und falls sich keine Ersatzoma fand, mußte sie sowieso noch vor Weihnachten wieder ins Grab steigen.

Aber auch dieser vermeintliche Schlag warf Herrn Boese nicht um. Im Gegenteil, er lobte meinen Familiensinn und überlegte, wie man die alte gebrechliche Dame liegend nach Garmisch befördern könne. »Vielleicht in einem Krankenwagen«, schlug er vor.

Gräßlich, wenn Menschen soviel Geld haben! Meine Bedenken, daß es doch auf große Schwierigkeiten stoßen würde, vier Wochen vor Weihnachten ein halbes Dutzend Menschen in den überfüllten Hotels unterzubringen, zerstreute er.

»Ich bin Hauptaktionär vom Parkhotel. Lachhaft! Schwierigkeiten sind dazu da, um überwunden zu werden. Das Wort ›Unmöglich‹ existiert nicht in meinem Lexikon. Ich mache alles möglich!«

Natürlich versprach ich, mein möglichstes zu tun; nur mußten ja die Familienmitglieder, erst befragt, ihr Einverständnis geben.

Ich sah schwarz für Boese, denn Jean wollte immer noch deutsche Weihnachten mit mir verleben. Nur Berlin wurde gestrichen. Ich sollte nach Paris kommen.

»Du hast Post«, sagte meine Mutter. »Karl von Heidenwang hat an dich geschrieben.«

»Ach, läßt der auch mal wieder von sich hören?« Karl, von uns Charles genannt, war mein Vetter, ein Sohn der Schwester meiner Mutter, die einen Grafen Heidenwang in unsere Ahnentafel einbrachte. Das Schmuckstück der Familie.

»Den können wir auch noch mit nach Garmisch nehmen!« Ich lachte. »Vielleicht statt der Großmutter, die wir uns erst mühselig für teures Geld mieten müßten.«

Lohmann gab mir nämlich den Rat, notfalls um eine gebrechliche alte Dame zu annoncieren, natürlich sehr gebildet, versteht sich, die Lust hätte, per Krankenwagen, liegend, nach Garmisch zu reisen.

Aber nun mußte ich erst mal sehen, was Charles zu berichten hatte.

Mein liebes Kusinchen! Wie ich hörte, willst Du wieder heiraten. (Woher weiß er denn das schon wieder?) Über Deine Zeilen habe ich mich sehr gefreut. (Nanu, ich hab' dem doch gar nicht geschrieben?) Obwohl Du vier Jahre älter bist als angegeben, hätte ich Dich bestimmt geheiratet, nur befürchte ich, daß wir als nahe Verwandte keine Genehmigung bekommen. Sehr gefreut habe ich mich über das schöne Bild. Es macht sich sehr dekorativ in einem silbernen Rahmen auf dem Flügel neben Tante Hella, Horst und Oma. Du siehst völlig verändert aus, gratuliere! Der Zahn der Zeit hat Deiner Schönheit keinen Abbruch getan, wenn man bedenkt, daß dies Foto erst drei Wochen alt ist! Vor zehn Jahren verehrtest Du mir ein kleines Bildchen, erstaunlicherweise in der gleichen Pose. Leider ist es mir abhanden gekommen. Nun bin ich sehr glücklich, mich an meiner schönen Kusine ohne Lupe, ja selbst ohne Brille, ganz lebensnah erfreuen zu können. Also hab' tausend Dank! (Jetzt bin ich auch noch mein Bild los, das hat mir der Lohmann eingebrockt!) Seit wann bist Du unter die Literaten gegangen? Bin begierig, etwas von Dir zu lesen. Hätte ich Dir nie zugetraut! Zum Schreiben gehört doch viel Ausdauer. Also, Verachen, Dein dummes Gesicht kann ich mir jetzt im Geiste vorstellen. Ich hoffe auf ein baldiges Wiedersehen! Wann und wo darf ich zu Deiner Untermalung antanzen? Ich umarme Dich herzlichst! In alter aufrichtiger Verehrung! Dein Charles.«

»Mutti«, schrie ich aus Leibeskräften, »setz dich nicht, leg dich lieber gleich nieder!«

»Da hast du dich schön blamiert«, sagte meine Mutter, nachdem sie die peinlichen Momente überwunden hatte.

»Wieso blamiert?« Ich war schon wieder obenauf. »Hab' ich annonciert? Der und einsfünfundsechzig groß! Ha, ha, daß ich nicht lache, der geht mir doch höchstens bis zur Hüfte.«

»Schulter«, verbesserte meine Mutter, »übertreibe nicht immer so!«

»Na, und Witwer ist er auch nicht. Seine Frau Anne ist doch, soweit ich mich erinnere, schon 1950 nach Brasilien ausgewandert und erst voriges Jahr gestorben.«

»Ja, mein Kind, Anne ist 1950 nach Brasilien ausgewandert, hat Charles aber bis zuletzt die Scheidung verweigert. Also ist Charles Witwer.«

»Schöner Witwer, der mit 'ner Tänzerin jahrelang zusammen gelebt hat! Wegen dieser Carmen hatte sich doch Anne nach Brasilien abgesetzt.«

»Ja, aber er ist Witwer«, beharrte Mama auf ihrem Standpunkt.

»Also schön, er ist Witwer, vielleicht ist die Tänzerin auch gestorben. Nun sucht er nach der Tänzerin wieder was Gebildetes, aus ersten Kreisen. An sich mag ich Charles ganz gern. Er ist wenigstens kein Spieler. Und sein Fliegengewicht wird durch seinen Geldbeutel aufgewogen.«

»Vera, ich mag deine schnoddrigen Reden nicht, zumal sie gar nicht deiner Natur entsprechen.«

»Aber Charles ist doch sehr reich, nicht wahr, Mutti?«

»Ja, das ist er.«

»Vielleicht bekommen wir doch eine Sondergenehmigung

vom Familienministerium«, grübelte ich. »Außerdem muß man ja nicht unbedingt heiraten. Ich könnte die Nachfolge der Tänzerin antreten, ihm vorsingen, vorspielen ...«

Meine Mutter sagte nichts; ihr strafender Blick ließ mich verstummen.

Ich war mehr als selig, als Jean mich am 20. Dezember auf dem Pariser Flugplatz Orly umarmte.

Vergessen war Herr Boese, dem ich in meiner Verzweiflung, auch auf die Gefahr hin, daß er mich nie wiedersehen wollte, reinen Wein eingeschenkt hatte. Es war nicht zu umgehen. Auf alle meine Notlügen, auf meine mannigfachen Ausreden, wußte Boese immer Rat und Hilfe. Es gab für diesen Menschen kein Hindernis. Er kam sogar übers Wochenende nach Berlin, um selbst, an Ort und Stelle, die Verhandlungen mit meiner Familie zu führen. Als letzte Ausflucht diente mir die Wahrheit.

Boese sah zunächst sehr betroffen aus. Dann trank er einen Cognac, schüttelte sich wie ein Pudel und meinte: »Warum denn nicht gleich?«

Ich zuckte nur mit den Schultern. Jean, ein schwerkranker Mann, schien in Boeses Augen kein ernsthafter Rivale. So flog ich, mit Boeses Segen und einer Brillantbrosche, die er mir als Weihnachtsgeschenk zusteckte, nach Paris. Boese war enorm in meiner Achtung gestiegen.

Jean sah blendend aus. Die Spuren seiner Krankheit hatten ihn nicht gezeichnet. Ein Glück, daß Lohmann meinen Jean, diese starke Eiche, nicht sehen konnte; seine Zweifel würden neuen Nährboden finden. Jean schien auch wieder Hoffnung zu haben, und ich glaubte ganz fest an seine Genesung.

Ich war froh, allen Sentimentalitäten in Deutschland entflohen zu sein, ich gehöre nämlich zu den Leuten, die bei einem Weihnachtslied die Fassung verlieren und zu schluchzen anfangen. Aber hier in Paris, das wußte ich, feiert man Weihnachten wie bei uns Karneval. Alle Geschäfte sind bis spätabends geöffnet, Restaurants und Caféhäuser bereit, fröhliche Gäste zu empfangen. Überall finden Riesenpartys statt. Sicher hatte Jean auch etwas Aufregendes arrangiert. Zu meinem großen Erstaunen hörte ich, wie er im Nebenzimmer telefonierte.

»Nein, danke, wir kommen nicht. Nein, wirklich, tausend Dank! Diesmal feiere ich mit meiner deutschen Freundin deutsche Weihnachten.« Dann wählte er noch ein paarmal und posaunte in alle Richtungen: »Ich feiere deutsche Weihnachten!«

Ein ganz Neugieriger ging wohl der Sache auf den Grund. »Wie das ist, willst du wissen?« fragte Jean. »Wir sitzen ganz allein zu Hause und haben einen Baum.« (Nun wußte ich's auch).

Ich glaube kaum, daß Jean von seinen Freunden beneidet wurde, obwohl er sich sehr beneidenswert vorkam. Sein Geschäftspartner und dessen Frau, die uns einen Besuch abstatteten, schüttelten nur die Köpfe. »Mein Gott, wie ungewöhnlich!« Ich glaube, ich tat ihnen leid.

Dann rief ich selbst noch ein paar Freundinnen an. Meistens kannte ich sie durch Jean. Alle hatten ein reichhaltiges Programm für den Weihnachtsabend. Nicht ohne Neid hörte ich ihnen zu. Natürlich fragten sie nach unseren Plänen. Meine Antwort löste allgemein Bestürzung aus.

Nicole rief entsetzt: »Mon Dieu! Die Krankheit ist Jean in den Kopf gestiegen! Komm mit uns, und leg den kranken Jean ins Bett!«

Tatsächlich, wäre Jean gesund gewesen, nichts hätte mich zu Hause gehalten. Aber so — nein, ich durfte nicht egoistisch denken, Jean sollte seine Freude haben; nur Jean war wichtig!

Am Nachmittag des 24. Dezember klingelte es. Ein Bote brachte einen breiten Baum, etwa 1,50 Meter hoch, der Stamm schon fest in einem Fuß verankert, das Ganze wohlverpackt in einer Cellophantüte. Hinter dem Riesenpaket tauchte Jean auf.

»Mein Liebchen! Das ist schönste Baum, ich je gesehen habe. Alles mit Schnee, du wirst staunen!«

Wir zerschnitten die Umhüllung, und schon kam uns ein fürchterlich ätzender Gestank entgegen. Der Baum war mit einem chemischen Mittel von oben bis unten weiß präpariert — das sollte Schnee sein. Wohlverstanden: vom grünen Tannenbaum sah man nichts. Vom Nadelduft ganz zu schweigen. Im Gegenteil, hustend rissen wir die Fenster auf, um eventuellen Kopfschmerzen vorzubeugen. Jean schien das nichts auszumachen. Er strahlte.

»Das ist der erste Baum, den ich habe! Deutsche Weihnachten! Ist das herrlich? Dieser Baum war serr, serr teuer! Ich bin gegangen durch ganz Paris, bis ich habe gefunden diese schöne Baum! Lieb-chen, bist du jetzt glücklich?«

Wie konnte ich seine Freude durch belehrende Worte trüben? Ich staunte, und er hielt es wohl für die gleiche, nur wortlose Begeisterung ...

»Aber jetzt, meine Kleine, wirst du überrascht sein!« Aus einem großen Paket holte er elektrische Kerzen in allen nur möglichen Farben hervor, viele bunte Kugeln und eine Riesenbaumspitze. Eifrig machte er sich ans Werk, den Baum zu schmücken.

Die Balkontür stand noch immer weit auf. Es zog erbärmlich. Eisige Kälte breitete sich aus. Trotzdem wurde der Geruch des Baumes immer penetranter.

Endlich hatte Jean die letzte Kugel aufgehangen und den Stecker in die Dose gesteckt! Der Baum brannte! Jean war selig. Jeder, der an diesem und an den folgenden Tagen bei uns klingelte, wurde sofort ins Zimmer gezerrt und mußte den Baum bewundern. Sie fanden ihn alle herrlich! Ob sie es wohl ehrlich meinten?

Am Nachmittag machten wir Einkäufe: Kaviar, Hummer, Gänseleber, Bouches de Noël, Früchte in Unmengen; eine ganze Kiste mit Getränken sollte unseren Weihnachtsabend fröhlich gestalten. Als wir erschöpft nach Hause kamen, hatte die fürsorgliche Haushälterin die Balkontür geschlossen. Jean raste wütend zur Tür.

»Hélène, sind Sie ein bißchen dumm? Das ist nix gut für unsere schöne Baum. Die Tür muß aufbleiben.«

Ich erhob Einspruch. »Aber, Jean, das wird zu kalt!«

»Ach, kalt — das ist nix kalt, wenn du hast kalt, du bekommst ein Decke.«

Ich verzog mich in ein anderes Zimmer, aber dafür hatte Jean kein Verständnis. »Was machen du hier, mon tout petit, du willst nicht sehen unsere schöne Baum?«

»Nein, nicht jetzt.« Ich suchte einen Ausweg. »Nach deutscher Sitte sieht man als Überraschung erst am Abend den Baum, wenn man sich die Geschenke überreicht.«

Das leuchtete ihm ein. Ich durfte weiter im warmen Zimmer sitzen. Sonst bin ich nicht so nachgebend, da aber schlechte Gerüche genauso widerlich wie Kälte sind, war ich mir selbst noch nicht im klaren, wem ich den Vorzug geben sollte.

Mir grauste bereits davor, mein Cocktailkleid anzuziehen, denn Jean und ich hatten geplant, uns zu diesem Heiligen Abend festlich zu kleiden. Er, im Smoking, würde die Kälte trotz seiner Krankheit besser überstehen als ich. Was war das überhaupt für eine mysteriöse Krankheit?

Einmal fragte ich Jean danach. Er antwortete gereizt: »Ma chérie, fange nicht an von meine Krankheit! Habe ich eben eine Moment vergessen, war ich glücklich, mußt du wieder erinnern! Weiß ich selbst nicht, was ich habe. Professoren wissen nicht. Meine Blut sein katastrophal, werde ich sicher bald sterben müssen. Wirst du sein traurig, wenn ich sein tot?«

Ich heulte bereits.

»Mußt du nicht weinen, chou, chou. Schau her, hab' ich gemacht Testament.« Bei solch einer Gelegenheit zeigte er mir seinen Letzten Willen. Nichts auf der Welt konnte mir Jean ersetzen, ich schluchzte immer noch.

Jean nahm mich zärtlich in die Arme. »Bitte, bitte, meine Kleine, nicht weinen! Vielleicht — ich werden gesund. Wir heiraten, und ich werden sein serr glücklich.«

Seitdem fragte ich ihn nie wieder. Ich betete inbrünstig, Jean möge gesund werden. Auch eine Reise nach Lourdes wäre mir nicht zu beschwerlich gewesen. Doch davon wollte Jean nichts wissen. Und wenn Jean nicht wollte, konnte man sich auf den Kopf stellen. Überflüssig zu erwähnen: die Balkontür stand immer noch offen.

Ich wollte mir über das Cocktailkleid meinen Pelzmantel anziehen. Jean protestierte: »Mein Liebchen, du mußt nicht übertreiben.«

Fröstelnd begnügte ich mich mit der Nerzstola, stieß aber beim Essen auf Schwierigkeiten. Das Ding rutschte mir dauernd von den Schultern. Den endlosen Kampf beendete Jean, indem er mir seine Strickjacke lieh. Nachdem meine Beine zu Eis erstarrt waren, erbarmte sich Jean und brachte mir eine Wolldecke. Wenn wir sprachen, stiegen vor unseren Münden Dunstwölkchen auf.

Doch Jean fand es gar nicht kalt. Er sah göttlich aus in seinem Smoking. Wir bildeten einen scheinbar unüberbrückbaren Kontrast. Ich erinnerte in meiner Aufmachung lebhaft an die Marktfrauen, die bei eisiger Kälte ihr Gemüse feilbieten.

Hélène, die den nächsten Gang auftischte, schüttelte sich. »C'est très froid ici.«

»Schauen Sie diesen schönen Baum, Hélène«, entgegnete Jean, ihre Bemerkung überhörend.

»Oui, oui, Monsieur«, antwortete Hélène und beeilte sich, das Zimmer zu verlassen.

In dem Moment beneidete ich Hélène, die in der warmen Küche sitzen durfte.

Nach dem lukullischen Mahl küßte mich Jean zärtlich. »Nun, meine Kleine, möchtest du nicht sehen, was dir hat Christkind gebracht?«

Wir hatten unsere Geschenke vorher unter den Baum gelegt. Rechts zwei Päckchen für Jean, links drei Päckchen für mich. Ich stand auf.

Meine Blicke waren gebannt auf die Päckchen gerichtet, meine Gedanken konzentrierten sich bereits auf den Inhalt, und nicht auf die meine Beine fest umschließende Wolldecke. Es ging in Sekundenschnelle. Schon lag ich am Boden, direkt neben den Päckchen, der Baum hatte uns begraben. Jean schrie auf. Hélène stürzte herein.

Während ihre Sorge mir galt, kümmerte sich Jean nur um den Baum. Statt Mitleid schenkte er mir vorwurfsvolle Blicke.

Gottlob, dem Baum war nichts passiert, nur ein paar Glühbirnchen hatten ihr Leben ausgehaucht.

»Schlimm genug«, sagte Jean herzlos. Mein Arm war nicht so schlimm, immerhin blutete er. Na, wenn schon, dafür gab's Heftpflaster. Schließlich ergab sich ein unerwartetes Happy-End: Jean schloß die Balkontür!

Nun konnten wir uns den Geschenken widmen. Als erstes ergriff ich das größte Päckchen. Zum Vorschein kam eine Schallplatte: *Stille Nacht, heilige Nacht!* Ausgerechnet, dachte ich, und dazu bin ich nach Paris geflogen.

Jean riß mir die Platte aus den Händen. »Was sagen Sie jetzt?« Jean verwechselte oft Du und Sie. »Das sein eine große Überraschung, ich habe bestellt bei meine Repräsentant in Deutschland für meine kleine Vera.« Aufgeregt wie ein kleiner Junge rannte Jean mit der Platte davon. Schon ertönte der Chor der Wiener Sängerknaben, und schon füllten sich meine Augen mit Tränen, die ich taktvoll verbergen wollte. Ausgerechnet tropften sie auf Jeans Hand, der mir behilflich war, das Bändchen von dem nächsten Päckchen zu lösen.

»Oh, was ist das, meine Kleine?« fragte er, etwas betreten. »So sehr freuen Sie sich über die Platte? Ich bin glücklich, gehabt zu haben eine so gute Idee!«

Es tropfte weiter.

Jean wollte mich ablenken. »Schau her, eine große Flasche Joy! Ist das Parfum, was du sehr liebst!«

Ich holte tief Luft, schenkte ihm ein tränenfeuchtes Lächeln, und ging, um mir ein Taschentuch zu holen.

»Wohin gehst du?« rief Jean hinter mir her. Er schwenkte das dritte Päckchen in der Luft. »Hier, jetzt erst kommen große Geschenk. Sie müssen noch mehr weinen.«

Ein hysterischer Lachkrampf schüttelte mich, auch den wollte ich verbergen. Ich prustete in mein Taschentuch. Die Knaben sangen: »Nur das traute hochheilige Paar...«

Jean konnte es nicht erwarten. Ungestüm riß er bereits für mich das letzte Päckchen auf. Stolz hielt er mir ein auffallend breit gefaßtes, goldenes Armband entgegen. Ausgerechnet jetzt hatte ich mich soweit in der Gewalt, daß mich die ›Stille Nacht‹ nicht mehr bewegte.

Das Komische der Situation überflügelte alle Sentimentalitäten. Ich wünschte mir kein Armband, mich überfiel ein wildes Begehren, laut loslachen zu dürfen. Statt dessen biß ich mir die halbe Zunge ab. Jeans Röntgenaugen forschten nach einer Reaktion auf das Armband. Ich wußte wirklich nicht, wie ich mich verhalten sollte, nachdem er glaubte, die Schallplatte löse Tränen der Freude aus. Sollte ich mich nun jaulend wie ein verlassener Kettenhund gebärden?

»Schlaf in himmlischer Ruh...«

Die beherrschte mich jetzt auch... ›die himmlische Ruh‹. Ich band mir mit Jeans Hilfe das Armband um, lobte seinen Geschmack, und der Teufel flüsterte mir zu: Wenn man das Armband mit der Brillantbrosche von Boese vergleicht... Vera! rief ich mich streng zur Ordnung, flog Jean um den Hals und küßte ihn inbrünstig.

Das Kofferradio (made in Germany) – ich schmuggelte es mit Herzklopfen durch den Zoll! – ließ nun Jeans Herz höher schlagen. Unermüdlich drehte er an dem Kasten, entlockte ihm immer wieder neue Töne. Dazu sang der Chor: »O du fröhliche, o du selige...« Sein Repertoire war sehr groß, die Platte sehr lang, meine Nerven sehr schwach, die Musik kaum noch erträglich... Bei einem Disput über den Tannenbaum – die Knaben sangen gerade »O Tannenbaum, o Tannenbaum!« – ließ Jean das Radio einen Moment ruhen.

»Hör mal zu, was sie singen«, sagte ich, zurechtweisend, mein kräftiger Sopran wetteiferte mit den Knaben: ›Wie grün sind deine Blätter...‹ Das ist nämlich das Schöne an einem Weihnachtsbaum; bei unserem sieht man nichts Grünes.«

»Hast du nichts versäumt, chérie, hat auch keine Blätter.«

Das Lehrbuch, auch ein Weihnachtsgeschenk von mir, *Deutsch ohne Mühe, mit Anmerkungen, kinderleicht, Sie lernen es im Schlaf!* nahm Jean allzu wörtlich. Er legte sich das Buch unters Kopfkissen.

Ich war restlos glücklich, als Jeans starke Arme sich mit

festem Griff um meinen Körper spannten. »O Jean«, seufzte ich, »wenn ich doch den Zeiger der Uhr anhalten könnte!«

»Von welcher Uhr?« fragte er erschrocken. »Willst du ausgerechnet jetzt Zeiger in Hand halten?«

»Nein, Liebling, ich will keinen Zeiger in der Hand halten.« Natürlich mußte ich lachen, bis ich eine treffendere Erklärung fand. »Ich meine, ich möchte die Zeit anhalten, weil ich so unendlich glücklich bin. Weißt du, ich habe immer Angst, die Zeit könnte mir mein Glück stehlen!«

»Meine Kleine, wenn du hast Angst, kannst du nicht glücklich sein. Haben keine Angst!« sagte er, mich zärtlich streichelnd. »Viele, viele schöne Stunden, viele Jahre — ach, was wollen Sie, immer, ewig wir sind glücklich!«

In dem Moment schrillte das Telefon. Unüberhörbar, ein Ferngespräch. Es kündigte sich durch schnelle, kurz aufeinanderfolgende Töne an und unterschied sich dadurch von einem Stadtgespräch. Dieses eilige, herausfordernde Gebimmel gemahnte mich an Boese.

Ich erschrak zu Tode, aber auch Jean zuckte zusammen. Ich schob es auf die Ruhestörung. Meine Gedanken arbeiteten fieberhaft. Sollte jemand in weihnachtlich geistiger Umnachtung Jeans Telefonnummer preisgegeben haben? Was sage ich bloß dem Boese in Jeans Anwesenheit?

Er ergriff den Hörer, drehte mir den Rücken zu, stützte den Arm auf das Kissen und preßte den Hörer ans Ohr. Ich lauschte gespannt. Mein Herz klopfte rasend. Nein, es schien nicht für mich zu sein, Gott sei Dank!

Jean sprach leider sehr schnell. Meine schlechten Französisch-Kenntnisse erlaubten mir nicht, dem Gespräch zu folgen. Was heißt zu folgen! Ich konnte überhaupt nichts verstehen. Wie rücksichtslos, so schnell zu sprechen!

Ich konnte der Unterhaltung nicht einmal entnehmen, ob etwa eine Frau oder nur ein Mann am anderen Ende der Leitung saß. Ich nahm mir ernsthaft vor, täglich französischen Unterricht zu nehmen. Die Eifersucht nagte an mir. Sein Tonfall verriet Wärme, Zuneigung, sein glucksendes Lachen den Verliebten.

Meine Eifersucht unterstellte ihm bereits eine Sex-Orgie. Warum hielt er denn den Hörer so dicht ans Ohr?

»Ich schreibe dir«, verstand ich jetzt endlich. Es kam noch schlimmer. »Ich umarme dich! Millionen Dank für den Anruf!«

Mein Puls raste. Und in dem Moment, wo er einhängen wollte, der Hörer schwebte noch in der Luft, sagte diese aufdringliche Person noch etwas. Deutlich konnte ich die Stimme hören: es war eine Frau!

Jean sprach von einer Tante in Kanada. Ich sagte nichts. Ich war ja so unglücklich! Sollte der Lohmann doch recht haben? Langsam erholte ich mich von dem Schock.

Jean war rührend aufmerksam in all den Tagen, las mir jeden Wunsch von den Augen ab, er ging sogar zweimal mit mir aus. Silvester allerdings feierten wir noch einmal deutsche Weihnachten. Nur geschenkt bekam ich dabei nichts.

Und da ich diese Person aus Kanada bereits vergessen hatte, rief sie Silvester pünktlich um zwölf Uhr nachts wieder an. Ob wir vielleicht wegen der Anrufe dauernd deutsche Weihnachten feiern mußten?

2

Am 2. Januar verließ nach dramatischen Auseinandersetzungen eine todtraurige Vera Croner Paris.

Ich wollte den Boese nicht sehen, ich wollte niemanden sehen, nur traurig wollte ich sein. Tag und Nacht wühlte ich in meinem Schmerz. Wenn das Telefon läutete, hoffte ich im geheimen, es wäre Jean. Aber es war immer nur Boese, dem jedesmal dieselbe Auskunft erteilt wurde: ich sei noch in Paris.

Aber dann, an einem Montag, kam Lohmann. Mein Wagen vor der Haustür hatte ihm meine Rückkehr verraten. Er ließ sich nicht abschütteln. Ich war so unglücklich, daß ich Lohmann wie einen Leidensgenossen zur Begrüßung um den Hals fiel, und zu ehrlich, ihm nicht meine Niederlage einzugestehen.

Lohmann war ein Herr vom Scheitel bis zur Sohle, stellte ich fest. Wie einfach wäre es für ihn gewesen, jetzt seinen Triumph auszukosten! Wie leicht hätte er sagen können: ›Seh'n Se, ich hatte doch den richtigen Riecher!‹

Nein, das tat Lohmann nicht. Wirklich, er war feinfühlend. Taktvoll lenkte er meine Gedanken ab und versorgte mich mit neuen Ratschlägen.

»Also, den Boese würd' ick mir ja keinesfalls verbiestern. Halten Se sich den warm, legen Se ihn uff's Eis und ziehn Se'n in die Länge. Den ließ ick mir einfach nich durch die Lappen jehn! Sie müssen det janz geschickt aufbauen. Sag'n wer mal so: Jean is schwerkrank, sozusagen am Abkratzen. Hat det dolle Testament jemacht, zu Ihren Junsten, versteht sich. Ooch een Multimillionär kann die Neese nich vollkriegen. Wenn der weeß, dort is uff de Schnelle noch wat abzusahn, faßt der sich in Jeduld, verstehn Se? Falls der ernste Absichten hat, kommt ihm doch ooch det Haus und die Rennpferde und det alles obendrein mit Vera in den Schoß jeflogen. Ne reiche Frau is doch schon aus Paritätsgründen — schön jesagt, wa? — nich von de Hand zu weisen. Und det müssen Se ihm einreden. Menschenskind, wär doch jelacht, wenn wir die Brüder nich alle in Schach hielten! Det schließt ja nich aus, det Se nochmal nach Paris fahren. Is ja doch sehr stilvoll, wenn der im Sterben liegt oder so.« Lachend schlug er sich auf die Schenkel. »Vielleicht treffen Se bei die Jelegenheit gleich die olle Tante aus Kanada, damit Se endgültig geheilt sind. Dann stünde ja der Vereinigung mit Boese nichts mehr im Wege. Vorher muß ick aber noch den versprochenen Tigermantel für meine Olle kriegen. Hab ick ihr schon symbolisch auf'n Bild zu Weihnachten jeschenkt!«

Jean war Textilfabrikant, hauptsächlich stellte er alle Arten von Pelzimitationen aus Nylon her.

»Een echter Tiger vom Stück jeschossen, den will ick haben. Den Pelz für Arme«, fügte Lohmann hinzu.

Ich atmete auf über diese Gottesfügung. »Aber, Lohmann,

ich mach doch nicht Schluß, bevor Ihre Frau den wärmenden Tigermantel kriegt!« Unwillkürlich mußte ich an Jeans Ausspruch denken: ›Meine Pelze sind im Sommer sehr, sehr warm und im Winter sehr, sehr kalt!‹ Ich kicherte. Lohmann hielt mit der Massage inne.

»Wat jibt's denn da zu lachen?«

»Nichts. Wissen Sie, ich wollte gerade etwas sehr Dummes sagen, und da muß ich immer schrecklich lachen.«

»Na, da haben Sie ja noch 'ne fidele Zukunft vor sich!«

Lohmanns freche Schnauze war nicht totzukriegen. Ich liebte seinen Berliner Mutterwitz. Über Lohmann konnte ich Tränen lachen.

Jetzt schien Lohmann zu grübeln. Ich merkte es, obwohl ich, auf dem Bauch liegend, sein Gesicht nicht sehen konnte. Aber er bearbeitete schon minutenlang immer die gleiche Stelle an meiner Schulter, ein Zeichen geistiger Abwesenheit.

Nun tasteten seine Hände bergab, und schon sprach Lohmann wieder: »Det is nu Pech, det Se mit dem Fritzen aus der Zeitung verwandt sind. Aber wenn Se den lieber mögen als den Boese, versprech ick Ihnen: det fummeln wir ooch noch hin. Ick denk' mir da noch wat janz Spezielles aus!«

Als Lohmann sich verabschiedete, war ich gar nicht mehr so traurig. Ich hatte wieder ein paar Mal schallend gelacht. Tausend Dank, Lohmann! Ich beschloß, mich nun zweimal die Woche massieren zu lassen.

Jean wollte ich noch nicht aufgeben, natürlich nur wegen des Tigermantels. Und je länger ich ohne ein Lebenszeichen von ihm blieb, je harmloser erschien mir die Tante in Kanada, desto größer die Vorwürfe, die ich mir machte. Wie konnte ich dem armen kranken Jean in Paris solche Szenen machen! Meinen Anfeindungen begegnete er mit Sprachlosigkeit.

»Sag was«, hatte ich ihn angeschrien.

»Was soll ich dir sagen? Willst du es noch einmal hören — es war meine Tante!«

Jean, mit seinen unübertrefflichen Manieren, seiner Souveränität, wurde nie ausfällig. Selbst gelegentliche scharfe Auseinandersetzungen leitete er mit »Mein Liebchen!« ein und vergaß abschließend nie, um das Gesagte zu entschärfen, »Meine Kleine!« hinzuzufügen.

Ich dagegen benahm mich oft wie eine Marktfrau, und, was die Tante in Kanada betraf, dumm und trotzig wie ein Schulmädchen. Kein Wunder, daß Jean von mir die Nase voll hatte.

Ich beschloß, ihm in einem Brief Abbitte zu leisten. Aber was, wenn ich im Recht war? Gab es nun eine Tante in Kanada? Egal, ich mußte Klarheit haben, und dazu gehörten perfekte Französisch-Kenntnisse. Die ich natürlich vor Jean nie preisgeben durfte!

Mein Vorhaben wurde gleich in die Tat umgesetzt. Täglich besuchte mich ein Lehrer. Ich büffelte, bis mir der Kopf rauchte. Außerdem hatte ich mir einen Sprachkurs auf Schallplatten gekauft, er gurgelte den ganzen Tag und untermalte mein Aufstehen, Anziehen, ja selbst ins Bad schleppte ich den kleinen Plattenspieler mit.

Meine Mutter, der ahnungslose Engel, sparte nicht mit Vorwürfen: »Warum wirfst du nur soviel Geld zum Fenster raus? Du sprichst doch perfekt Französisch.«

In diesem Glauben sonnte sie sich seit eineinhalb Jahren. Stolz erzählte sie allen Leuten: »Meine Tochter ist Dolmetscherin bei einem Franzosen.«

Um ihre moralischen Grundsätze nicht zu erschüttern, wenn ich mit Jean durch die Lande reiste, ließ ich sie in dem Glauben, eine unentbehrliche Dolmetscherin zu sein. Und da ich beinahe nie lüge, entsprach es der Wahrheit. Ich war tatsächlich seine Dolmetscherin, aber ... in Deutsch!

Jeans Sprachkenntnisse bestanden aus zirka hundert deutschen Wörtern. Fachkundig, seit eineinhalb Jahren, traf ich meine Auswahl aus diesen Wörtern.

Jede Verabredung blieb bei Jean bis heute ein ›Rendezvous‹. Das Wort ›sagen‹ erschöpft sich nie. Es dient für: formulieren, erwähnen, anbringen, einwerfen, belehren, betonen. Seiten könnte man füllen! Auch ›machen‹ hat's in sich. Was kann man mit machen alles machen! Anfertigen, bewirken, verwirklichen, tätigen, und so weiter ... und so weiter ...

Nun stelle man sich die verdutzten Gesichter vor, wenn ich Jean zu seinen geschäftlichen Rendezvous begleitete, er mich ganz ernsthaft als seine Dolmetscherin ausgab und ich Jean den Sachverhalt in knappen deutschen Worten weitergab! Respektlos ließ ich oft minutenlange Erklärungen unserer Partner, weshalb und warum sie sich erst zu einem späteren Termin entschließen konnten, einfach weg. Ich begnügte mich mit dem Wesentlichen und sagte zu Jean: »Donnerstag, drei Uhr, wird er dir alles sagen!«

Auch genierte sich Jean, in Gegenwart anderer Deutsch zu sprechen. Er glaubte immer, sie lachten über ihn. So flüsterte er mir, zum Beispiel, in Restaurants wie ein Schuljunge ins Ohr: »Ich möchte Huhn, Salat und viel Brot!« Meist war es der Aufmerksamkeit des Kellners nicht entgangen. Er kritzelte bereits die Bestellung auf seinen Block, während ich Jeans Worte laut wiederholte. Es entbehrte wirklich nicht der Komik.

Ach, was waren das für herrliche Zeiten! Und das alles sollte nun für immer vorbei sein? Nein, nein, ich wollte Jean nicht hergeben. Ich würde um ihn kämpfen, auch wenn die Tante in Kanada gar keine Tante war. Jean gehörte mir!

Sofort schrieb ich einen Brief an Jean. Er fiel sehr unterwürfig aus. Ich flehte, bettelte um Verzeihung und, nachdem er in den Kasten geplumpst war, schämte ich mich zu Tode. Man soll alles überschlafen, nie spontan handeln. Solche Weisheiten fielen mir immer zu spät ein.

Meine Scham steigerte sich, nachdem Jean nicht postwendend anrief, bis zu Selbstmordgedanken. Sollte er verreist sein? Vielleicht schon in Kanada? Wie könnte ich ihn nur zwecks Kontrolle anrufen, ohne mich zu verraten? Ich grübelte stundenlang und fand keinen Ausweg.

Die Wartezeit durfte Boese mir verkürzen. Er hatte sich lang genug in Geduld gefaßt. Ich sollte ihn mir wirklich nicht, wie Lohmann so schön sagte, verbiestern.

Heulend packte ich meine Koffer. Ich fuhr zum Wintersport

nach Gstaad ... aber mit Boese. Jean mußte für seine Gemeinheit — meinen Brief hatte er völlig ignoriert — hart bestraft werden. Dank Nicole, die ich in Paris anrief — ich konnte es mir nicht verkneifen —, wußte ich: Jean hielt sich in Paris auf und war nicht einmal sterbenskrank, was ihn entschuldigt hätte. Ich schrieb ihm noch einmal (sehr kühl): »*Falls Du meinen Brief beantworten möchtest, meine Adresse ist ab 2. Februar Gstaad, Palace Hotel. Ich reise mit meiner Tante aus Hintertupfingen.*«

In Wirklichkeit reiste ich erst am 5. Februar ab. Freiwillig hatte ich mir die Erholungspause auferlegt. Es gab noch eine Menge zu tun. Ich konnte wirklich nicht den ganzen Tag vor dem Briefschlitz hocken. Ich genoß die Schadenfreude, solange ich mir ausmalte, wie Jean vor Staunen der Unterkiefer herunterfallen und er sich den Kopf zerbrechen würde über die Tante, und schließlich über den Ort Hintertupfingen, den er natürlich stundenlang umsonst auf allen Landkarten suchen würde. So jedenfalls ging es in meiner Phantasie vor. Ein kurzes Vergnügen im Vergleich zu der langen bitteren Reise ...

Ich flog bis Genf. Dort nahm mich Boese in Empfang. Wir setzten gemeinsam die Reise in seinem Auto fort. Erstaunlich, wie bescheiden so ein Millionär lebt! Er fuhr einen Mittelklassewagen. Seine heisere Stimme verursachte mir Kopf- und Halsschmerzen. Ich mußte mich dauernd für ihn räuspern.

Schließlich empfahl ich ihm — zwecks Schonung seiner Stimmbänder — leiser zu reden. Für mein Mitgefühl zeigte er sich dankbar. Ermutigt ging ich einen Schritt weiter. Die Stimme muß vorn sitzen, erklärte ich fachkundig und schlug ihm vor, Sprechunterricht zu nehmen. Auch darauf ging er ein. Meine Teilnahme rührte ihn sichtlich.

Auf seinem Wagen angeschnallt waren ein Paar funkelnagelneue Skier. »Echt Hickory«, sagte er stolz. Für mich war es völlig egal, was für Skier ich benutzte, ich lief auf allen gleich schlecht. Boese dagegen beherrschte, wie er berichtete, alle Stilarten. Er imponierte mir wirklich — ein toller Bursche!

Als wir in die Berge kamen und der Wagen bedenklich rutschte, rügte ich seinen Leichtsinn. »Wie kannst du bei Glätte und Schnee eine Gebirgsfahrt ohne Schneeketten antreten? Das finde ich verantwortungslos.«

Er lachte mich aus. »Bist du wirklich so ein Angsthase? Ich fahre prima, mit mir passiert dir nichts.«

Bei Nichts drehte sich unser Wagen in einer Kurve, rammte zunächst einen Meilenstein und schlug krachend gegen ein Eisengeländer, das einen Abgrund einfriedete. Der Meilenstein gab uns unsere Position bekannt: 7 km bis Gstaad.

Auf meiner Seite konnte ich den Wagen nicht verlassen. Ich wäre in den Abgrund gestiegen. So rutschte ich erst einmal auf Boeses Sitz und stand Sekunden später schlotternd vor Kälte auf der eisigen Landstraße. Ich dachte, wenn das der Lohmann wüßte . . .

Und immer, wenn ich denke — natürlich genau im unrechten Moment — krümmte ich mich vor Lachen. Der Boese empfand meinen Humor als Provokation, wurde unsicher und fing an zu schnauzen. Herbeieilende Passanten hielten ihn davon ab, ausfällig zu werden. »Haben Sie ein Glück. Das Geländer ist erst im November angebracht worden!«

Nachträglich lähmte mich der Schreck. Das Lachen verging mir. Blitzschnell waren wir von Neugierigen umringt. Alle waren hilfsbereit, schüttelten erschauernd die Köpfe. Jeder tat einen Blick in den Abgrund, und jeder tröstete uns mit den Worten: »Glück gehabt!«

Mit vereinten Kräften und einem Seil wurde der Wagen rückwärts aus seinem ungünstigen Standort gezogen. Ein Mann brachte eine Eisenstange und löste das Blech von den Vorderrädern. Wir konnten weiterfahren. Es war 7 Uhr abends, also schon dunkel. Sehr langsam und sehr schweigsam, mit nur einem brennenden Scheinwerfer, setzten wir die Reise fort.

Das Palace Hotel liegt hoch oben auf einem Berg, der nun erklommen werden mußte. Nachlässig, wie die Kurverwaltungen nun einmal sind, war der Berg nicht mit Sand bestreut. Man rechnete wohl nicht mit Herrn Boese, der ohne Schneeketten heraufkommen wollte. Gerade hatten wir die Hälfte des Berges bewältigt, drehten sich die Räder auf der Stelle. Der Motor heulte, ein Vorwärts gab es nicht. Dafür einen vernichtenden Blick für Boese, den er mit den Worten: »Wir hatten zu wenig Anlauf«, beantwortete.

Rückwärts ließ er den Wagen bergab rollen, und mit Schwung ging's dann noch einmal genau bis zur gleichen Stelle und nicht einen Meter weiter. Ich schaute Boese an, er schaute mich an ... und schaltete den Rückwärtsgang ein.

»Wir hatten noch zu wenig Anlauf!«

Mit gespielter Gelassenheit, denn ich kochte bereits, entgegnete ich: »Fahr doch gleich bis zur Unglücksstelle, es sind ja nur sieben Kilometer. Der Anlauf müßte genügen! Oder wie wäre es, wenn wir den Wagen unten abstellten und uns ein Taxi bis zum Hotel nähmen?«

Boese hörte gar nicht zu. Er war fest entschlossen, mir seine Fahrkünste zu beweisen. Inzwischen erreichten wir die Ebene. Jetzt ging's mit Schwung — hurtig, hurtig, heidi! — ein Fußgänger konnte sich gerade noch mit Mühe retten — wieder bergauf. Verbissen saß Boese am Steuer.

Er konnte keine Niederlage einstecken. Wie sagte er immer? »Schwierigkeiten sind dazu da, um überwunden zu werden.« Tatsächlich gelang es ihm, die letzte Ausgangsposition zu überwinden. Nur die Mauer, gegen die er 20 Meter weiter in einer Kurve geschleudert wurde, überwand er nicht. Nun ging es weder rückwärts noch vorwärts. Liebenswürdige Passanten klopften gegen unsere Fensterscheibe. Mühsam kurbelte er das vereiste Glas herunter. »Ja, was ist denn?« fragte er unwirsch.

»Sie stehen gegen die Mauer!«

»Weiß ich doch«, antwortete er knapp, kurbelte das Fenster wieder hoch und gab Gas. Wieder rief ein Spaziergänger etwas durchs Fenster. Wir verstanden ihn nicht. Erneut drehte Boese unter Schwierigkeiten das klemmende Fenster herunter. »Was sagen Sie?«

»Vorwärts können Sie nicht, die Mauer ...«

Boese schnitt ihm das Wort ab. »Ich hab' doch Augen im Kopf!«

Ich war ausgestiegen, quetschte mich zwischen Kühler und

Mauer und versuchte zu stoßen. Ein aussichtsloses Unterfangen für eine schwache Frau! Den Fußgängern, die Boese eben so abblitzen ließ, schenkte ich ein liebenswürdiges Lächeln und ein paar freundliche Worte. Sie bezahlten auch tatsächlich mit ihren Kräften, der Wagen stand wieder mit der Nase zum Berg. Ich bedankte mich sehr und fragte, wie weit es noch bergan zum Palace Hotel ginge. Die Antwort war entmutigend.

Das Glockengeläute eines Pferdeschlittens ließ mich schnell handeln. Boese wollte es noch einmal probieren, da hielt ich schon den Schlitten an. Er war gottlob nicht besetzt.

»Übe du ruhig noch etwas!« rief ich Boese zu, ließ meine Koffer, die sich auf dem Rücksitz des Wagens türmten, umladen und fand dazwischen auch noch ein Plätzchen. Ich saß wie in einer Sänfte und hörte das Glockengeläute. Sehen konnte ich nichts, meine Blicke prallten auf die Koffer. Über mir kein Himmel, nur die Plane des Schlittens, der wegen der eisigen Kälte geschlossen war.

Nun mußten wir angekommen sein. Das Läuten verstummte. Der Schlitten bewegte sich nicht mehr. Die Tür wurde aufgerissen, die Koffer purzelten dem Hotelportier vor die Füße.

»Bon soir, Madame«, begrüßte er mich und half mir ins Freie. Klotzig hob sich der erleuchtete Hotelpalast gegen den sternenklaren Himmel ab. Schönes Hotel, Luxusklasse. Madame Vera Croner schritt majestätisch zur Rezeption.

»Sie sind allein, Madame?«

»Nein, Herr Boese kommt etwas später.«

»Wann dürfen wir mit seinem Eintreffen rechnen?«

»Spätestens bei Tauwetter.« Ich lachte und berichtete über unsere Fahrt. Ich beglückwünschte mich, allein die Auswahl der Zimmer treffen zu dürfen. Es gab nämlich zwei Möglichkeiten für die Unterbringung.

»Hier ist ein Appartement — in den Salon könnte man natürlich ein Bett stellen. Oder hier zwei Einzelzimmer, dummerweise nicht nebeneinander, aber gegenüber.«

»Um Gottes willen«, sagte ich, »machen Sie sich bitte keine Mühe. Die beiden Einzelzimmer sind wunderbar.« Ich bezog das größere; Damen genießen in diesem Punkt den Vorzug, und außerdem mußte ich meine vielen Koffer berücksichtigen.

Der Service war ausgezeichnet, die Koffer rollten schon auf einer Trage an. Ich gab ein fürstliches Trinkgeld und beeilte mich, meine Kleider aufzuhängen. Mein Gott, ich vergaß ja zu fragen, ob Post für mich eingetroffen sei...

Mit dem Boese kann man sogar Jean vergessen. Es war keine Post da, meine Laune sank auf den Nullpunkt. Als Gegenmaßnahme bestellte ich mir einen doppelten Whisky. Nachdem die Koffer ausgepackt und die Schränke eingeräumt waren, begann ich mich für das Abendessen schönzumachen.

Boese war noch immer nicht da. Es würde ihm doch nichts passiert sein?

Der Hunger und die Neugier, das schöne Hotel und die Gäste zu bestaunen, ließen mir keine Zeit, allzu große Sorgen aufkommen zu lassen. Gerade wollte ich das Zimmer verlassen, da hielt mich lautes Palaver auf dem Gang zurück.

»Das ist eine Zumutung!« hörte ich unverkennbar Boeses heisere Stimme. Sein Ton schwoll an und ebbte ab wie eine Sirene. Ich konnte nicht alles verstehen.

»Sie sind als Hotel dazu verpflichtet, dafür Sorge zu tragen, daß der Weg zu Ihrem Haus befahrbar ist!«

Meine Zimmertür wurde aufgerissen. Boese stand blaugefroren vor mir. »Ich hab' die Nase voll! Am liebsten würde ich sofort wieder abreisen.«

»Wie bist du denn heraufgekommen?«

»Na, mit dem Schlitten!« blaffte er mich an. »So«, befahl er danach, »nun komm mal rüber und pack meine Sachen aus. Ich bin zu Eis erstarrt. Den Kofferraum des Wagens mußten wir erst auftauen, damit ich mein Gepäck rausholen konnte.«

»Wo ist denn der Wagen?« Ich zwang mich zur Ruhe.

»Wo er hingehört; in der Reperaturwerkstatt, fünf Kilometer von hier.«

Die Tür fiel krachend ins Schloß. Ich stand ratlos da. Sollte ich ihm diesen Ton verzeihen? Aber abreisen wollte ich auch nicht. Ich hatte noch nicht einmal das Hotel gesehen. Ich versuchte, Boeses Nervosität zu entschuldigen. Immerhin war seine Lage nicht beneidenswert. Da konnte man schon mal aus der Haut fahren. Ich eilte hinter ihm her und klopfte artig an die Tür.

»Ja, was ist denn schon wieder? Ach, du bist's. Entschuldige, aber ich bin nervös. Die Reparatur des Wagens wird eine schöne Stange Geld kosten. Hoffentlich können die das hier in dem Kuhdorf überhaupt in Ordnung bringen.« Boese konnte sich meines Mitgefühls erfreuen. Er tat mir jetzt wirklich leid. Wie ein Häufchen Unglück saß er auf der Bettkante und rieb sich die erfrorenen Hände. Sein Gesicht sah aus wie ein roter Ballon.

»Nimm erst mal ein heißes Bad«, schlug ich vor, und ließ das Wasser in die Wanne laufen. Das heiße Bad entspannte seine Muskeln. Er fühlte sich wohlig müde und wollte das Abendessen im Zimmer einnehmen. Vor Hunger schon ganz schwach, war mir alles egal.

Auch am nächsten Morgen war mir alles egal — keine Post von Jean! Sollte ich mir doch die Knochen brechen!

Wir waren mit dem Skilift trotz meines Protestes auf die höchste Spitze gefahren. Nun, was machte es Boese schon aus! Er lief ja fabelhaft Ski! Um mich kümmerte sich keiner. Es war ja auch alles so egal. Ein Aufenthalt im Krankenhaus schien mir eine Wonne. Jean würde Mitleid bekommen, ich hätte Ruhe...

In dem Moment stürzte Boese und kugelte sich minutenlang fluchend am Boden. Es gelang ihm nicht, wieder auf die Beine zu kommen. Ist das die neueste Stilart? dachte ich und erteilte ihm Unterricht im Aufstehen. Er beherrschte nicht die primitivsten Anfänge.

Nach 20 Metern lag er wieder auf dem Boden. Seine Flüche waren nicht wiederzugeben. Ich versuchte ihm zu helfen. Wie ein Ertrinkender klammerte er sich an mich. In Rettungsübungen nicht bewandert, übertraf das bei weitem meine Skierfahrungen. Umschlungen rollten wir, sehr gekonnt, gemeinsam bergab. Ein Plateau war die Rettung.

Jemand bremste scharf und brachte mir meinen verlorenen rechten Ski nach.

»Wie nett von Ihnen! Alle anderen rasen, ohne Notiz zu nehmen, an uns vorbei.«

Boese schnallte wütend seine Skier ab und brach gleich bis an die Knie in den Schnee ein.

»Ich beobachte Sie schon eine ganze Weile«, sagte der freundliche Herr, ein Skilehrer. »Haben Sie sich nicht zuviel zugemutet?«

»Na und ob!« sagte ich, während Boese alle Schuld den Skiern gab. Der Skilehrer überzeugte Boese von der Unmöglichkeit, den Berg zu Fuß hinunterzulaufen. Fast weinend ließ er sich die Skier wieder an die Füße montieren.

»Ich kann nicht skilaufen«, unterrichtete ich den Skilehrer.

»Doch, doch! Sie schaffen es schon allein, aber um den Herrn hab' ich ehrlich Sorge.« Er nahm mit kräftigem Griff Boeses Arm und bedeutete mir, hinter ihnen herzufahren. Ich mußte wieder so schrecklich lachen, und damit es Boese nicht sah, biß ich mir die Lippen wund. So ging es im Zickzack bergab. Der Skilehrer, ein Muskelpaket, mit Boese im Arm vorneweg, schrie mir bei jedem Halt ein paar Anweisungen zu, machte mich auf jeden Höcker aufmerksam, lobte mich über alle Maßen, was natürlich Boese tief ins stolze Herz schnitt.

Mit einem einzigen Sturz gelang es mir, die ganze Piste zu überwinden. Ich war wirklich stolz auf mich. Gleichzeitig bewunderte ich Boeses Mut, ohne die geringsten Anfänge zu beherrschen, sich sofort auf den höchsten Gipfel zu wagen. Für den nächsten Tag verabredete ich mich mit dem Skilehrer — Boese hatte endgültig vom Skilaufen die Nase voll.

Auch sonst stieß Boese überall auf Schwierigkeiten. Nein, nicht diesen Tisch in der Ecke, den dort, direkt am Fenster, den wollte er haben.

»Mein Herr, der Tisch ist reserviert.«
»Ja, für mich!«
»Nein, für Herrn Chevalier.«
»Dann möchte ich den Direktor sprechen.«

Mir wurde siedend heiß. In ein Mauseloch wollte ich mich verkriechen, in der hintersten Ecke sitzen ...

Boese gab nicht nach. »Die denken, weil wir Deutsche sind, können sie uns in die letzte Ecke verfrachten! Bei mir nicht ... Wer bin ich denn?«

Nach ewig langen Diskussionen einigte man sich: Boese bekam den Nebentisch von Herrn Chevalier, ebenfalls am Fenster, für morgen fest zugesagt, und der Maître ein dickes Trinkgeld.

»Ober«, rief Boese durch den Saal. »Weinkarte!« Er nickte, blätterte, suchte.

Der Ober entschuldigte sich: »Moment, Monsieur, bin sofort zurück.«

»Bleiben Sie jetzt mal hier«, befahl Boese und blätterte seelenruhig weiter. Schließlich gab er seine Order: »Eine Flasche Nr. 103, aber sehr kalt, nich'.« Der Getränkekellner notierte im Weglaufen.

»Hallo!« rief Boese hinterher. Der Kellner stürzte zurück. »Kann man denn nicht mal in Ruhe aussprechen«, wies er den Kellner zurecht. »Für die Dame einen Orangensaft ohne Eis, nich'!«

Boese bekam warmen Wein und ich Orangensaft mit Eis. »Ober, der Wein ist ja ganz warm«, bellte Boese.

»Entschuldigen Sie, aber ich verstand, Sie wollten ihn nicht kalt. Ich werde Ihnen sofort einen Eiskübel holen.«

Ich sagte: »Bedenke, hier bedienen uns keine Deutschen. Vielleicht versuchst du mal eine Bestellung, ohne dieses blöde ›nich'‹ am Schluß hinzuzufügen. Wie kann einer, der der deutschen Sprache unkundig ist, wissen, du willst den Wein sehr kalt, wenn du ›nich'‹ dahintersetzt oder sagst: Orangensaft ohne Eis, nich'?«

Das leuchtete Boese ein.

»Außerdem bitte ich dich, nicht in diesem Kommandoton mit dem Personal zu verhandeln. Wir befinden uns nicht auf dem Kasernenhof. Du schnarrst die Leute in einem Ton an, wie der Deutsche auf den Kabarettbühnen dargestellt wird.«

Boese schien über meine Worte nachzudenken. Nachdem er

hastig das Essen verschlungen hatte, rief er: »Ober ... Herr Ober, etwas Gemüse, bitte!« Obwohl seine Wünsche noch sehr zackig vorgetragen wurden, gab er sich doch Mühe, meine Ratschläge zu befolgen.

»Vielleicht«, sagte ich, »könntest du das Ganze in einen etwas liebenswürdigeren Ton kleiden. So zum Beispiel: Herr Ober, würden Sie mir bitte noch etwas Gemüse nachreichen?«

Boese lachte. »Ich hab's nicht einfach mit dir.«

»Aber ich und deine Umgebung hätten's dann einfacher mit dir und du wiederum mit uns. Ein Glied hakt ins andere. Es ist wie eine Kettenreaktion. Alle werden dich lieben und nicht nur vor dir zittern. Sie werden rennen, um dem liebenswürdigen Herrn Boese einen Gefallen zu erweisen.«

Den Kaffee nahmen wir in der Halle ein.

»Herr Ober«, sagte Boese, »darf ich Sie um zwei Mokka bitten.« Es klang beinahe wie eine Liebeserklärung an den Kellner.

Schalkhaft lachte Boese, als sich der Kellner entfernte. Dankbar drückte ich seine Hand. Zu meinem Erstaunen knallte uns der Kellner die beiden kleinen Tablette mit dem Mokka wie zwei Wurfgeschosse vor die Nase. Wirklich: er bediente uns wie zwei räudige Hunde. Augenscheinlich hatte er etwas gegen die Deutschen. Oder hatte sich Boeses Einzug in den Speisesaal bis in die Halle herumgesprochen?

Boese verneigte sich, verriegelte seine Hände in Unterwürfigkeit über der Brust und sagte: »Ich danke Ihnen sehr, Herr Ober.«

Der war längst über alle Berge. Ich war wütend über dessen Verhalten, stieß Boese an, der immer noch ergeben vornübergeneigt dasaß, und sagte: »Hier brauchst du nicht danke zu sagen.« Boese schien verwirrt.

Toni, mein Skilehrer, war ausgezeichnet. Ich machte große Fortschritte, und das hatte ich nur Jean zu verdanken, weil er nicht schrieb. Jeden Morgen diese schreckliche Enttäuschung! Sie brachte meine zerrissenen Gefühle in einen besinnungslosen Wutrausch. Als wäre ich mit Alkohol durchtränkt, raste ich, enthemmt und gelöst, die Pisten hinunter. Ich stellte fest: Es war nur meine furchtbare Feigheit, die mich früher keine Sonderleistungen vollbringen ließ. Toni schien recht zu haben — ich war eine begabte Skiläuferin.

Boese stellte sich nie wieder auf die Bretter. Nicht etwa, daß er Angst hatte, Gott behüte, er fuhr immer noch fabelhaft Ski. Er hatte lediglich Pech gehabt. Ein Idiot schmierte zuviel Wachs auf die neuen Hickories! Und — wann sollte er skilaufen?

Er war völlig ausgelastet und litt geradezu unter Zeitdruck. Vormittags und nachmittags lief er 10 km hin und zurück, Ziel: Autoreparaturwerkstätte.

Ich glaube, er war richtig froh über die gütige Fügung des Schicksals, und ich auch; konnte ich doch den ganzen Tag allein verbringen. Es wäre mir doch nie eingefallen, irgendwelche Zweifel an der Wichtigkeit seiner täglichen Besuche in der Werkstatt zu äußern.

Einmal begleitete ich ihn. Der Weg war sehr schmal. Boese ging vor mir. Zum erstenmal bemerkte ich seinen tolpatschigen Gang. Er ging über den großen Onkel, wie man so schön sagt.

»Bist du Fußballer gewesen?« fragte ich.

Boese strahlte. »Ja, hast du mich mal gesehen? Einmal wurde unser Heimatklub in den Zeitungen abgebildet.«

»Ich glaube ja«, log ich, gerührt von soviel Einfalt. »Aber dein Gang ist der typische Fußballergang. Man könnte glauben, du spielst bei jedem Schritt Fußball. Es sieht nicht sehr elegant ... nicht sehr gut aus. Bemühe dich doch einmal, die Fußspitzen nach außen zu stellen.«

Boese versuchte es sofort, auf drollige Art. Er übertrieb natürlich. Wir lachten herzhaft. Ich ging als Lehrmeister voran, der Schüler Boese hinterdrein. Boese kommandierte:

»Links, rechts, links, rechts, Füßchen schön nach außen stellen. Ganz elegant, links, rechts, links, rechts, atmen nicht vergessen, Stimme nach vorne schieben, links, rechts, und bitte alles zusammen recht freundlich.«

Die wuchtige Figur von Boese wogte von einer Seite zur anderen. Mit den Armen segelte er in der Luft wie ein Seiltänzer, um sein Gleichgewicht zu halten. Es nutzte nichts, er fiel trotzdem rücklings hin und schlug mit dem Hinterkopf aufs Eis. Zum erstenmal war ich ehrlich besorgt um ihn. Doch da stand er schon wieder, wie ein Gummiball zurückgefedert, auf den Beinen.

»Was brauche ich Skilaufen!« Er lachte. »Ich kann ja auch beim Spazierengehen hinfallen.«

Irgendwie war er mir auf dem Spaziergang innerlich näher gekommen. Ich fand es rührend, wie bedingungslos er auf alle meine Wünsche einging — um mir zu gefallen! Er war mir sogar dankbar. »Das ist das erste Mal in meinem Leben, daß sich jemand über mich Gedanken macht«, sagte er. Was für ein armer Millionär! resultierte ich.

Natürlich wollte mich Boese küssen und zärtlich werden, aber ich konnte es einfach nicht. Ich bat ihn um Verständnis. Ich mußte erst innerlich frei von Jean sein. Diese Aussprache fand am zweiten Abend statt. Sie lag mir wie ein Mehlsack in der Magengrube. Wie würde er reagieren? Ich war auf alles gefaßt. Zwei Koffer hatte ich vorsorglich noch gar nicht ausgepackt. Zu meiner größten Überraschung respektierte er meinen Wunsch.

»Ich hab' viel Zeit«, sagte er. »Ich befinde mich nicht in sexueller Not. Ich liebe dich und möchte dich heiraten. Gib mir keine Antwort, überlege es dir in Ruhe.«

Ich wäre gar nicht fähig gewesen, ihm zu antworten, so sprachlos machte mich sein Angebot. Eine Ehe mit Boese erregte Furcht in mir. Es war einfach seine Dynamik, vor der ich Angst hatte. Ich mag keine Männer, die herrschsüchtig sind. Ich hasse jeden auferlegten Zwang — dieses ›Mich-unterordnen-sollen‹. Ich will nicht zittern vor meinem Mann. Ich suche Schutz, Geborgenheit. Vertrauensvoll will ich mich in allen Lebenslagen an ihn wenden können.

Aber würde ich das jemals bei Boese finden?

Vielleicht entsprang seine oft zutage tretende Heftigkeit nur einer inneren Unsicherheit. Wir hatten Zeit, uns auf dieser Reise kennenzulernen. Plötzlich wurde in mir der Wunsch wach, die vielen offensichtlich verklemmten Türchen zu seinem Herzen wie ein Psychoanalytiker zu öffnen.

Ich ließ mir aus seiner Kindheit erzählen. Seine Mutter: eine gütige Fee; sein Vater, der mit Härte und Strenge die Familie tyrannisierte. Zuckerbrot und Peitsche hießen die Requisiten für die Erziehung seines Sohnes Franz Otto. Für kleine Ungeschicklichkeiten (als Schulbub vergoß er z. B. einmal Tinte) wurde er erbarmungslos ausgepeitscht, erhielt aber ein gigantisches Taschengeld, was ihn auf alle Mitschüler herablassend blicken ließ.

Boese wunderte sich, warum ich über seinen Kindheitsbericht nicht lachte. »Alle haben sich immer schiefgelacht über meine Nächte, die ich als Kind strafweise im kalten dunklen Keller verbringen mußte; über die Peitschen, die numeriert an der Wand hingen.«

»Ich kann darüber nicht lachen. Mich bedrücken diese Geschichten. Sie stimmen mich traurig.«

Bestürzt schaute er mich schräg von unten mit treuen Dackelaugen an. Er wollte mich doch lustig sehen. Ich konnte ihn nicht mehr ›Boese‹ nennen, ich nannte ihn jetzt ›Franz Otto‹, und wenn mich ein Schwips beschwingte: ›Dickerchen‹.

Dickerchens Tanzkünste ließen zu wünschen übrig. Sie beschränkten sich auf den Tango. Den allerdings beherrschte er in Perfektion. Nur war dieser Tanz fast völlig außer Mode. Aber welch ungeahnte Möglichkeiten bieten ein paar lumpige Tangoschritte, wenn man sie dem jeweiligen Rhythmus anzupassen versteht! So tangoten wir uns geschickt durch alle Rumbas, Quicksteps, Sambas und nicht zuletzt, auf Wunsch eines einzelnen Gastes, durften wir selbst zu einem Tango Tango tanzen!

›Cha-Cha-Cha‹ war der letzte Schrei. Ein Tanzpaar, vom Palace Hotel engagiert, führte ihn vor. Die Zuschauer sparten nicht mit Applaus. Mit triumphalem Erfolg hielt Cha-Cha-Cha seinen Einzug. Geschickt nützte der Tanzlehrer die Situation der um ihn gescharten Gäste. Mit einer kleinen Ansprache forderte er uns zur Polonäse auf. Die anfänglich frostige Atmosphäre war längst getaut. Man erschrak nicht mehr über den Proleten, der es da wagte, so laut zu lachen — man lachte herzhaft mit. Wir tummelten uns auf dem Parkett wie Kinder auf der Spielwiese.

Während ich bei der Polonäse die Schulterpolster meines Vordermanns strapazierte, hing Dickerchen mit seinen knapp zwei Zentnern wie ein Sandsack an meinem Rücken. Die Stimme des Tanzlehrers bat uns, nachdem wir durch mehrere Räume hüpfend wieder am Ausgangspunkt anlangten, zwei Kreise zu bilden. Innen die Damen, außen die Herren. Man musterte, wurde abgeschätzt und sah seinem Gegenüber lächelnd in die Pupillen.

Die Musik setzte wieder ein, der Ringelpiez war in vollem Gange. Wehmütig sah ich den Gutaussehenden nach und bildete mir ein, auch einen enttäuschten Blick über die verpaßte Gelegenheit einer Umarmung eingefangen zu haben.

Meine linke Hand umklammerte einen Zehn-Karäter mit den dazugehörigen Fingern einer dicken Dame. Meine Rechte machte die Bekanntschaft einer dreizehnjährigen Kinderhand. Kein Wunder — als die Musik plötzlich abbrach, verneigten sich gleich drei Männerköpfe, die den Kampf im Getümmel mit mir aufnehmen wollten. Ganz fair, wie ich nun einmal bin, nahm ich den mir vom Schicksal zugedachten. Reiner Zufall, daß es der bestaussehende war. Entzückt überließ ich mich nach den Klängen eines Schmachtfetzens seiner Führung.

Dickerchen amüsierte sich mit einer alten Dame. Kunststück, denn sie verstanden sich beim Tango prächtig.

Nach der dritten Partnerwahl — es wurde gerade ein Cha-Cha-Cha gespielt — erwischte ich zu meiner großen Freude den Tanzlehrer. Auch Dickerchen sonnte sich im Glück. Im Arm hielt er eine rassige Schönheit, allerdings nicht lange, denn sein Tango wollte sich den Rhythmen des Cha-Cha-Cha nicht fügen. Die Schöne fürchtete um ihre Zehen.

Jämmerlich mißlang es auch mir, mit den kniffligen Künsten des Tanzlehrers Schritt zu halten. Da ich als moderner Mensch selbstverständlich diesen neuen Tanz beherrschen mußte, verabredete ich sofort für den nächsten Tag, nachmittags drei Uhr, eine Unterrichtsstunde.

Franz Otto fand zu meiner Begeisterung die Idee nicht schlecht, und so trafen wir nach langen Irrgängen — denn das Studio des Meisters lag im Keller — kurz nach drei Uhr ein.

Ein Grammophon plärrte, die kommandierende Stimme des Meisters ertönte. Seine Hand schlug energisch auf das Tamburin: »Cha-Cha-Chachacha. Cha-Cha-Chachacha.« Seine Partnerin und er bewegten sich graziös. Wir bewegten uns auch!

Nach einer halben Stunde beherrschte ich die Grundschritte und alle Varianten — Kunststück, ich war im Tanzen ausgebildet, und so gehörte es zu meinem Beruf. So viele Schritte, die ich in all den Jahren erlernte, gibt es gar nicht, als daß sie sich nicht wiederholen mußten. Das Tanzpaar war erstaunt über meine schnelle Auffassungsgabe; Franz Otto dagegen, peinlichst berührt über seine vermeintliche Tölpelhaftigkeit, schien entmutigt. Es gelang mir, ihn zu überzeugen, daß ich nicht in der Lage sei, in einer halben Stunde eine Fabrik leiten zu können, und da er immerhin schon das Bein heben und wieder absetzen könne, sei er ein überdurchschnittlich begabter Schüler. Meine Worte spornten ihn zu neuen Taten an.

Ob der Tanzlehrer glaubte, Franz Otto hätte seine schwerhörigen Ohren an den Füßen? Gebückt schrie er die Beine Franz Ottos an. Das Tamburin knallte dazu: Chaaa-Chaaa! Franz Otto überlegte fieberhaft, sein Bein schwebte noch immer ängstlich in der Luft, so als bestünde der Boden aus einer glühenden Lavamasse. Er tippte wagemutig mit der Fußspitze auf und schnellte, das Bein nach außen abgewinkelt, wieder hoch.

In dieser Position verharrte er. Sein Hirn arbeitete. Der Teufel ritt mich. Ich bellte: »Wau, wau!«

Der Lehrer ergänzte: »Wir haben keine Bäumchen hier. Lassen Sie das Bein wieder runter.«

Wir lachten herzhaft, nur Franz Otto nicht. Tanzbärchen untermalte selbständig seine Gewichtsverschiebungen. Das Wort »Chaaa« nahm erst ein Ende, als ihn die Luft im Stich ließ.

Die nächsten Tanzschüler erschienen. Franz Otto brach sofort ab, meldete sich aber für den nächsten Tag wieder an. Auf dem Weg nach oben überlegte ich mir eine Methode, die Franz Ottos Naturell mehr entgegenkam. Wir übten weiter.

Ich sagte: »Denke, du bist ein trotziges Kind, trample auf der Stelle und schreie, indem du das linke Bein auf die Erde stampfst: Nein, ich will nicht. Dann rechts: Nein, ich will nicht, nein, nein, nein!« (Links, rechts, links.) Und siehe da! Das half ihm, denn meine Worte waren dem Cha-Cha-Cha-Rhythmus angepaßt. Er hatte zumindest den Grundschritt kapiert.

Nun konnten wir uns langsam von der Stelle lösen und Schritte ausführen. Franz Otto übte unermüdlich. Er fing schon morgens beim Rasieren an. »Nein, ich will nicht, nein, nein, nein!« Und da alle leisen Regungen Franz Otto völlig fremd sind, bin ich überzeugt, seine Zimmernachbarn kamen schnell zur einzig möglichen Überzeugung, ich wolle ihn zu jeder Tages- und Nachtzeit ins Bett zerren.

Wir kannten jetzt einige sehr nette Leute, mit denen wir öfters gemütlich zusammen saßen. Aber auch da machte Franz Otto starke Unterschiede. Von einigen sollten wir uns fernhalten. »Das sind kleine Marschierer!« erklärte er mir.

»Woher weißt du das?« fragte ich erstaunt.

»Sie stehen nicht in meinen Büchern.«

Stolz zeigte er mir die Bücher »Who's Who in Germany«, das andere gab Aufschluß über die Mitglieder im AVD. Noch vor ein paar Tagen hätte ich ihm zynisch geraten, besser ein graphologisches Gutachten anzufordern. Jetzt lächelte ich nachsichtig über diese kleine Marotte.

Sobald Franz Otto jemanden kennenlernte, stürzte er aufs Zimmer und erkundigte sich in seinen Nachschlagewerken, ob diese Bekanntschaft sinnvoll oder Zeitvergeudung sei. Er hatte nicht viel zu tun. Die Deutschen bildeten die Minderheit. Bei den Ausländern tappte er sowieso im dunkeln. Nie würde er eine Reise ohne diese wichtigen Bücher antreten.

Daß er selbst nicht in »Who's Who« stand, störte ihn wenig, das mußte auf einem Irrtum basieren. Aber ich stand als Schauspielerin im »Who's Who«. Kaum zu glauben, aber wahr. Natürlich stieg ich ungeheuerlich in Franz Ottos Achtung. Ob sein Heiratsantrag nicht gar darauf zurückzuführen war? Und dann passierte die Panne.

Am Abend waren wir Gastgeber eines deutschblütigen Ehepaars. Franz Otto bestellte extra eine Blumendekoration für den Tisch. Es gab Kaviar und Champagner. Unnötig zu erwähnen, daß Herr von Balthoff, ein Industriekapitän, in beiden Büchern fett gedruckt und so bei Franz Otto unter der Rubrik »Wahnsinnig wichtig« eingestuft wurde.

Sichtlich zufrieden genoß Franz Otto das Zusammensein. Mit liebenswürdigem Charme verwöhnte er aufmerksam seine Gäste. Er hatte alles Prahlerische abgelegt — ich hatte ihn zartfühlend darauf hingewiesen — und glänzte in Bescheidenheit. Er konnte nicht darauf verzichten, seine Weltreisen zu erwähnen, aber es klang geradezu demütig. »Wie sehr muß man Gott danken, wenn einem Gelegenheit gegeben wird, sich die Welt anzusehen!«

Ich konnte nicht umhin, seine Taktik zu bewundern. Mit der Kunstfertigkeit eines Diplomaten von hohem Rang leitete er das Gespräch auf die Belange, die ihm am Herzen lagen. Aufmerksam hörte er Herrn von Balthoff an, erforschte findig seine Meinung und schloß sich dieser aalglatt an. Dabei vergaß er niemals, Frau von Balthoff mit ins Gespräch zu ziehen und sie mit unaufdringlichen Komplimenten zu bedenken.

Seine pfiffig vorgebrachten witzigen Entgegnungen honorierten die hohen Gäste mit schallendem Gelächter. Ich sah Franz Otto zum erstenmal in einem ganz anderen Licht. Mußte ich nicht stolz auf ihn sein? Die leeren Champagnerflaschen deuteten darauf hin, daß sich die Gäste bei bester Laune in unserer Gesellschaft wohl fühlten.

Die Kapelle spielte einen Cha-Cha-Cha. Frau von Balthoff, auch Tanzelevin, bat in übermütiger Stimmung Franz Otto um den Tanz. Schließlich war er der einzige an unserem Tisch — Herr Balthoff tanzte gar nicht —, der diesen Tanz einigermaßen beherrschte.

Franz Otto zierte sich: »Ich glaube, gnädige Frau, ich ... ich bin doch noch nicht firm. Wollen wir es nicht lieber lassen? Ich möchte nicht ...«

»Nur Mut, junger Mann«, unterbrach ihn Frau von Balthoff und zerrte Franz Otto aufs Parkett.

Kaum standen sie sich gegenüber und der Tanz begann, eilte Frau von Balthoff mit der Miene einer zu Tode beleidigten Königin zurück an unseren Tisch. Sie ergriff ihre Handtasche und befahl ihrem Mann, ohne mich eines Blickes zu würdigen: »Karl Heinz —«, vornehme Leute haben immer zwei Vornamen, »bringe mich bitte sofort nach oben.«

Es dauerte eine Weile, bis Franz Otto begriff, allein auf dem Parkett verblieben zu sein. Dann löste er sich aus der Menge, kam auf mich zu und fragte erstaunt: »Mußte die so schnell zur Toilette?«

»Setz dich erst mal hin«, empfahl ich Franz Otto. »Sag mal, hast du beim Tanz etwa dein Sprüchlein aufgesagt? Nein, ich will nicht, nein, ich will nicht, nein, nein, nein?«

Franz Otto starrte mich eine Weile entgeistert an. »Ja natürlich! Anders kann ich doch gar nicht! Sonst komm' ich doch aus dem Rhythmus! Ach, du lieber Gott ...« Jetzt dämmerte es bei Franz Otto. Nervös klopfte er seinen Oberkörper auf der Suche nach einem Taschentuch ab.

»Ach, du lieber Gott«, stöhnte er immer wieder und wischte sich dabei mit dem Taschentuch über das Gesicht. »Was soll ich denn machen? Gib mir doch bloß mal einen Rat!« Franz Otto weinte fast. »Das sind doch ganz tolle Leute. Millionengeschäfte könnte ich mit dem alten Balthoff machen. Unser ganzer Aufenthalt hätte sich bezahlt gemacht. Ach, du lieber Gott! Ach, du lieber Gott!« Nun standen ihm wirklich die Schweißperlen auf der Stirn. Immer klarer wurde ihm seine unmögliche Situation.

»Ober!« schrie er wie in alten Zeiten. »Champagner, aber ein bißchen fix!« Dann wandte er sich an mich: »Entschuldige, aber meine Kehle ist ausgedörrt. Ich muß sofort etwas trinken. Mir ist ganz übel.«

»Reg dich doch nicht so auf«, beruhigte ich ihn. »Ich werde das Mißverständnis aufklären. Ganz ehrlich, so, wie es sich in Wahrheit verhält.«

Plötzlich schloß Franz Otto seine Augen bis auf einen kleinen Schlitz, durch den er mich mit zusammengekniffenen Lippen, wie die Schlange ein Kaninchen, im Blick hielt, und wiederholte mit drohender, gedämpfter Stimme meine Worte: »Tja, wie es sich in Wahrheit verhält.«

Jetzt hob er seine Stimme: »Und wie verhält es sich in Wahrheit? Wer ist schuld an all dem Blödsinn? Du!« Drohend pendelte sein Zeigefinger dicht vor meiner Nase hin und her. »Du allein hast mir das eingebrockt, und du allein wirst dafür Sorge tragen, daß die Sache mit den Balthoffs in Ordnung kommt.«

Mir blieb die Sprache weg. Bestürzt schaute ich mich nach dem Nachbartisch um. »Bitte, beherrsche dich«, flüsterte ich ihm zu.

Ungeachtet aller Umsitzenden zeterte Boese weiter: »Was kannst du denn? Cha-Cha-Cha tanzen! Wenn das der Inhalt deines Lebens ist, womit du mir Millionengeschäfte versaust ... na, dann guten Abend!« Boese sprang auf, schmiß seinen Stuhl mit der Wucht seiner Waden nach hinten und verschwand.

Wie versteinert saß ich da. Mühsam versuchte ich, meine Gedanken zu ordnen. Schemenhaft bemerkte ich eine menschliche Gestalt, die den umgestürzten Stuhl aufhob und an den Tisch stellte. Eine warme Männerstimme klang in Deutsch, mit französischem Akzent, an mein Ohr: »Madame sind allein? Kann ich etwas für Sie tun?«

»Danke«, sagte ich, ohne aufzublicken. »Vielen Dank.«

»Danke ja? Oder — danke nein?«

»Haben Sie das eben miterlebt?« fragte ich errötend und blickte in ein paar feurige schwarze Augen.

»Ich muß gestehen, ja. Ich sitze hinter Ihnen. Sie müssen deshalb nicht traurig sein. Der Herr hat zuviel getrunken. Es gibt Menschen, die nach Alkoholgenuß nicht wissen, was sie tun. Morgen ist alles vergessen.«

»Niemals!« rief ich enthusiastisch. »Niemals werde ich das

vergessen oder gar verzeihen.« Wut und Trotz begehrten in mir auf. Der anfänglich lästige Besucher war mir jetzt herzlich willkommen. »Bitte, nehmen Sie Platz.« Dem Boese werd' ich's geben! Der wird sich umsehen! Er soll nur runterkommen! Recht geschieht ihm!

»Darf ich mich vorstellen?« unterbrach der Seelsorger meine Gedanken. »Mein Name ist Simon.«

In dem Moment brachte der Kellner die Flasche Champagner, die Boese vorher bestellt hatte.

»Bringen Sie noch ein Glas«, bat ich den Kellner und wandte mich an Monsieur Simon. »Sie trinken doch ein Glas mit mir?« Der Boese soll platzen. Ich werde mit diesem Monsieur Simon flirten, daß die Wände zittern.

Er verneigte sich dankend und zeigte auf mein Armband. »Was haben Sie für ein schönes Armband!«

»Danke, es freut mich, daß es Ihnen gefällt.«

»Eine herrliche Arbeit. Wissen Sie, daß es eine ganz neue Art ist, Weißgold, Rotgold und Gelbgold gemeinsam zu verarbeiten? Das Armband ist eine der schönsten Goldschmiedearbeiten von Van Cleef und Arpels.«

»Donnerwetter, Sie kennen sich aber gut aus. Das Armband ist tatsächlich von Van Cleef und Arpels. Wie teuer ist wohl so ein Armband?« fragte ich neugierig.

»Siebenhundert US-Dollar müssen Sie rechnen.«

Mein lieber Jean, dachte ich wehmütig. Soviel Geld hast du ausgegeben, und ich habe es gar nicht richtig zu schätzen gewußt. Am Ende war die hocheingeschätzte Brosche von Boese auch nicht teurer. Ach, dieser Boese ... nur nicht an ihn denken!

»Haben Sie sich nicht gefreut, Madame, als Sie das schöne Armband zu Weihnachten bekamen?«

Ich starrte Monsieur Simon fassungslos an.

»Stimmt es etwa nicht? Sollte ich mich irren? Sind Sie nicht befreundet mit Jean Fleury?«

»Ja, mein Gott ... sind Sie ... sind Sie Hellseher?« stotterte ich.

»Nein, aber ein Freund von Jean. Ich habe dieses Armband für ihn entworfen. Ich arbeite für die Firma Van Cleef und Arpels.«

Ein Freund von Jean ... und mit dem wollte ich eben noch flirten, daß die Wände zittern! Ein Glück, daß er die Katze so schnell aus dem Sack gelassen hat. Ganz schön hätte ich mich zwischen zwei Stühle gesetzt. Sachen gibt's, die gibt's gar nicht! würde der Lohmann sagen.

»Jean ist doch ein Freund von Ihnen, Madame?«

»Ja, natürlich!« jubelte ich wieder gefaßt und ergriff mein Glas. »Darauf müssen wir unbedingt anstoßen.«

»Ich verbringe hier meine Ferien und überwache gleichzeitig die Schmuckvitrine in der Halle. Natürlich freue ich mich über jeden Kunden, der uns hier etwas abkauft.«

»Ach, Sie haben wunderschöne Stücke ausgestellt. Ich drücke mir täglich an der Vitrine die Nase platt. Wenn ich Geld hätte, würde ich Ihnen sofort etwas abkaufen. Zum Beispiel den Smaragdring. Ich besitze ein paar Smaragd-Ohrringe, habe aber kein passendes Gegenstück dazu. Der Ring ... aber sprechen wir nicht von Träumen, gehen wir zu Realitäten über. Wann haben Sie Jean das letztemal gesehen?«

»Vor zirka vier Wochen in Paris, aber ich habe noch vor ein paar Tagen mit ihm telefoniert. Es geht ihm gut.«

Oh, das tat weh! »Es freut mich, daß es ihm gutgeht.«

»Ja, er war sehr krank, aber er hat eine bewundernswerte Energie.«

Zu gern hätte ich etwas Näheres über Jeans Krankheit erfahren, aber diese Blöße der Unwissenheit wollte ich mir denn doch nicht geben.

»Wir sind nicht nur befreundet«, sagte Monsieur Simon. »Ich habe auch geschäftlich mit ihm zu tun.«

»Mit Jean! Geschäftlich?«

»Wußten Sie das nicht? Er vermittelt mir oft Steine aus Privathand. Jean ist sehr geschäftstüchtig. An dem Kabelgeschäft, das er der Post vermittelte, hat er sich eine goldene Nase verdient.«

Wie wenig kannte ich doch Jean. Keine Ahnung hatte ich von seinen Kabel- und Schmuckvermittlungen.

»Natürlich«, sagte ich, »das war ein großer Fischzug, aber die Verhandlungen haben ja auch lange genug gedauert.«

»Finden Sie? Nur vierzehn Tage hat er gebraucht, um denen die alten Kabel anzudrehen.«

»Vierzehn Tage Arbeit, ist das nicht lange?« fragte ich und kam mir dabei mehr als dämlich vor.

In dieser Nacht träumte ich nur von Jean. Er nahm so leibhaftig Gestalt an, daß ich vergeblich meine Arme nach ihm ausstreckte, bis ich schmerzerfüllt meine trostlose Einsamkeit erkannte. Kann man denn wirklich oberflächlich und materialistisch sein, wie meine Familie gelegentlich behauptet, wenn man so schrecklich leidet wie ich? Ich liebte ihn so inbrünstig und heulte mich mit Unterstützung vieler Beruhigungstabletten in den Schlaf.

3

Das Frühstück schmeckte mir wie immer besonders gut, wenn ich eine Entscheidung getroffen hatte. Nun lag meine Zukunft sonnenklar vor mir. Ich würde noch heute abreisen, und zwar über Paris nach Berlin. Von Boese wollte ich mich schriftlich und, falls es sich nicht umgehen ließ, mündlich verabschieden.

Ich kaute mit Genuß an einem Brötchen, als es klopfte. Daß diese Kellner doch nie abwarten können, bis man in Ruhe sein Frühstück beendet hat! Immer diese Sorge um das Tablett, als wenn man es mit verschlingen wollte.

»Entrez!« rief ich ungehalten. »Sie können alles abräumen!« Zu meinem Erstaunen stand Monsieur Simon vor mir. Das war mir sehr peinlich. Mit meinem frisch gewaschenen Gesicht kam ich mir ganz nackt vor. Er hielt mir strahlend ein Päckchen entgegen.

»Was soll denn das?« fragte ich bestürzt. Hat der sich Hals über Kopf in mich verliebt?

»Ich komme als Bote. Sie werden sich sehr freuen.«

So schnell, wie er aufgetaucht war, so schnell verschwand er; und ich wollte ihm noch so viel sagen betreffs Jean und Boese. Wenn ich ihm auch gestern unmißverständlich erklärt hatte, Boese sei mein Onkel, so wäre es doch nützlich, ihn vielleicht noch zu bitten, Jean nichts zu sagen. Ich entblätterte das Päckchen, klappte den Deckel hoch, ein Brief flatterte zu Boden, mein Herz flatterte wie eine Fahne im Sturm ... vor mir im Kästchen lag der Smaragdring!

Jean, das Kabelgeschäft, die Steine! Jean schickt mir durch seinen Freund ... ich hob den Brief auf. Er war von Boese.

»Meine liebe Vera! Durch einen kleinen Vorboten hoffe ich, Deine Nachsicht zu gewinnen. Ich habe mich gestern unmöglich benommen. Kannst Du mir noch einmal verzeihen? Dein Franz Otto.«

Wer könnte beim Anblick eines solchen Ringes nicht verzeihen?

Hastig zog ich mich an und eilte mit einem fein ausgeklügelten Plan in Boeses Zimmer. Meinem Plan gemäß legte ich den Ring auf den Tisch.

»Du hast dich wirklich unmöglich benommen! Nun darfst du dir nicht einbilden, daß mich solche Geschenke dein schlechtes Benehmen vergessen lassen. Ich bin nicht so materialistisch eingestellt. Mit Geschenken kannst du das nicht gutmachen.«

Boese zuckte resignierend mit den Schultern und nahm den Ring auf. Ich zitterte vor Angst, er könnte ihn in der Tasche verschwinden lassen.

»Dann eben nicht!« sagte er erbost und warf den Ring gottlob auf den Tisch. Gierig streckte ich meine Hand danach aus und ließ ihn eiligst in meine Handtasche gleiten. Der Verschluß knackte. Er war in Sicherheit.

»Dein Brief hat mir imponiert. Es ist nett, daß du dein Unrecht einsiehst, und deshalb will ich dir nicht länger böse sein.«

Er lächelte mich spitzbübisch an, so, als hätte er mich durchschaut. Diesen Blick konnte ich nicht länger ertragen. Ich flog ihm um den Hals. »Danke, danke tausendmal für den wunderschönen Ring!«

Als ich vom Skilaufen zurückkam, betrat vor mir eine auffallend hübsche, elegante, nicht mehr ganz junge Blondine die Halle. Neuer Gast, stellte ich sofort fest und musterte sie wohlwollend von oben bis unten. Ich blieb an der Tür stehen, wollte nur einen Blick in die Halle werfen ...

Vielleicht könnte ich mich bei Monsieur Simon für die gütige Vermittlung des Ringes bedanken, ihm Schweigepflicht in Anbetracht weiterer Geschäfte auferlegen und mich womöglich bei Franz Otto für sein großherziges Geschenk revanchieren. Dazu mußte ich die Angelegenheit mit den Balthoffs so schnell als möglich bereinigen. Ich suchte nicht lange, denn meine Blicke fanden sofort ein Objekt, das sie geradezu fesselte. Ich glaubte zu träumen wie gestern nacht ... Aber nein, es war kein Traum, keine Halluzination: Dort saß leibhaftig Jean und las Zeitung!

Den Ring werde ich Boese sofort zurückgeben. Ein Glücksgefühl ohnegleichen durchströmte mich. Ich rannte beflügelt los, um mich in Jeans Arme zu stürzen ... Nach den ersten Schritten hielt ich inne. Die Blondine erreichte gerade Jeans Tisch. Er erhob sich — wohlgemerkt, ohne Begrüßung — und rückte ihr den Sessel neben sich zurecht.

»Nimmst du einen Aperitif?« hörte ich deutlich ihn fragen.

›Du‹ hat er gesagt — dabei taumelte ich bereits rückwärts raus. Jean hatte mich nicht gesehen. Aufgeregt segelte ich wie betrunken zur Rezeption.

»Ist Monsieur Fleury schon eingetroffen?« fragte ich mit gepreßter Stimme.

»Monsieur Fleury? Jawohl, Madame, er ist heute morgen angekommen. Ich glaube, er sitzt in der Halle.«

Ich räusperte den Kloß aus meiner Kehle und fragte: »Welche Zimmernummer hat Monsieur Fleury?«

»Einen Moment, Madame.« Er blätterte in einem Buch und murmelte suchend vor sich hin: »Monsieur Fleury ... Monsieur

Fleury . . . hier, Monsieur und Madame Fleury, Zimmer Nummer Einhundertzwounddreißig, -dreiunddreißig.«

Ich schwankte und hielt mich am Pult fest. Es war ausgerechnet das Appartement, was man mir bei Ankunft zur Auswahl angeboten hatte. Ich torkelte auf den Lift zu und wankte in mein Zimmer. Monsieur und Madame Fleury . . . Monsieur und Madame Fleury . . . tönte es immer noch in meinen Ohren. Wie eine Lawine brach es über mir zusammen: Monsieur und Madame Fleury!

Ein Tränenfluß rann über mein Gesicht. Reiß dich zusammen, blöde Gans! schrie ich mich laut an. Willst du dich hier mit rotgeheulten Augen vor dem Boese präsentieren und am Ende Jean noch deutlich machen, welch guten Tausch er mit seiner Blondine gemacht hat? Du bist doch saudämlich, zu dämlich für Worte! Danke Gott, daß er sich so geschmacklos benimmt, mit diesem Weib hier als Madame Fleury abzusteigen.

Gut, daß es heute passierte und nicht erst, wenn du dir den Boese verscherzt hättest. Es ist Gottes Fügung. Jean ist ein Schwein, ein Schuft, und für diesen Lumpen willst du mit Tränensäcken und Augenringen rumlaufen? Recht hatte der Lohmann! Aber du mit deiner Gefühlsduselei rennst ja blind wie eine Henne ins Verderben. »Gnädige Frau ha'm wohl Tomaten auf'n Augen? Schluß jetzt! Endgültig Schluß!« So würde Lohmann sprechen . . .

Ich holte tief Luft vor dem offenen Fenster, nahm eine Beruhigungstablette mit einem Schluck Whisky aus der kleinen Reiseflasche und fühlte mich besser.

Nun konnte ich überlegen, wie ich mich am besten aus der Affäre zöge. Der Lohmann fehlte mir natürlich. Ich war entwöhnt, selbständig zu denken, denn das tat er doch seit Jahren für mich. Keinesfalls durfte Boese etwas erfahren. Die abgeblitzte Braut eines anderen ist nicht begehrenswert, die leidende Unglückliche nicht mehr in Mode. Jeder ist mit sich selbst beschäftigt, niemand sucht zusätzliche Belastungen . . .

Meine Marschroute hieß: glücklich, fröhlich, von allen Seiten begehrt! Meine Mutter mußte mir ein Telegramm schicken:

›Onkel X gestorben. Kommen sofort erforderlich!‹ Das war die Lösung. Sofort meldete ich das Gespräch an.

»Hallo, Mutti!« rief ich, und schon stand Franz Otto wie ein Geist vor mir. Er tauchte immer im unrechten Moment auf, als ob er es riechen würde.

»Ja Kind, das ist aber schön, daß du mal anrufst.«

»Ja, ja. Mutti, wie geht's?« (Was mache ich denn jetzt? Boese stand wie angeschmiedet neben mir).

»Gut, Kind, sehr gut. Deine Karte haben wir erhalten ...«

»Das ist ja entsetzlich«, antwortete ich, denn mir kam eine gute Idee.

»Was ist denn entsetzlich?«

»Wann ist die Beerdigung?« Ich hielt die Hand vor die Muschel und flüsterte Boese zu: »Muttis Bruder ist gestorben.«

»Um Gottes willen, was redest du? Beerdigung? Ist Herrn Boese etwas passiert? Oder gar Jean ...?«

»Nein, nein«, unterbrach ich sie, »nun sei nicht so unglücklich, Mutti, wir müssen alle mal sterben.«

»Vera, bist du geistesgestört?«

»Versteh doch endlich«, schrie ich sie an und stampfte mit dem Fuß auf. Plötzlich hielt ich nur noch die leere Faust am Ohr. Boese hatte mir den Hörer entrissen.

Er nahm Haltung an und sprach zu meiner Mutter mit feierlicher Miene und ergriffener Stimme: »Mein innigstes Beileid, gnädige Frau.« Bei dieser Zeremonie verneigte er sich beinahe bis zu den Fußspitzen.

»Wann kommt Vera?« hörte ich meine Mutter energisch fragen.

»Zur Beerdigung! Selbstverständlich trifft sie pünktlich zur Beerdigung ein.«

»Zu welcher Beerdigung?« hörte ich wieder Mutters Stimme, doch nun hatte ich mir den Hörer erkämpft.

»Das ist ja unglaublich. Sie sind ja ein Flegel«, grollte Mutti, während ich den Hörer fest ans Ohr preßte.

»Ich bin glücklich, Mutti, daß es dir gutgeht. Onkel Robert

hat lange genug gelitten. Versteh mich doch!« rief ich mit beschwörender Stimme. »Sei tapfer, Kopf hoch! Zur Beerdigung komme ich. Danke für Deinen Anruf!« und damit knallte ich den Hörer auf die Gabel, denn Franz Otto wollte noch einmal mit Mutti sprechen.

»Du hast vergessen, zu fragen, wann die Beerdigung stattfindet.«

Ich schaute auf die Uhr, es war halb zwei. Vor übermorgen früh würde ich es zeitlich schlecht bis nach Berlin schaffen.

»Übermorgen früh um elf, sagte meine Mutter.«

»Dann werde ich gleich alles in die Wege leiten, damit wir morgen früh abreisen können.«

Franz Otto wollte gerade die Tür hinter sich schließen. Das Surren des Telefons trieb ihn zurück. Oh, dieses Surren, es schien mir etwas Unheilvolles anzukündigen. Meine Mutter . . .

Widerwillig hob ich den Hörer ab.

»Qui parle, Madame Croner?«

Das Blut schoß mir ins Gesicht. »Oui.«

»Mein Liebchen, mußt du raten, meine Kleine, wo ich bin . . . Wirst du sein serr, serr glücklich oder wirst du sein serr erschrocken . . .« Zärtliche Worte streichelten mein Ohr.

Boeses Blicke durchbohrten mich wie spitze Pfeile. Wortlos hing ich ein.

»Wer war am Apparat?«

»Falsche Verbindung.«

»Du hast doch aber ›oui‹ gesagt?«

»Ein Herr fragte, ob ich Zimmer Nummer Einhundertzwölf habe, und darauf habe ich ja gesagt. Aber er wollte einen Herrn . . . was weiß ich . . . sprechen und stellte fest, daß er falsch verbunden war und hing ein. Befriedigt?«

Boese nickte und ließ mich mit tausend unergründlichen Fragen zurück. Wie konnte Jean wagen, mich anzurufen? Unglaublich! Steigt mit einer hergelaufenen, ordinären Person in einem Appartement ab, gibt sie als seine Ehefrau aus und tut noch so, als wäre das alles völlig in Ordnung!

Oder sollte ich eine falsche Auskunft erhalten haben? Ich

riß den Hörer von der Gabel. »Appartement Einhundertzwoundddreißig, -dreiunddreißig!« rief ich aufgeregt.

Es dauerte eine Weile, dann meldete sich eine Dame: »Hallo!«

»Qui est là?« fragte ich.

»Madame Fleury!« war die Antwort.

Ich verstummte.

»Hallo!« sagte Madame Fleury. »Wer spricht dort? Hallo, ist dort jemand?«

Im selben Moment hörte ich im Hintergrund Jeans Stimme: »Häng doch ab.« Sie tat es, und ich tat es auch.

Schnell nahm ich noch einmal den Hörer von der Gabel und rief der Telefonzentrale zu, das Gespräch nach Berlin nicht auf die Rechnung zu setzen. Ich würde es im Laufe des Tages persönlich bezahlen.

Das Mittag- und das Abendessen nahmen wir in Boeses Zimmer ein. Ich wollte keine Menschen sehen. Verständlich für Boese, denn schließlich hing ich mit jeder Faser meines Herzens an meinem geliebten, soeben verstorbenen Onkel.

Um den letzten Hoffnungsschimmer betrogen — ich glaubte, Franz Otto würde selbst das Auto aus der Werkstatt abholen —, saß ich den ganzen Tag wie in einer Mausefalle. Das Auto wurde gebracht. Franz Otto wich nicht von meiner Seite.

Nach dem Abendessen hatte ich das Bedürfnis, zu Bett zu gehen. Franz Otto, wie er sagte, wollte das gleiche tun. Unsere Abreise war auf sieben Uhr früh angesetzt, so daß ich das Flugzeug in Genf bequem erreichen konnte.

Ich errechnete mir genau, wann Franz Otto entschlummert sein könnte. Heimlich schlich ich mich vor seine Zimmertür und lauschte. Grabesstille — also schlief er.

Nun war es höchste Zeit, mein Telefongespräch zu bezahlen. Nachdem ich das erledigt hatte, konnte ich nicht umhin, einen neugierigen Blick in die Bar zu werfen.

Am Eingang stand der Tanzlehrer.

»Herr Boese sitzt hinten links in der Ecke. Darf ich Sie hinführen, Madame?«

Ich hielt ihn am Jackettzipfel zurück. »Nein, bitte nicht! Er denkt, ich schlafe. Ich dachte ... ich wollte ... ja eigentlich wollte ich mit Monsieur Simon sprechen.«

»Das wird schlecht gehen, Madame. Monsieur Simon sitzt mit Herrn Boese am gleichen Tisch. Soll ich ihn vielleicht herausbitten?«

»Nein, nein ...«

Der Tanzlehrer in seiner Größe bot mir die nötige Deckung. Er begriff sofort. »Ich stelle mich vor Sie, schauen Sie bitte quer durch den Raum, und überzeugen Sie sich selbst. Links ... noch weiter links, neben der blonden Dame im bonbonroten Kleid sitzt rechts Herr Boese, links von ihr Monsieur Simon und gegenüber der Dame ein Monsieur Fleury aus Paris.«

Ich hatte genug gesehen, genug gehört — es ging über meine Kräfte.

»Bitte«, flehte ich, »bitte sagen Sie niemandem, daß Sie mich eben gesprochen haben.«

Schlaflos starrte ich in die Dunkelheit, bis der Morgen durch die Jalousien dämmerte.

Um fünf Uhr stand ich mit wankenden Knien auf. Die Angst vor der Begegnung mit Franz Otto lähmte mich. Was wußte er ... was wußte er nicht?

Beim Verlassen des Hotels fiel mein Blick auf die Schmuckvitrine. Da lag der begehrte Smaragdring. Hatte Franz Otto ihn mir weggenommen und heimlich zurückgegeben? Hastig öffnete ich meine Tasche, argwöhnisch das Kästchen. Erleichtert atmete ich auf. Simon hatte wirklich schnell für Ersatz gesorgt.

Schweigsam saßen wir nebeneinander im Auto. Nur das eintönige Geräusch einer abgerissenen Schneekette, die Franz Otto zu meiner Sicherheit hatte anbringen lassen, untermalte unsere Gedanken. Bei jeder Umdrehung schlug die Kette gegen das Schutzblech. Blum, blum, blumblumblumblum.

Weiß er etwas? Weiß er nichts? Dieses monotone Blumblum ging mir auf die ohnehin lädierten Nerven. Jetzt, bei Tauwetter, fuhren wir mit Schneeketten — so ein Blödsinn! Kein Wunder, daß die Ketten rissen. Blum, blum, blum, blum ...

Franz Otto schien das nicht zu stören. Weiß er etwas? Weiß er nichts? Ich mußte Gewißheit haben.

»Hast du gut geschlafen?«

»Danke, ja. Du auch?«

»Danke, ja.«

Blum, blum, blum, blum ...

»Du riechst nach Alkohol, hast du gestern noch etwas getrunken?«

»Ja, ich war noch in der Bar.«

»Mit Balthoffs?« Mein Herz raste.

»Nein, mit Monsieur Simon.«

»Mit Monsieur Simon?« fragte ich mit zittriger Stimme. »Wer ist das?«

»Das ist der Mann, bei dem ich den Smaragdring kaufte. Ich mußte den Ring noch bezahlen. Vorsorglich ließ ich ihn dir erst zur Ansicht überreichen. Erstens wußte ich nicht, ob er dir gefällt, und zweitens war ich bei der damaligen gespannten Lage im Zweifel, ob du ihn annehmen würdest.« Franz Otto lächelte. »Aber zum Glück hast du ihn ja angenommen.«

Auch ich lächelte und atmete zum erstenmal auf.

»Übrigens«, wechselte er das Thema, »wie heißt dein Freund Jean eigentlich mit Nachnamen?«

Mein Lächeln erfror, als hätte er mir einen Kübel Eiswasser über den Kopf gegossen.

»Warum?« fragte ich. »Wie ... wie ... kommst du jetzt darauf?«

»Weil Simon seinen Freund Jean aus Paris an unseren Tisch mitbrachte.«

»Na, und ...? Hat er gesagt, daß er mich kennt?«

Es dauerte eine Weile, bis Franz Otto antwortete. »Nein«, sagte er gedehnt, als ob er überlegte. Oder bildete ich es mir nur ein?

»Wie hieß denn dieser Jean?« fragte ich unsicher.

»Fleury, Faury oder so ähnlich; aber er war mit seiner Frau da. Dein Jean ist doch Junggeselle, nicht wahr?«

»Ja, natürlich! Also kann es gar nicht mein Jean gewesen

sein. Jean heißt auf deutsch Hans. Nun rechne mal aus, wieviel Millionen deutscher Männer Hans heißen.«

»So dumm, wie du glaubst, bin ich auch nicht. Deshalb wollte ich gern wissen, wie dein Jean mit Nachnamen heißt.«

»Duval«, antwortete ich auf gut Glück.

»Duval«, wiederholte Franz Otto. »Komisch...«

»Was ist daran komisch?« drang ich in ihn.

»Nichts, nur so.«

»Nun sag es doch, da ist doch etwas«, rief ich aufgeregt.

»Warum erregst du dich so?«

»Weil du mir etwas verheimlichst.«

»Vielleicht sag' ich's dir heute abend. Es ist unwichtig. Aber nun etwas ganz anderes: Ich habe es mir überlegt; ich komme mit zur Beerdigung. Ich habe einen zweiten Platz in der Maschine Genf — Frankfurt — Berlin bestellt. Freust du dich?«

Mein Magen drehte sich wie eine Windmühle. Der Schweiß stand mir auf der Stirn. Ich kurbelte das Fenster herunter und schnappte nach Luft. Das Frühstück sagte mir guten Tag und auf Wiedersehen.

»Das ist sehr lieb von dir«, preßte ich schluckend hervor. »Heute bekommt mir das Autofahren nicht. Bitte, halt an. Ich muß mich übergeben.«

Mühsam erreichte ich den Straßenrand. Das Frühstück zierte den Kilometerstein 56.

Franz Otto war rührend besorgt. »Hol tief Luft! Hier, nimm meine Hausschlüssel in die Hand. Eisen leitet ab! Das soll gegen Seekrankheit das beste sein. Die Kurven haben wir gleich hinter uns. Auf der Geraden wird dir besser werden.«

Mir wird erst besser, wenn er nicht mit zur Beerdigung kommt. Aber wie bring' ich ihm das mit dem nötigen Taktgefühl bei? Nach einer Weile sagte ich: »Es ist rührend, daß du dich der Mühe unterziehen willst, mich zu einem solch gräßlichen Anlaß zu begleiten. Ich hasse Beerdigungen. Du nicht auch?«

»Hassen? Nein. Ich bin der Meinung, man kann dem Menschen, den man liebt, am besten seine Liebe beweisen, wenn man nicht nur Freud', sondern auch Leid mit ihm teilt.«

»Du hast mir mit dem kostbaren Ring soviel Liebe bewiesen! Ich möchte dir nicht deine Zeit auch noch stehlen. Stell dir vor, die ganze pucklige Verwandtschaft kommt von weit und breit angereist.«

»Um so besser, dann lerne ich sie alle gleich kennen. Eine so günstige Gelegenheit bietet sich nicht so bald wieder.«

»Du hast recht, aber es wird bestimmt nicht angenehm für dich sein. Sie werden dich alle anstarren und fragen: Wer ist denn das? Ist Vera verlobt?«

»Und? Hast du nicht den Mut, dich zu mir zu bekennen? Kannst du dich nicht wenigstens damit abfinden, daß ich ein sehr guter Freund von dir bin? Könnte jemand daran Anstoß nehmen?«

»Nein, das nicht, aber du könntest Anstoß nehmen. Meine Verwandten stehen alle nicht im ›Who's Who‹ oder sind Mitglied im AVD. Es sind arme Bauern, Maurer, Tischler.« Ihr lieben Verwandten, die ihr alle so stolz auf eure Abstammung und eure Akademikertitel seid, vergebt mir! »Du weißt doch gar nichts mit denen anzufangen.«

»Liebste«, sagte Franz Otto mit feierlicher, ergriffener Stimme, »du machst mich mit deiner Verwandtschaft mehr als glücklich. Wir sind aus dem gleichen Holz geschnitzt. Mein Vater war Tischler!«

Verflucht noch eins, hätte ich ihn doch lieber mit meinem Vetter Graf Heidenwang, mit meinem Großvater, dem Kommerzienrat, den Garaus geblasen! Aber auch die, das war mir klar, könnten Franz Otto nicht in Panik versetzen.

»Ja, Vera, mein Vater war Tischler«, wiederholte er, nicht ohne Stolz. »Ich habe es bisher nicht erwähnt: Eigentlich aus Angst, ich könnte unter diesen Umständen nicht standesgemäß für dich sein. Mein Vater verstand es, sich mit Fleiß, Sparsamkeit und eiserner Energie vom einfachen Tischler bis zum Möbelfabrikanten hochzuarbeiten. Um die Früchte seiner Arbeit wurde er durch den Bombenkrieg betrogen. Wieder fing er von vorne an, diesmal mit meiner Hilfe.«

Franz Otto sprach so schrecklich laut. Es ging mir, besonders im Auto, durch Mark und Bein.

»Bitte, Franz Otto«, sagte ich, »sprich etwas leiser. Schone deine Stimmbänder.«

»Du hast recht. Weißt du, weshalb ich immer so laut spreche? Mein Vater hat schon als junger Mann infolge einer Ohrenoperation schwer gehört. Mein ganzes Leben waren meine Mutter und ich gezwungen, laut zu sprechen. Ich bekam vom Schreien Knötchen auf den Stimmbändern, die operativ entfernt werden mußten. Seitdem klingt meine Stimme heiser.«

Franz Otto tat mir leid. Unwillkürlich streichelte ich seine Hand.

»Der Jähzorn meines Vaters war sicher auf sein Leiden zurückzuführen. Seine Schwerhörigkeit erweckte ständig sein Mißtrauen. Meine schöne lebenslustige Mutter litt schwer unter seinem Argwohn. Wir verlernten in Vaters Gegenwart das Lachen. Wenn wir lachten, verdächtigte er uns, wir machten uns über ihn lustig oder wir schmiedeten hinter seinem Rücken geheime Pläne. Er fand eigentlich nur innere Ruhe, wenn ihm die Arbeit über den Kopf wuchs. Er war von geradezu krankhaftem Ehrgeiz besessen. So bedingungslos er sich der Arbeit verschrieb, so bedingungslos verlangte er das gleiche von mir. Meine einzige Freude in meiner Jugend war: Ich durfte in meiner knappen Freizeit Fußball spielen. Nachdem wir wieder eine gut florierende Möbelfabrik aufgebaut hatten, erwarb mein Vater eine in Schwierigkeiten geratene Holzbearbeitungsmaschinenfabrik, die er auf den Namen meiner Mutter eintragen ließ. Wenn wir mal mit der Möbelfabrik pleite gehen, Jungchen, sind wir gesichert, sagte er. Diese Sicherung schien ihm noch nicht genug, er dachte an einen Möbelversand. Seine Pläne überlebte er nicht. Ich führte sie nach seinem Tode aus und errichtete in Verbindung damit eine Spedition, die ich auch günstig erwerben konnte. Ich bin nach außen ein Konzernkönig, innerlich aber der kleine Tischler mit vielen Hemmungen geblieben.«

»Ich bewundere dich«, sagte ich ganz ehrlich, »mit welcher Aufrichtigkeit du über deine inneren Konflikte sprichst, macht dich liebenswert. Ich verstehe dich so gut, Franz Otto. Weißt du, ich werde dich F. O. nennen. Franz Otto klingt so streng, F. O. klingt wärmer, findest du nicht auch?«

»O. W. Fischer, O. E. Hasse, F. O. Boese!« Er lachte. »Ja, nenne mich F. O. Nenne mich, wie du willst. Hauptsache ist, du hast mich lieb. Wenigstens ein bißchen! Das genügt schon für den Anfang.«

»Ja. F. O., ich glaube, ich werde dich eines Tages lieben.« Dann stöhnte ich, mich plötzlich wieder meiner Situation erinnernd: »Mir ist ja so schrecklich schlecht! Bitte, bitte, laß uns in Genf übernachten.«

»Aber mein Häschen, wir müssen doch zur Beerdigung.«

»Nichts müssen wir«, sagte ich kämpferisch, »wer kann uns zwingen, wo ich doch so krank bin. Wir müssen gar nichts, nur uns lieb haben! Ach, wie liebe ich dich«, rief ich emphatisch, »aber laß uns bloß in Genf übernachten.«

F. O. hielt sofort das Auto an. Stürmisch bedeckte er mein Gesicht mit Küssen.

»Wie du willst, Häschen«, hauchte er zwischendurch, »dann fahren wir ins Hotel du Rhône.«

Ich schrie beinahe auf vor Glück.

»Herr Boese, ich bedaure außerordentlich, das Hotel ist überbelegt«, sagte der Herr hinter der Barriere.

»Reden Sie keinen Unsinn!« fuhr Boese den Empfangschef an. »Für einen alten Stammgast gibt es immer einen Platz, oder bringen Sie mich gefälligst woanders unter.«

»Auch dieser Versuch ist sinnlos. Ich telefoniere schon den ganzen Tag für Gäste, die wir ausquartieren mußten. Die Flüge nach Paris sind heute ausgefallen. In Paris wird wieder mal gestreikt.«

»Ja, Vera, dann müssen wir wohl oder übel doch nach Berlin zur Beerdigung fliegen.«

»Ausgeschlossen«, rief ich entschieden, »dann gehe ich in ein Krankenhaus. Mir ist so schlecht!«

»Sie hören doch, die Dame ist krank«, herrschte Boese den Empfangschef an. »Ich möchte sofort den Direktor sprechen.«

Der Empfangschef verneigte sich kühl und meldete uns dem Direktor.

Diesmal hatte ich gegen Boeses Manieren nichts einzuwenden, obwohl mir der Auftritt sehr peinlich war. Nach langem Palaver erreichte Boese sein Ziel. Wir erhielten ein winziges Einzelzimmer, in das obendrein noch eine Couch gestellt wurde, so daß wir uns kaum rühren konnten.

»Das mußt du dir merken«, sagte F. O., nachdem wir uns erschöpft auf der Bettkante niederließen, »das Wort ›unmöglich‹ gibt es für mich nicht! Nun werden wir gleich deine Mutter anrufen.«

»Nein, lieber nicht. Sie würde sich wegen meiner Krankheit Sorgen machen. Schicken wir ihr ein Telegramm.« Mir fiel der Streik in Paris ein.

Das Telegramm lautete: *Sitzen in Genf fest. Flugzeug wegen Nebel ausgefallen. Kommen unmöglich. Kuß Vera.*

Boese rannte gleich mit dem Telegramm nach unten und kam erst nach einer Stunde wieder zurück.

»Das hat aber lange gedauert! Hast du noch jemanden getroffen?«

»Nein, ich war noch in einem Blumengeschäft. Da wir schon nicht zur Beerdigung kommen, gehört es sich doch wenigstens, einen Kranz zu schicken. Ich habe ein ganz besonders schönes Stück in Auftrag gegeben. Für 300 Schweizer Franken muß man schon was Anständiges bekommen. Meinst du nicht auch?«

»Wohin hast du denn den Kranz geschickt?« fragte ich bang.

»In die Wohnung. Wir wissen doch nicht, auf welchem Friedhof er beerdigt wird. Außerdem käme der Kranz auf dem Friedhof bei der Vielzahl von Blumen nicht genügend zur Geltung. In der Wohnung kann man ihn nicht übersehen.«

Gerade malte ich mir die Szene aus, wie meine Mutter den

Kranz in Empfang nehmen würde. Mein unterdrücktes Lachen gluckste in der Kehle, da fiel mich plötzlich F. O. wie ein Tiger an.

»Ach, du mein Häschen, mein inniggeliebter Schatz!« Seine Hand fuhr ungestüm in meinen Haarschopf, seine Finger verhakten sich fest in meinen Haaren. Unsanft wurde mein Kopf nach hinten gezaust. »Wie wahnsinnig liebe ich dich!« Es tat erbärmlich weh. Ich schwankte, fiel hintenüber auf die Couch. Auf mir lagen zwei Zentner und schnürten mir die Luft ab.

Ich japste. »Liebling, bitte ... Liebling!«

Er mußte es falsch verstanden haben. Anstatt mich freizugeben, bissen sich seine Zähne fest in meine Lippen. Heute kann ich verstehen, wie man jemanden aus Liebe umbringen kann. Erst als ich wie reglos dalag — ich stand kurz vor der Himmelspforte — kam F. O. langsam zur Besinnung und wälzte sein Zentnergewicht von meinem Leib.

An diesem Abend gab ich F. O. in jeder Beziehung mein Jawort. Wie sehr sehnte ich mich nach Geborgenheit und Ruhe! Das alles würde ich bei F. O., dem starken Beschützer, finden. Das nervenaufreibende Leben, das viele Lügen mit den nicht vorauszuahnenden Komplikationen ... ich hatte es endgültig satt!

4

Nachdem ich mich acht Tage in Berlin von meiner Reise erholt hatte, kam F. O., um offiziell um meine Hand anzuhalten. Meine Eltern leben getrennt. Mein Vater hielt sich immer noch in Australien auf. Er wurde nicht nach seiner Meinung gefragt. Meine Mutter war stolz, einen so vornehmen, wohlhabenden Industrieboß als Schwiegersohn in die Arme schließen zu können.

F. O. berichtete ausführlich, wie sehr er mich verwöhnen

wollte. Meine Zukunft würde sich in Nichtstun erfüllen und dem Leben einer Prinzessin gleichkommen. Ihr Mutterherz flog begeistert F. O. entgegen. Ich konnte es selbst im Nebenzimmer ermessen.

»Ich bin sehr froh«, sagte meine Mutter, »daß Vera keine hausfraulichen Pflichten bei Ihnen zu erfüllen hat. Vom Kochen versteht sie wenig, vom Aufräumen gar nichts.«

Plötzlich stand ich vor ihnen. »Also, ich muß schon bitten«, rügte ich meine Mutter. Drohend stemmte ich den Arm in die Hüfte. »F. O., sofort kommst du mit mir rauf! Du wirst staunen, wie wenig wahrheitsgetreu meine Mutter ihre Tochter schilderte.«

Explosiv zerrte ich ihn hoch. Niemand wagte zu widersprechen. Im Haus meiner Mutter bewohnte ich in der oberen Etage ein Appartement: Schlafzimmer, Ankleideraum, Wohnzimmer, Bad und Kochnische. Selbstsicher stieß ich die Tür auf und F. O. hinein. Es konnte nichts schiefgehen. Auf Anna war Verlaß. Seit meiner Kindheit hing sie hündisch ergeben voller Liebe an mir.

»Hier, bitte überzeuge dich mit eigenen...« Die ›Augen‹ verschluckte ich. Wie war denn so etwas möglich? »Was ist denn hier los? Wer war denn in meinem Zimmer?« murmelte ich verstört. Die Sachen im Raum verstreut, auf meinem Toilettentisch ein heilloses Durcheinander...

»Komm wieder runter«, befahl ich F. O.

»Mutti«, schrie ich und stürmte voraus die Treppe hinunter. »Was ist denn los? Hat Anna nicht aufgeräumt?« raunte ich ihr vorwurfsvoll zu.

»Anna ist gestern abend zu ihren Verwandten gereist. Sie kommt erst Montag zurück.

»Warum hast du das nicht gleich gesagt?«

»Du wußtest es doch.«

»Wußte ... wußte ...«, sagte ich ungehalten. »Ich war den ganzen Tag über mit Besorgungen, Friseur und derlei beschäftigt, das wußtest du doch auch! Ich hab' mich ja schön blamiert.«

Meine Mutter schüttelte nachsichtig lächelnd den Kopf.

»Verachen«, frotzelte sie, »wolltest du nicht Franz Otto unter Beweis stellen, ich sei im Unrecht?«

F. O. lachte. »Vera hat mir bewiesen, daß wir großartig zusammenpassen. Ich bin auch schrecklich unordentlich.« Dabei strich er mir väterlich sanft — ja sanft — über den Kopf.

An diesem Abend gab F. O. ein Verlobungsessen im ›Ritz‹. Ich durfte mir ein paar Freunde einladen. Sie alle waren von F. O.'s Charme begeistert. Er zeigte sich in bestem Licht, so, als säßen nur Angehörige der High-Society an unserem Tisch.

Am nächsten Morgen lüfteten wir unsere alkohol- und zigarettenrauchdurchtränkten Köpfe bei einem Spaziergang um den Grunewaldsee. Der Schnee knirschte unter unseren Schritten. Wir fühlten nicht die Kälte. Unsere Herzen schlugen uns in Wärme entgegen. So, untergehakt, aneinandergeschmiegt, sahen wir wie ein perfektes Liebespaar aus.

»Ich liebe dich so wahnsinnig, mein Häschen«, versicherte mir F. O. zum neunhundertneunundneunzigstenmal.

Ich gehöre nicht zu den Frauen, die hingebungsvoll, nimmersatt nach Liebesschwüren dürsten. Oft gesagt, verliert alles für mich an Bedeutung. Dagegen werde ich nie müde, Beweise — auch wenn sie nur in ganz kleinen Aufmerksamkeiten im täglichen Leben bestehen — entgegenzunehmen und zu honorieren. Was bedeuten schon Liebesschwüre! Was haben mir die Männer schon alles geschworen und was hab' ich schon alles den Männern geschworen! Was kam dabei heraus ... ? Nichts als Meineide!

»Ich schwöre dir«, sagte F. O. in diesem Moment. »Ich habe noch nie im Leben eine Frau so geliebt wie dich.«

»So?« fragte ich skeptisch. »Du warst doch schon dreimal verheiratet. Ich nehme an, du hast jedesmal aus Liebe geheiratet, denn Geld brauchtest du doch nicht.«

»Die anderen Frauen habe ich nicht halb so innig geliebt wie dich. Ich liebe dich über alle Maßen!«

»Nun, wir haben kein Zentimetermaß bei uns«, scherzte ich. »Vielleicht hast du dich doch um ein paar Zentimeter verrechnet.«

F. O. warf mir einen unwilligen Blick zu.

Ich lenkte ein. »Weißt du, Liebchen, die Vergangenheit erlischt, zumindest verwischt sie, geblendet von der Gegenwart. Alles Gewesene siehst du durch einen dichten Nebelschleier. Er nimmt dir die Objektivität.«

F. O. beteuerte von neuem: »Eine Zukunft ohne dich kann ich mir nicht mehr vorstellen. Du bist alles, was ich besitze. Du bist mein Leben.«

Ich kniff zwinkernd ein Auge, ungläubig lächelte ich dazu.

F. O. blieb abrupt stehen. Riß seinen Arm aus der zärtlichen Verhakung. Abweisend schroff fielen seine Worte wie Paukenschläge: »Also, wenn du jetzt schon so anfängst ... Wenn du mir jetzt schon kein Wort glaubst ... Dann ist es besser, wir gehen sofort auseinander! Glauben und Vertrauen ist das höchste Gebot der Ehe. Aber davon verstehst du nichts, und deshalb passen wir nicht zusammen.«

Was nun, Vera, sind wir jetzt entlobt? fragte ich mich und spürte den eisigen Wind. Was wird Mutter sagen, was meine Freunde? Ich war ratlos. Dieser Mann ist gespenstisch. In einer Minute dreht er sich und seine Gefühle um 180 Grad.

Wie verhält man sich in solch einer Situation? Schlage ich zurück? Renne ich wortlos davon? Bettele ich um seine Gunst? Vielleicht passen wir wirklich nicht zusammen! Ich schritt schneller aus.

F. O. packte mich am Arm, hielt mich fest. »Schau mich mal an«, sagte er, wieder sanft wie ein Lamm. »Du mußt mir nicht solche Lügen unterschieben. Ich lüge nie.«

»Ich habe doch nicht gesagt, daß du lügst«, sagte ich kühl.

»Nein? Hast du das nicht gesagt? Na, dann ist ja alles, alles gut. Dann hab' ich dich nur mißverstanden, mein Häschen.«

Er hakte mich wieder unter. Schweigsam schritten wir weiter und gelangten ohne weitere Zwischenfälle immer noch als Verlobte zu Hause an.

Kurz vor der Hochzeit besuchte ich einen Astrologen. Er rechnete, rechnete... dann schüttelte er den Kopf. Er sah keine Ehe.

»Aber das Aufgebot ist bereits bestellt.«

»Tut mir leid, ich sehe trotzdem keine Ehe.«

Komisch, dachte ich. Vielleicht hat er recht. Bei F. O. weiß man nie, was morgen sein wird.

»Oder die Ehe ist so kurz, daß sie gar nicht verzeichnet ist«, räumte der Astrologe ein. »Wissen Sie, der Herr hat einen Bratpfannenaspekt.«

Ich stutzte. »Bratpfannenaspekt? Was ist denn das?«

Er lachte. »Ich nenne es so. Es bedeutet... wie soll ich es erklären... ja also: Wenn der auftaucht, fliegen die Bratpfannen... oder er schläft. Er ist eine dynamische Natur. Er duldet keinen Widerspruch. Jeder hat sich seinen Anordnungen bedingungslos zu fügen. Bei dem dürfen Sie nicht ängstlich sein. Der zertrampelt Sie. Das ist eine ausgesprochene Kämpfernatur. Er liebt Schwierigkeiten und den Kampf, um sich seine Stärke zu beweisen. Das gibt ihm ein wohliges Machtgefühl. Was ist denn dieser ›Feldwebel‹ von Beruf?«

»Industriekaufmann.«

Er nickte nachdenklich. »Ein toller Organisator, dem entgeht nichts, auch wenn er seine Arbeitsstätten in aller Welt verteilt hätte. Er behält die Übersicht. Schlau, gerissen, listig, stolz, prahlerisch. Er will gelobhudelt sein. Wenn Sie das tun, kommen Sie bei ihm am weitesten. Er kann sehr großzügig sein. Einen guten Freund würde er nie im Stich lassen. Er ist außerordentlich hilfsbereit...«

Ich war dankbar, daß der Astrologe auch ein paar menschliche Züge an F. O. fand. Auf dem Heimweg dachte ich, daß ja sowieso alles Quatsch ist. Er sieht keine Ehe, obwohl sie in vierzehn Tagen geschlossen werden soll...

Bis dahin begab ich mich auf Reisen. Ich lernte F. O.'s Mutter, eine gebürtige Wienerin, kennen. Sie lebte in Krefeld und gefiel mir sofort. Eine damenhafte, elegante, temperamentvolle, 63-

jährige lebenslustige Witwe. Sie besaß heute noch den vielgepriesenen Wiener Charme. Von seiner Mutter also — das war mir jetzt klar — mußte F. O. den Charme geerbt haben, den er genauso an den Tag legen konnte wie seine rauhe, robuste, deftige Art, die von Vaters Seite her in seinem Blut pulsierte.

Wenn F. O. sich mit seiner Mutter unterhielt, glaubte man immer, sie wären in einen heftigen Streit verwickelt und gingen gleich mit Messern aufeinander los. In Wirklichkeit handelte es sich um eine ganz normale Konversation.

Ich blieb noch fünf Tage allein in ihrem gepflegten Haus. F. O. mußte sich dringend seinen Geschäften widmen. In dieser Zeit gewannen Mama Ellen und ich uns lieb. Sie erzählte mir viel über F. O., zeigte mir seine Kinderbilder, erwähnte beiläufig seinen Jähzorn, fügte aber gleich hinzu, daß es eine erbliche Veranlagung sei, für die man ihn nicht verantwortlich machen könne.

»Er meint es nicht so, brüllt los und hat es schon vergessen. Du mußt dich einfach taub stellen. Im Grunde seines Herzens ist er ein lieber, guter Junge. Franzerl hat kein leichtes Los gezogen. Hinter ihm liegt eine spartanische Jugend. Sein Vater war zu streng. Auch mit den Frauen hatte er Pech. Seine Freude und meine Wonne ist Carolinchen.«

Carolinchen, dachte ich, wer ist denn das schon wieder?

»Sicher hat dir Franzerl viel von seinem Töchterchen erzählt.«

Ach, du liebe Zeit, die gab's ja auch noch! Ich wußte nicht einmal, wie sie hieß. F. O. erwähnte sie nur kurz am ersten Abend. Aus meinem Gedächtnis war sie bereits entwichen. Neue Schwierigkeiten sah ich auf mich zukommen ...

»Carolinchens Mutter heiratete einen Amerikaner und lebt mit unserem Carolinchen und deren Ersatzdaddy in New York.«

Gottlob, weit ab vom Schuß! Soll mir nur recht sein ...

»Ich leide natürlich sehr unter der Trennung. Ich habe buchstäblich Carolinchen seit acht Jahren nicht mehr gesehen. Sie ist ein wonniges, liebes braves Kind.«

Woher sie das so genau wußte? »Wie schade«, heuchelte ich, »zu gern hätte ich Carolinchen bei uns gehabt.«

»Na, was nicht ist, kann ja noch werden.« Mama Ellen lachte, und ich mit ihr, indem ich dachte: meine Güte, übertreib mal nicht und mal den Teufel nicht an die Wand.

»Zu dir hab' ich großes Vertrauen, Vera. Gelt, du machst Franzerl glücklich? Vera, das wäre mein schönstes Geschenk!«

»Ich werde alles tun, um F. O. glücklich zu machen«, gelobte ich seiner Mama feierlich.

Zum Wochenende erwartete mich F. O. in Hösel. Ja, ich sollte fortan mein Domizil in Hösel aufschlagen. An den Namen mußte ich mich erst noch gewöhnen. Hösel liegt 30 km von Düsseldorf entfernt. Es ist eine kleine Villenstadt, im Wald eingebettet, und gilt als sehr vornehme Wohngegend. Die Luft war gut in Hösel. Ich hörte schon Lohmann witzeln: »Im Unter- oder im Oberhösel?«

Der livrierte Chauffeur, der mich diesmal in einem Cadillac meinem neuen Heim entgegenfuhr, gab mir wie ein Fremdenführer Aufschluß über die Anwohner von Hösel. Es waren alles große Namen, also kein Grund, mich ›im Hösel‹ zu genieren. Es standen hier viel Prominentere ›im Hösel‹ als Vera Boese geborene Croner... So witzelte ich in Gedanken.

Wir erreichten ein schon geöffnetes, großes weißes Tor. Vor uns breitete sich links und rechts der Auffahrt ein überdimensionaler Rasenteppich mit herrlichen alten Bäumen, in Gruppen angeordnet, aus. Der Chauffeur hupte.

F. O. und ein Diener schossen gemeinsam heraus. »Da bist du ja, Gott sei Dank, ich hab' mir schon Sorge gemacht. Herzlich willkommen! Na los, Anton«, raunzte er den Diener an, »nehmen Sie der gnädigen Frau den Schirm und die große Tasche ab. Robert«, befahl er in knappen Worten dem Chauffeur, »Koffer ins Gästezimmer!«

Die Karawane begab sich durch die Halle, einen Gang entlang, ins Gästezimmer. Überall roch es nach Farbe. Überall standen trotz Kälte Fenster und Türen auf. So nebenbei erfuhr ich später, F. O. hatte in Blitzeseile das ganze Haus streichen und tapezieren lassen, während ich bei seiner Mutter war.

73

Seine Augen schauten mich unsicher, abwartend an. Gefällt es dir? fragten sie.

»Du hast ein sehr schönes Haus und einen herrlichen Garten. Es muß im Sommer ideal hier sein.«

Er setzte sich sofort in Bewegung, rannte vorneweg, zerrte mich an der Hand im Laufschritt durchs Haus in den Garten.

»Hier ist der Swimming-pool«, sagte er stolz.

»Sehr schön. Hoffen wir auf viel Sonnenschein.«

»Du brauchst keinen Sonnenschein, das Wasser läßt sich heizen. Umwälzanlage, alles vorhanden. Immer sauber. Hier«, er zog mich weiter zu einem kleinen Häuschen direkt am Becken. »Duschräume, Toiletten mit Ankleidekabinen. Hauptsächlich für Gäste gedacht, damit sie nicht durchs Haus latschen, und hier ...«

Weiter ging's. »Die Liegeterrasse, ganz windgeschützt. Natürlich ist im Sommer hier alles mit Blumen bepflanzt, große Blumenkübel stehen da, da und da!« F. O. war aufgeregt wie ein kleiner Junge, der mir schnell alle seine Spielsachen zeigen will.

Nun ging es wieder zurück ins Haus.

»Sag mir ganz offen, was dir nicht gefällt, man kann alles ändern. Falls du das Eßzimmer größer haben willst ... hier, guck mal, die Wand kann man rausreißen!« Er wartete nicht ab, bis ich mir etwas genauer ansah oder überlegte, geschweige denn überhaupt eine Antwort gab. Im Eiltempo ging es durch sämtliche Räume, Küche, Keller, Boden. Immer mit F. O.'s hastigen Kommentaren.

Im Vorbeirennen stellte er mir Frieda, die Köchin, und Regine, das Stubenmädchen vor. Ich mußte auch einen Blick in zwei riesige Tiefkühltruhen werfen, in denen die Resultate eines leidenschaftlichen Jägers auf Eis lagen. Er wird mich doch nicht mit auf die Jagd schleppen? Es blieb keine Zeit für Fragen. Wir standen unter Druck.

Wir hetzten weiter. So, als wenn wir den Zug versäumen könnten, noch ehe er mir alles gezeigt hätte. Ich fand die Situation saukomisch und mußte wieder einmal lachen. F. O. drehte sich spontan um. Im gleichen Moment hüstelte ich mit vorgehaltener Hand.

Dann saßen wir auf Hockern an der Hausbar. Im Spiegel, der die Wand hinter der Bar verkleidete, sah ich das Kaminfeuer prasseln. Es war trotzdem kühl.

»Kannst du nicht die Terrassentür schließen? Ich friere.«

»Aber natürlich, Häschen. Nur stinkt es vielleicht nach Farbe. Wir hatten kürzlich die Decke streichen lassen. Es riecht schon wochenlang. Der Gestank geht nicht raus.«

Ich dachte einen Moment an Weihnachten, Jean und den Baum. Die Situation und der Geruch glichen sich haargenau.

»Es riecht so nach Beize«, sagte ich.

»Ja, die Holzbalken an der Decke sind frisch gebeizt.« Es war rührend, wie F. O. sich bemühte.

»Du hast ja einen neuen Cadillac«, sagte ich.

»Neu? Ich hab' viele Wagen. Ich bin mit dem anderen nur nach Gstaad gefahren, weil ich nicht wegen meines Cadillac geheiratet werden will. Aus diesem Grund zeige ich dir auch erst nach der Ehe meine Fabriken.«

Ich seufzte. Es war wirklich schwierig, F. O.'s Gedankengängen zu folgen. Einmal prahlte und protzte er, und dann gab er sich mutwillig wieder bescheiden. Er blieb für mich ein Buch mit sieben Siegeln.

Der Astrologe behielt nicht recht. Die Hochzeit fand doch statt. Auf meinen Wunsch im kleinsten Kreis ohne Tamtam.

Doch drei Tage später, noch ehe ich Zeit fand, die Anzeigen zu verschicken, reichte Boese bereits die Scheidung ein.

5

Es geschah in Berlin. Dort fand ein Wohltätigkeitsball statt, zu dem sich selbst namhafte ausländische Künstler uneigennützig zur Verfügung stellten. Schon vor Wochen hatten wir die Karten bestellt, und genausolange waren die Stickerinnen beschäftigt, mein Kleid — ein Traumgebilde — von oben bis unten mit glitzernden Steinen zu verzieren.

Wohlgefällig lächelte ich meinem Spiegelbild zu. F. O. mußte jeden Moment, aus Frankreich kommend, eintrudeln.

Meine Mutter betrat das Zimmer. »Vera«, rief sie hingerissen, »du siehst wie eine Märchenfee aus!«

Unserer Anna verschlug's den Atem. »So etwas Schönes hab' ich noch nie gesehen!«

Ich auch nicht, dachte ich, man mußte den Frauen zustimmen. Ich fühlte schon die bewundernden Blicke F. O.'s und sonnte mich in Vorfreude der unzähligen Komplimente, die ich heute abend zu hören bekommen würde. Der Ball, ein gesellschaftliches Ereignis, gab mir die Gewißheit, eine Menge Bekannte und Freunde zu treffen.

In dem Moment schrillte das Telefon. F. O. überschrie sich fast: »Ich bin noch in Frankfurt, habe das Flugzeug verpaßt. Auf der Autobahn war eine Verkehrsstauung. Kilometerlange Schlange! Das nächste Flugzeug geht in einer Stunde, ist aber ausgebucht. Ich habe denen schon klargemacht, daß ich unter allen Umständen mitfliegen muß.«

»Ja, aber wie denn?« unterbrach ich ihn verzweifelt. »Wenn es doch ausgebucht ist!«

»Das soll mir egal sein. Dann muß eben jemand anderes zurücktreten. Laß mich das nur machen. Ich habe denen schon meine Air-Travel-Karte unter die Nase gehalten und ihnen angedroht, daß ich nie wieder mit der Pan American fliege, falls ich nicht mitgenommen werde. Den Direktor von Pan American hab' ich sicherheitshalber auch schon per Telefon hochgeschreckt.

Also, du hörst wieder von mir!« Das Knacken in der Leitung gab mir das Ende des Gespräches bekannt.

Niedergeschlagen ließ ich mich auf den nächsten Sessel fallen. Ich hätte heulen können.

Meine Mutter beruhigte mich: »Mach dir keine Sorgen, Kind. Der kommt bestimmt mit, und wenn er sich an die Flügel des Flugzeugs hängt.«

»Aber so spät!« jammerte ich. »Es ist ja jetzt schon neun Uhr, vor zwölf können wir ja gar nicht dort sein. F. O. muß sich doch erst noch umziehen.«

Kurz vor zwölf klingelte es Sturm. Mit viel Getöse, ohne uns guten Tag zu sagen, ohne mich eines Blickes zu würdigen, raste F. O. nach oben in mein Schlafzimmer. Ich baute mich in meinem prachtvollen Gewand wie ein Standbild vor ihm auf.

Er haute den Koffer aufs Bett und blaffte mich an: »Na los, beweg dich! Pack aus, damit wir fortkommen.« Dabei zog er sich die Hosen runter.

Anna steckte den Kopf zur Tür herein. »Darf ich etwas helfen?«

»Nein«, schrie F. O., rannte in Unterhosen zur Tür und schlug sie vor Annas Nase zu.

Ganz eingeschüchtert führte ich seinen Befehl aus. Er riß mir den Smoking aus der Hand, stieg in die Hose und befahl: »Kleiderbürste!«

Während ich ihn abbürstete, band er sich die Fliege, knöpfte das Jackett zu und ging die Treppe hinunter. Ich hinterher, riß im Vorbeigehen meinen Mantel von der Garderobe... Mutter und Anna standen an der Tür Spalier.

Mit einer Handbewegung schob F. O. sie grußlos beiseite. Mutti drückte mir schnell noch mein weißes Nerzcape in den Arm und rief: »Viel Vergnügen wünsche ich euch!«

F. O. hatte schon die Tür des wartenden Taxis geöffnet.

»Danke, Mutti!« Ich warf ihr einen vielsagenden Blick zu, ehe ich im Taxi verschwand. Die beiden guten Frauen taten mir so leid. Ich kurbelte das Fenster hinunter und winkte ihnen — zu meiner Überraschung! — mit der Kleiderbürste.

F. O. roch nach Alkohol.

»Hast du schon etwas getrunken?« fragte ich. Es war das erste persönliche Wort, das zwischen uns gesprochen wurde.

»Na selbstverständlich«, sagte er gereizt, »bei der Aufregung. Was sollte ich denn sonst in der Stunde auf dem Flughafen machen? Das gibt noch einen handfesten Skandal. Ich habe dem eine Beleidigungsklage angedroht, diesem Proleten auf dem Flughafen, falls er sich nicht binnen drei Tagen entschuldigt. Unglaublich, mir soviel Schwierigkeiten zu machen! Die wollten mich doch tatsächlich nicht mitnehmen. Aber denen hab' ich die Meinung gesagt. Schließlich haben sie mir den Sitz der Stewardeß gegeben, und die hat während der Landung im Cockpit gehockt.«

Ich war heilfroh, nicht Zeuge dieser Auseinandersetzung gewesen zu sein.

»Ist das das neue Kleid?« fragte F. O., als ich den Mantel an der Garderobe ablegte.

»Ja.«

»Hm. Sieht ja ganz nett aus. Bist du fertig?«

Ich warf schnell noch einen Blick in den Spiegel, wollte noch ein Löckchen zurechtzupfen ...»Na, nu mach schon!« F. O. eilte bereits voraus. Ich wie ein Dackel hinterher.

Die Plätze an unserem Tisch waren besetzt.

»Bitte, nehmen Sie doch an der Bar Platz, bis die Show vorüber ist«, schlug der Kellner vor. »Danach werde ich alles zu Ihrer Zufriedenheit regeln.«

F. O. hatte dagegen nichts einzuwenden. Im Gegenteil, Vorträge und Gesänge langweilten ihn sowieso. Ich wurde nicht gefragt.

Schon saßen wir einsam und verlassen in einem Nebenraum an der Bar. Undeutlich hörte ich durch die geschlossene Tür zum Ballsaal den Gesang der Hildegard Knef. Ich drängte zur Tür, auch mit einem Stehplatz wäre ich einverstanden gewesen. Ich brannte darauf, meine große Kollegin zu sehen ...

»Du willst mich doch wohl hier nicht allein sitzen lassen«, rügte mich F. O. unmißverständlich. Folgsam wie ein braves

Kind eilte ich zurück. Irgend etwas schwebte unheilverkündend in der Luft.

F. O. trank hastig einen Whisky nach dem anderen. Nebenan ertönte stürmischer Applaus. Zu den Klängen von »Auf Wiedersehen, auf Wiedersehen!« war es auch mir vergönnt, Hildegard Knef von hinten zu sehen, ehe sie auf Nimmerwiedersehen entschwand.

Die Pärchen drängten zur Tanzfläche, wir drängelten uns an den Tisch. Der war jetzt ganz leer. F. O. nahm die besten Plätze ein.

»Hier sitzt doch jemand«, bemerkte ich.

»Ja, wir, setz dich!«

»Die beiden Plätze mit dem Rücken zur Tanzfläche sind noch frei«, fuhr ich kleinlaut fort.

»Da soll sich hinsetzen, wer Lust hat. Ich habe keine. Ich sitze hier und du auch.«

Mir brach der Schweiß aus. Ich ahnte, was mir bevorstand. Während F. O. die Getränkekarte studierte, überlegte ich fieberhaft, wie ich die Situation meistern könnte. Es war mir klar: F. O. würde niemals seinen Platz aufgeben.

»Wollen wir tanzen?« fragte ich.

»Jetzt nicht! Ich muß die Stühle verteidigen.«

»Da drüben sitzen gute Freunde, wollen wir ihnen nicht schnell mal guten Tag sagen?«

»Denen werd' ich guten Abend sagen, aber erst, wenn die Stuhlangelegenheit geklärt ist. Man kann doch einer wie dir, einem Filmstar, nicht zumuten, mit dem Rücken zur Tanzfläche zu sitzen.«

»Mir ist das wirklich so egal.«

»Mir aber nicht, basta!«

Meine Blicke schweiften ängstlich durch den Saal. Die Gattin eines Regisseurs winkte mir zu. Ich sprang auf und rannte in Panik davon, ohne mich nach F. O. umzudrehen. Ich saß wohl schon eine Viertelstunde an dem Tisch meiner Freunde, ehe ich es wagte, F. O.'s Tisch anzupeilen.

Er saß noch auf seinem Stuhl, eingerahmt von zwei schönen

Frauen. Er strahlte wie ein Honigkuchenpferd. Seine Laune schien sich gebessert zu haben. Ich riskierte den Rückmarsch.

Unsere Tischrunde setzte sich zusammen aus zwei Ehepaaren, die ich flüchtig kannte, und den Zwillingsschwestern, bekannten Revuegirls, die neben F. O. saßen. F. O. sorgte dafür, daß ihre Gläser nie leer wurden. Als ich an den Tisch kam, erhoben sich die Herren, einer wies mir sofort seinen Stuhl an.

F. O. mischte sich ein: »Nein, nein, meine Frau sitzt gern mit dem Rücken zur Tanzfläche, das hat sie mir ausdrücklich gesagt.«

Noch ehe ich saß, drückte mich ein guter Freund enthusiastisch an seine Rüschenbrust.

»Hi, Vera!« rief der gebürtige Amerikaner.

»Hi«, äffte F. O. ihn nach.

Paul küßte mich auf beide Wangen. »How wonderful to meet you!«

Ich stellte ihn in deutsch allen Anwesenden vor: »Das ist Mister Paul Brown.«

Als die Reihe an F. O. kam, sagte ich in englisch: »Das ist mein Mann.«

Paul war überrascht. »What a pleasure to meet you, Mr. Boese.«

»Mit mir können Sie ruhig deutsch sprechen.«

»What did he say?« fragte Paul.

»Er ist entzückt, dich kennenzulernen.«

»Ja«, sagte F. O. in deutsch. »Er soll mir mal gleich seine Schneiderin verraten. Ich möchte auch so ein Rüschenhemd in Arbeit geben.« Damals war ein Rüschenhemd eine Novität, in Deutschland noch unbekannt.

F. O. benahm sich wie ein Rowdy, trotzdem hatte er die Lacher auf seiner Seite.

»Excuse me«, sagte Paul, verwirrt durch das Gelächter. »Ich habe nix verstehen.«

»Wenn man Paul Braun heißt, versteht man alles«, ergänzte Boese.

Wieder lachten die Anwesenden.

Boese sprach jetzt englisch: »Sie sehen so intelligent aus. Ich setzte voraus, Sie sprechen deutsch.«

»Thank you für das Kompliment. Darf ich mit Vera tanzen?«

»Tun Sie sich keinen Zwang an«, sagte Boese mit einer großsprecherischen Geste.

»Mein Mann hat zuviel getrunken«, erklärte ich Paul auf dem Weg zur Tanzfläche.

»Ich finde ihn sehr nett«, Paul lächelte höflich. »Er hat großes Glück, eine so schöne Frau sein eigen nennen zu dürfen. Du siehst bezaubernd aus. Dein Kleid ist wunderschön.« Paul schob mich etwas von sich und betrachtete mich von oben bis unten. »Wirklich wunderschön!« Dabei zog er mich dicht an sich und flüsterte in mein Ohr: »Schade, daß du geheiratet hast. Ich bin seit acht Wochen von Dorothy geschieden.«

»Was?«

»Ja, du hast richtig gehört. Dorothy ist schon wieder verheiratet, und ich suche diesmal eine deutsche Frau. Weißt du eine, die gern in Los Angeles leben würde?«

Ja, ich! Alles in mir revoltierte gegen Boese. »Ich werde darüber nachdenken«, versprach ich ihm.

F. O. tanzte mit einem der Revuegirls.

»Komm, nehmen wir einen Drink an der Bar«, schlug ich Paul vor und zerrte ihn davon, noch ehe F. O. seine giftigen Pfeile abschießen konnte.

An der Bar traf ich viele Bekannte. Jetzt genoß ich zum erstenmal den Abend. Sobald ich F. O. auftauchen sah, pirschte ich mich mit Paul davon. Ich tanzte auch mit anderen, kehrte aber immer zu Paul zurück. F. O. sollte sehen, wie gut ich mich amüsierte.

Schließlich plagte Paul das schlechte Gewissen. »Ich glaube, ich bringe dich jetzt zurück an den Tisch. Ich möchte deinen Mann nicht verärgern.«

»Morgen ruf' ich dich im Hotel an«, versprach ich Paul für alle Fälle, denn nur der Himmel wußte, was mir jetzt blühte...

Zu meinem Erstaunen gab sich F. O. lammfromm. »Da bist du ja, mein Häschen. Darf ich dich zum kalten Büfett führen?

Ich habe schrecklichen Hunger.«

Sofort lenkte ich bedauernd ein: »Mein Armer, du hast ja heute noch kein Abendessen gehabt.« Kein Wunder, dachte ich, daß er so grantig war und verzieh ihm bereits halb seine Flegeleien.

Die beiden Tänzerinnen begleiteten uns zum kalten Büfett. Sie fanden zwar Tänzer, aber keiner investierte einen Happen oder einen Drink. Um so rührender sorgte F. O. für ihr leibliches Wohl. Er kaufte auch für jede zehn Lotterielose, für mich nur fünf, da Paul fünf für mich gestiftet hatte. Die Gaben waren somit gleichmäßig verteilt.

»Du hast noch nicht einmal mit mir getanzt«, schmollte ich.

»Wir können doch die Damen nicht hier allein sitzen lassen.«

»Da hast du völlig recht«, sagte ich, ging und fand, was ich suchte — Paul!

Jetzt hatte ich keine Skrupel mehr. Wir tanzten ganz eng. Ich wollte möglichst mit den anderen wetteifern, die zu vorgerückter Stunde Wange an Wange tanzten. Das machte Schwierigkeiten, Paul 1.90 groß, ich 1.68 — gebückt erreichte er nur meinen Haarschopf.

So einen gutmütigen Amerikaner müßte man haben, dachte ich hingegossen. Sollten sie auch keine guten Liebhaber sein — die Tage sind schließlich länger als die Nächte.

Plötzlich fühlte ich eine eiserne Hand in meinem Nacken. Die Stimme kam mir nur zu bekannt vor.

»You don't mind, Mister Brown — ich möchte gern mit meiner Frau tanzen. Ersatz hab' ich für Ihre offenen Arme mitgebracht, eine entzückende junge Dame!«

Noch ehe ich protestieren konnte, schob F. O. Paul das Revuegirl zu und packte mich mit hartem Griff.

»Ach«, sagte ich zynisch, »auf einmal!« Er war also doch eifersüchtig, der Gedanke erfüllte mich mit Genugtuung. »Jetzt kannst du sogar den hinterbliebenen Zwilling ganz allein am Tisch zurücklassen. Vorhin konntest du beide Damen . . .«

»Auf ausdrücklichen Wunsch der Zwillinge«, unterbrach mich F. O. »Sie wollen sich nämlich deinen Paul unter'n Nagel reißen.«

Mir verschlug es die Sprache.

»So, und nun tanz mal gefälligst ein bißchen dichter mit mir«, befahl F. O. »Wir sehen ja aus wie die Bauern.«

Seine schweißbedeckte Wange klebte an meinem Make-up, wischte hin und her, auf und ab. Wie werde ich nach diesem Tanz aussehen! Mein Brillantohrclip hing jetzt in seinem Mund. Er wird mir doch nicht eins auswischen und 8000 Mark verschlucken — nicht auszudenken! Unter Umständen müßte ich mich ganze vierundzwanzig Stunden an seine Fersen heften...

An uns vorbei tanzte eben Filmproduzent Schmidt, der mich vor Jahren aus der Masse der Starlets heraushob und mir erstmalig eine Hauptrolle anvertraute. Als ich »Hallo, Herr Schmidt!« rief, war es nicht nur, um F. O. von meinem Ohrclip abzulenken, es war ehrliche Freude, meinen väterlichen Freund entdeckt zu haben.

Er blieb sofort stehen. Es war mir ein Bedürfnis, gerade ihn über meinen neuen Lebensabschnitt zu unterrichten.

»Ich habe wieder geheiratet«, vertraute ich ihm an. »Darf ich Ihnen meinen Mann vorstellen? F. O. — das ist Herr Schmidt und seine Gattin.«

F. O. legte eine Hand ans Ohr. »Wie war doch der Name?«

»Leicht zu merken: Schmidt!« sagte er lächelnd und verneigte sich nochmals.

»Schmidt, Schmidt, Schmidt, den Namen muß ich schon mal gehört haben!«

»Ja, sicher hab' ich ihn schon mal erwähnt. Herr Schmidt ist Filmproduzent; er hat mir entscheidend den Weg zu meiner Karriere geebnet.«

»Davon hab' ich noch nie was gehört. Ich kenne den Namen nur aus dem Telefonbuch. Wir haben allein in Hösel hundert von der Sorte.«

»Und etwa tausend in Berlin«, parierte Herr Schmidt. Jedoch, sichtlich verlegen, wippte er dabei auf seinen Fußsohlen. Die Hände in den Hosentaschen massierten seine Oberschenkel, als wollte er sich den kalten Schweiß von den Handtellern wischen.

»Ich kenne Vera, Ihre Gattin, seit ihrem sechzehnten Lebensjahr«, wechselte er das Thema.

»Na und?« sagte F. O. »Ist das ein Grund, daß Sie dauernd so machen?« Nun schaukelte F. O. auf den Füßen hin und her, rieb sich, Herrn Schmidt parodierend, schwungvoll und mehr als eindeutig die Leistengegend.

Herr Schmidt machte eine Kehrtwende und eilte davon.

»Herr Schmidt«, rief ich weinerlich hinterher, »Herr Schmidt, Herr Schmidt!« Ich winkte, um Verzeihung bettelnd. Die andere Hand umklammerte F. O. und hielt ihn zurück, bis Herr Schmidt im Gewühl verschwunden war.

»Du Schuft«, fauchte ich dann wie eine Katze. »Das wirst du bereuen! Mein Maß an Geduld läuft über!« Spornstreichs drängte ich zum Ausgang. Im Vorübergehen riß ich mein Nerzcape vom Stuhl, nahm meine Handtasche und stellte an der Garderobe fest, daß F. O. die Garderobenmarken in der Tasche hatte.

Es folgte ein längerer Disput mit der Garderobenfrau. Als diese endlich gewillt war, meinen Mantel herauszugeben, schmiß F. O. die Garderobenmarken auf den Tisch.

Wie von Furien gehetzt, rannte ich im Gefolge von F. O. davon, sprang in ein Taxi, aber nicht schnell genug – er saß daneben. Wortlos erreichten wir das Haus meiner Eltern, ich wollte unsere Auseinandersetzung dem Taxifahrer ersparen. Meine feinstens ausgeklügelten Worte warf ich ihm oben an den Kopf:

»Na, da hab' ich mir ja was Schönes angelacht! Du Prolet, du bist ja nicht fähig, dich in der Gesellschaft zu bewegen. Du bist und bleibst ein Tischler! Was heißt Tischler – eine Beleidigung für meinen Tischler hier um die Ecke! Der hat mehr Taktgefühl im kleinen Finger als der vornehme Herr Boese im maßgeschneiderten Anzug. Mein Tischler würde sich in deiner Gesellschaft schämen. Du strapazierst meine Nerven mit deinen rüpelhaften Manieren, du ungehobelter Klotz.«

Ich hatte noch viel mehr auf Lager. Bauer, Kellerkind sollten folgen, aber F. O. war bereits kreideweiß. Ein linker Haken von Bubi Scholz wäre gegen meine treffsicheren Schläge ein Zuckerlecken für ihn gewesen. Ich kannte seine verwundbaren Stellen nur zu genau.

»Das kann ich dir natürlich nicht zumuten, so tief unter deinem Stand geheiratet zu haben! Der Prolet verabschiedet sich auf Nimmerwiedersehen. Ich reiche die Scheidung ein!«

Krachend flog die Tür ins Schloß.

Zugegeben: ich saß etwas ratlos da. Um nicht länger nachdenken zu müssen, nahm ich eine schwere Schlaftablette, stopfte mir Ohropax in die Ohren und schlief den Schlaf der Gerechten.

Das Telefon neben meinem Bett schreckte mich aus den Träumen.

»Hallo!« krächzte ich in den Apparat.

»Verachen, wollt ihr denn gar kein Frühstück?« fragte Mama besorgt. »Ich halte es schon seit Stunden warm.«

»Doch, doch«, gähnte ich verschlafen. »Wie spät ist es denn?«

»Ein Uhr, und herrliches Wetter. Ich bringe den Kaffee rauf.«

Kurz darauf erschien meine Mutter in strahlender Laune mit dem Frühstückstablett. »Es ist wohl sehr spät geworden? Ich platze ja schon vor Neugierde. Habt ihr euch gut amüsiert? Wie war es denn?« Sie zog die Gardinen zur Seite, plapperte weiter: »Du hast ja so schön ausgesehen. Sicher war F. O. sehr stolz auf dich.« Sie starrte aufs Bett. »Wo ist er denn? Im Bad?«

»Weg.«

»Er ist schon weg? Ich hab' ihn ja gar nicht gesehen! Und ohne Frühstück...«

»Er ist weg, Mutti, für immer weg. Er reicht die Scheidung ein.«

»Das ist doch nicht möglich. Du träumst wohl noch? Wach mal auf, es ist ein Uhr!«

»Ich bin hellwach, Mutti. Wir haben uns furchtbar gezankt. Heute morgen um halb fünf hat er das Haus für immer verlassen.«

Meine Mutter, noch immer ungläubig, zeigte mit dem Finger auf mein Ankleidezimmer. »Sicher schläft er da drin auf der Couch.«

»Begreife doch, Mutti, er ist weg. Aber wenn du mir nicht glauben willst, geh ins Ankleidezimmer und überzeuge dich.«

»Nein, nein, ich glaub' dir ja — aber wie ist denn so etwas möglich. Diese Schande!« lamentierte sie. »Ich hab' doch allen Leuten erzählt, was für eine glänzende Partie du gemacht hast.«

»Es tut mir leid, Mutti, dich so enttäuschen zu müssen, aber es ist besser so. Du sagst doch immer, das Glück deiner Kinder bedeute dir alles. Nun muß ich leider feststellen, daß dir die Meinung der Leute wichtiger erscheint.«

»Nein, Kindchen, nein.« Meine Mutter umarmte mich tröstend. »Du wirst schon alles richtig machen.«

»Schau, Mutti, ein Leben mit F. O. ist ein Leben auf einem Pulverfaß. Lieber ein Ende mit Schrecken als ein Schrecken ohne Ende. Gib mir endlich eine Tasse Kaffee, dann werde ich dir berichten, was sich gestern zugetragen hat, und du wirst mir recht geben.«

Mitten in meinem Bericht knarrte die Tür zum Ankleidezimmer. Erschrocken starrten meine Mutter und ich auf die Tür, aus der wie ein Geist F. O. hervortrat.

»Ich wollte nur der Ordnung halber hinzufügen«, sagte F. O. im Pyjama und mit zerrauftem Haar, »so wie Vera die Geschichte erzählt hat, verhält sie sich nicht.« Die Tür schloß sich wieder, F. O. war verschwunden.

Ich saß wie versteinert im Bett, ebenso Mutti auf der Bettkante. Wir verharrten eine Weile reglos.

Dann flüsterte Mutti: »Der war ja doch da drin.«

Ich zuckte mit den Schultern und flüsterte zurück: »Ich schwöre, ich weiß wirklich nicht, wie der da reingekommen ist.«

Wieder öffnete sich die Tür. »Da staunt ihr, was?« Wir wagten kaum zu atmen. »Clever, wie ich nun mal bin, hatte ich die Schlüssel mitgenommen.« F. O. lachte übermütig wie ein Lausbub, dem ein Streich gelungen war. »Ich muß sofort meinen Anwalt anrufen, damit er die Scheidung zurückzieht.«

»Das wirst du nicht tun! Ich will geschieden werden!« schrie ich ihn an.

Hastig verließ meine Mutter das Zimmer.

»Vera, verzeih mir!« F. O. kniete neben meinem Bett. »Ich weiß, ich hab' mich wie ein Schwein benommen. Glaub' mir, Häschen, ich mache alles wieder gut. Ich werde dem Schmidt Geld für einen Film geben. Du kannst die Hauptrolle spielen. Ich tue alles ... alles was du willst, aber bitte — sei nicht mehr böse!«

»So viel Geld hast du gar nicht. Ein Film kostet von fünfhunderttausend Mark an bis in die Millionen!«

»Na und?« entgegnete F. O. »Was weißt du von mir? Ich hab' dir noch lange nicht alles offenbart. Ich besitze auch eine gutgehende Farben- und Lackfabrik, zwei Hotels und eine Markthalle.«

»Markthalle? Na so was ... Markthalle paßt aber gar nicht zu uns — dann lieber eine Filmfirma!« entschied ich. Es war immer dasselbe — man mußte F. O. verzeihen.

6

Trotz aller gegenteiligen Prognosen bin ich nun schon seit fünf Jahren mit F. O. verheiratet. Wollte ich die einzelnen Stationen dieser aufregenden Ehe aufzeichnen, würde die Zahl der Seiten dieses Buches sämtliche ›Angélique‹-Bände übertreffen.

Praktisch stellte mich fast jeder Tag mit F. O. vor neue, mir unüberwindlich scheinende Hürden. Ich wandte mich an bewährte Zeitungsratgeber: Tante Clara, Dr. Brandt, Frau Christine ... Ich stellte immer die gleiche Frage: »Wie zähme ich meinen Mann?«

Die Antwort war sinngemäß stets die gleiche: Wenn er schreit und brüllt, begegnen Sie ihm mit Ausgeglichenheit und Ruhe. Verlassen Sie ohne Widerpart den Raum. Er wird sein Unrecht einsehen. Wenn er seine sonst so tadellosen Tischmanieren im Anschluß an einen Streit grob vernachlässigt, so übergehen Sie das am besten, riet Psychologe Dr. Mertens, indem Sie es nicht beachten. Ihr Mann will augenscheinlich, wie ein ungezogenes Kind, die Aufmerksamkeit auf sich lenken. Dazu ist ihm jedes Mittel recht. Er weiß nur zu gut, wie sehr er Sie damit erzürnen kann. Also tun Sie ihm nicht den Gefallen!

Weise Ratschläge! Die Gebrauchsanweisung gab mir Lohmann:

»Sie ärgern sich doch bloß, weil det Ihr Mann is. Wenn Se im vornehmen Restaurant Ritz sitzen und eener am Nachbartisch den Kopp über'n Teller hängt, laut seine Suppe schlürft, det alle de Hälse recken, lachen Se. Warum? Weil der Se nischt angeht. Nu ham Se ja Glück, det Ihrer det nich im Ritz macht. Wenn er nu wieder seine Touren kriegt, suggerieren Se sich: Det jeht mich nischt an! Der jeht mich nischt an!«

Das half tatsächlich. Wieder einmal gab es einen Disput, doch diesmal untermalte ich die prompt folgende Geräuschkulisse mit einem Gemurmel: Es geht mich nichts an! Er geht mich nichts an!

»Was quasselst du da?« fragte F. O.

»Ich sprach mein Tischgebet.«

Was das Schreien und Brüllen anbelangte, war Lohmann ganz anderer Auffassung. »Schreien Sie noch lauter! Sin Se nich Schauspielerin? Wird Ihnen doch nich schwerfallen.«

Nach jahrelangem Schweigen beherzigte ich Lohmanns Worte. Ich tobte und schrie wie am Spieß.

F. O. zuckte wie unter einem Peitschenhieb zusammen. Ganz kleinlaut kamen seine Worte: »Frech wird sie auch noch!«

Ich hatte gesiegt. Ich zitterte nicht mehr vor seinen Jähzornanfällen. Sofort kreischte ich lauthals mit ohrenbetäubendem Lärm. F. O. verstummte.

Gern hätte ich dieses Rezept seinen Angestellten weitergegeben. Ich wunderte mich nur immer wieder über deren Langmut. Betagte verdiente Mitarbeiter putzte er herunter wie dumme Schuljungen. Alles schlotterte vor Angst, wenn er in seinem Betrieb auftauchte. Er erschien immer unangemeldet. Konnte er nachts nicht schlafen, stand er auf und fuhr im Pyjama in die Betriebe, die Nachtschicht machten. Dabei erwischte er die Arbeiter beim Kartenspiel, oder ertappte Diebe, die gerade mit vollgeladenem Lastwagen das Fabriktor passieren wollten. Er besaß eben eine Spürnase, es entging ihm nichts. Machte er einen Griff in eine Kartothek, so zog er bestimmt die einzige Karte, die nicht den Bestimmungen entsprach.

F. O. — ein ständig geladener Akkumulator, der jeden Moment explodieren konnte — gönnte sich weder Rast noch Ruhe. Mittags stand das Telefon neben seinem Teller. Er verschlang das Essen in Gedanken an seine Arbeit. Hatte er einen Einfall, mußte er per Telefon sofort in die Tat umgesetzt werden. Er wurde geachtet — und gehaßt.

Es imponierte den Arbeitern, daß ihr Chef um fünf Uhr früh aufstand, aber sie haßten ihn wegen seiner oft ungerechtfertigten Wutausbrüche. Tränen der Rührung standen dagegen in ihren Augen, wenn F. O. seine gut formulierten, fein geschliffenen Reden hielt. Mit Pathos und vibrierender Stimme erinnerte er sie daran, daß er einer von ihnen war — und ohne sie nichts. Vor Dankbarkeit triefend, ja beinahe unterwürfig, appellierte er an ihre Herzen, ihm manche Ungezogenheiten zu verzeihen.

»Ihr wißt, ich bin ein gestrenger Familienvater, aber das schließt nicht aus, daß ich euch liebe. Jeder steht mir nahe. Ich bin gewillt, mit jedem auch seine kleinen privaten Sorgen zu teilen. Jedem von euch, meine treuen Mitarbeiter, soll es später gutgehen. Ich habe eine Pensionskasse gegründet, damit ihr eurem Alter ohne Furcht entgegensehen könnt ...«

F. O. verstand es meisterhaft, auf allen Saiten der Klaviatur zu spielen. Reden dieser Art hielt er bei Betriebsfesten oder wenn eine Gehaltserhöhung unumgänglich schien. Schnell zahlte er freiwillig mehr, ehe es zum Streik kommen konnte.

Als die Konsul-Ära ausbrach und man auch F. O. den Konsultitel antrug, lachte er schallend. »Was würden denn meine Arbeiter sagen, wenn ich mit solch einem Titel vor sie träte! Nicht geschenkt! Das wäre mein Untergang!« Auch diese Begebenheit erwähnte er in einer Ansprache. Er formulierte es sehr witzig. Die Lacher auf seiner Seite, rief er ihnen zu: »Ich bin und bleibe einer von euch!« Brausender Beifall, Bravorufe dröhnten durch den Saal.

Auch ich konnte nicht umhin, seine Geschicklichkeit zu bewundern. Denn alles, was er sagte, waren mehr oder weniger zweckgebundene Phrasen.

So, wie er in den Betrieben herrschte, herrschte er im Haus. F. O. bestimmte den Küchenzettel. Ich durfte Wünsche äußern. Er bestimmte die Blumendekoration, wenn wir Gäste erwarteten, die Sitzordnung. Schließlich bestimmte er meine Kleidung, welcher Schmuck und ob überhaupt Schmuck angelegt wurde. Kamen Kunden, fiel meine Aufmachung sehr bescheiden aus.

»Die sollen nicht sagen, der verdient durch unsere Aufträge so viel Geld, daß die sich so putzen kann. Neid soll man nicht erwecken. Das ist von Übel.«

Dagegen auf Reisen oder in Erwartung gutsituierter Freunde mußte ich mich auftakeln.

Rührend besorgt war F. O. um meinen Schlaf. Vor elf Uhr durfte kein Rasen gemäht werden. Niemand durfte den Gang der hinteren Räume betreten und somit meinen Schlaf stören. Ich war zunächst gerührt, bis ich den tieferen Sinn erforschte. Der war: ›Sie soll um Gottes willen schlafen. Da kann sie weder Geld ausgeben noch irgendwelche Dummheiten machen.‹

Dem mißtrauischen F. O. gegenüber fühlte ich mich nie sicher. Jedes Zettelchen in meinem Zimmer drehte er zehnmal um. Mein Notizbuch blieb ihm nirgends verborgen. Telefonierte ich, hätte er eher ein Flugzeug verpaßt, als sich von der Stelle gerührt. Er ließ mich immer im unklaren über seine

Pläne. Nicht selten geschah es, daß er sich plötzlich erhob und dem Diener befahl, die Koffer in den Wagen zu bringen.

»Wohin fährst du denn?« fragte ich erstaunt.

»Ich verreise.«

»Wohin? Wann kommst du wieder?«

»Weiß ich nicht. Sei schön brav, mein Häschen. Ich bin in Eile.« Fort war er.

Aber nur leiblich — sein Geist schwebte weiter in den Räumen. Das Telefon stand nicht still. Von unterwegs kontrollierte er jeden meiner Schritte. Er bestimmte auch, was ich mittags und abends zu essen hätte. Nicht nur das! Nach Tisch versicherte er sich nochmals, ob ich auch wirklich Gulasch mit grünen Bohnen gegessen hätte und nicht etwa Kohlrouladen.

Auch dieser Tick fand seine Erklärung. Unser Gartenzaun friedete ein Grundstück von 30 000 Quadratmetern ein. Aufgeteilt in Park- und Gartenanlagen diente der Rest als Nutzfläche. Dort wuchsen alle Gemüsesorten, Kartoffeln, Obst. In großen Gewächshäusern züchteten unsere Gärtner Blumen, Frühgurken, Tomaten. Zur Spargelzeit gab's nur Spargel, zur Bohnenzeit nur Bohnen. Unser Speisezettel richtete sich nach den Jahreszeiten. F. O. wachte streng darüber, daß nur die Ernte des Gartens unsere Kochtöpfe füllte. Wehe, es wagte jemand, sich seinen Anordnungen zu widersetzen! Ich hätte ein Steak für 10 Mark kaufen können, aber niemals einen Blumenkohl für 70 Pfennig.

Ich begehrte auf. »Wer bin ich denn?« fragte ich die Köchin, als diese sich aus Angst weigerte, einen Blumenkohl einzukaufen.

»Lassen Sie das gefälligst meine Sorge sein. Ich habe den Besuch einer Freundin und die ißt gern Blumenkohl. Sofort wird Blumenkohl gekauft.«

Wir saßen auf der Terrasse. Das Essen wurde serviert.

»Blumenkohl?« fragte F. O. »Wo ist denn der her? Wir haben doch keinen mehr im Garten.«

»Vom Markt«, erwiderte ich knapp.

F. O. lief rot an. »Vom Markt? Habe ich nicht ausdrücklich befohlen, daß nichts auf dem Markt gekauft wird?«

»Und ich habe ausdrücklich befohlen, daß er auf dem Markt gekauft wird.«

»Du bist wohl wahnsinnig geworden?« schrie F. O. Seine Faust schlug krachend auf den Tisch. Die Teller machten klirrend einen kleinen Sprung.

»Um Gottes willen!« rief meine Freundin Ali. »Ich flehe euch an, nie hätte ich gewagt, mir Blumenkohl zu bestellen. Ich wußte wirklich nicht ... Das hätte ich nicht für möglich gehalten, ich ...«

»Der Blumenkohl kostet siebzig Pfennig. Lächerlich, F. O. Du kannst sie mir vom Taschengeld abziehen!«

»Dann bekommst du zuviel Taschengeld, wenn du dir solche Späße erlauben kannst! Ich werde dein Taschengeld reduzieren.«

»Tu das! Im übrigen regst du dich umsonst auf, niemand mutet dir zu, Blumenkohl zu essen. Für dich sind extra Schnippelbohnen hier in der Schüssel! Komm, Ali«, sagte ich, zu meiner Freundin gewandt, »lang zu, laß dir den Blumenkohl schmecken!«

Ali zögerte. Ich legte ihr eine halbe Rose Blumenkohl auf den Teller und bediente mich selbst.

F. O. schmollte mit verächtlich herabhängender Schnute: »Schnippelbohnen!«

Auf einmal, ich dachte, ich sähe nicht recht, langte er mit dem Löffel in die Blumenkohlschüssel. Ich hatte in der Eile und Aufregung kein Besteck zur Hand.

»Du bist wohl wahnsinnig geworden? Erst machst du so ein Theater und jetzt willst du den Blumenkohl essen?« Mit der Hand grabschte ich nach dem Blumenkohl, der sich auf dem Weg zu F. O.'s Teller befand, und platschte ihn auf meinen. »Hast du denn keine Ehre mehr im Leib?« höhnte ich. »Du wirst doch nicht gegen deine Prinzipien den Kohl vom Markt essen?«

Neidisch hing F. O.'s Blick an meinem Mund, in den ich nun genußvoll und extra schmatzend den Blumenkohl schob.

»Iß, Alichen«, ermunterte ich dann seelenruhig meine verwirrte Freundin, »schmeckt köstlich!«

F. O. lief das Wasser im Mund zusammen. »Häschen«, gurgelte er und faßte über den Tisch, um meine Hand zu ergreifen. »Häschen, wollen wir uns versöhnen?« fragte er schelmisch.

»Ja, ja«, sagte ich, »wir sind versöhnt.«

Gierig schnappte sich F. O. die letzten Reste des Blumenkohls von der Platte.

Ein andermal brüllte er: »Wer hat dieses Sieb gekauft? Wo ist es gekauft worden?«

»Um die Ecke beim Kaufmann.«

»Ich verbiete dir, ohne mich vorher zu fragen einfach ein Sieb zu kaufen. Alle Küchengeräte werden in Krefeld gekauft.«

»Wegen eines Siebes soll der Chauffeur extra nach Krefeld fahren?«

»Jawohl! Diese Leute haben mir während des Krieges ohne Marke einen Topf verkauft. Dafür bin ich ihnen ewig dankbar. Man soll auch in guten Zeiten denjenigen helfen, die einem in der Not gefällig waren.«

Obwohl ich seine Einstellung achtete, ging mir seine ewige Bevormundung auf die Nerven. Alles in mir rebellierte. Ich wollte und mußte mich widersetzen. Es machte mir einen diebischen Spaß, immer das Gegenteil von dem zu tun, was er anordnete. Bestellte er Grüne Bohnen mit Hammelfleisch, aß ich aus Protest (natürlich nur, wenn er verreist war) gefüllte Paprikaschoten, auch wenn es mich noch so sehr nach Hammelfleisch mit Bohnen gelüstete.

»Habt Ihr Hammelfleisch gegessen?« fragte er wie üblich per Telefon.

»Ja, es war köstlich.«

Unser Personal aß auch gern mal was Ausgefallenes. Es verpetzte mich nicht. Das ging sogar so weit, daß einer während des Essens Schmiere stand. Tauchte F. O. auf, flogen die vollen Teller unter die Sessel und Couches. Die Duftsprühdose half uns, die verräterischen Gerüche zu vertuschen. Es war wie im Theater. Wir schrien vor Lachen, bis uns F. O. auf die Schliche kam und uns auch dieses Vergnügen vermasselte.

Er mußte plötzlich verreisen. Mein Bruder kam geschäftlich für einige Tage ganz überraschend nach Berlin. Ich hielt mich bestimmt schon acht Tage in Berlin auf, da rief F. O. eines Abends an.

»Das ist ja unglaublich!« schrie er. »Ich wollte während deiner Abwesenheit den Teppich im Salon reinigen lassen, die Möbel wurden zur Seite geschoben, und da kommt doch ein Teller mit vergammeltem Gurkengemüse und ein Körbchen verschimmelter Erdbeeren unter dem Barocksofa hervor. Das war mir außerordentlich peinlich. Die Teppichleute haben ganz blöd geguckt.«

F. O. war weit weg. Ich lachte hell auf.

»Das wirst du bereuen! Die Köchin ist gekündigt.«

»Eins sage ich dir, wenn die Köchin fliegt, gehe ich auch. Merke dir das gut. Es ist kein Spaß«, konterte ich zurück und knallte kraftvoll den Hörer auf die Gabel.

Die Köchin blieb, aber wir bekamen fortan, wenn F. O. verreist war, das Essen aus der Gulaschkanone. Jeden Mittag fuhr ein Wagen der Betriebsküche vor und brachte uns das Menü der Werkskantine. Die Köchin sonnte sich am Swimming-pool, die meiste Zeit war sie arbeitslos.

Wie jedes Jahr verbrachten wir Weihnachten und Silvester in St. Moritz. Seinem unverständlichen Sparsystem blieb er trotzdem treu. Die Christbäume waren ihm in St. Moritz zu teuer, also reisten wir in zwei Autos. In einem der Christbaum aus unserem Garten. Zu ihm gesellte sich seine Waage, die er täglich mehrmals mit der bangen Frage bestieg: »Hab' ich zugenommen?« Er hatte! Das bedeutete nun nicht, daß er sich im Essen zurückhielt. Gott bewahre, man soll dem Wirt nichts schenken!

Seine Laune verschlechterte sich von Tag zu Tag. Seine Wut auf das Hotel wuchs mit jedem Gramm. Auch seinen unentbehrlichen Fernsehapparat schleppte er mit. Es gab zwar in den Bergen nichts zu sehen, aber F. O. hoffte unbeirrt, man würde zwischenzeitlich eine Erfindung konstruiert haben, die einen Empfang ermögliche.

Wir kannten inzwischen die meisten Hotelgäste, waren viel eingeladen, gaben selbst große Partys. Einmal gelang es uns sogar, erst am 27. Dezember die Bescherung abzuhalten.

In fünf Jahren reiste ich zweimal um die Welt. Das war natürlich herrlich. Wir logierten nur in Luxushotels, flogen selbstverständlich erster Klasse. Aber wie üblich gab es Verbote, zum Beispiel den Einkauf von Ansichtskarten für meinen persönlichen Gebrauch.

»Blödsinn, kostet ja ein Vermögen! Rausgeschmissenes Geld, die siehst du dir sowieso nie wieder an. Ich möchte wissen, wozu ich mich mit meinem Fotoapparat abschleppe.«

Eine kleine Minox in Streichholzschachtelformat, mit der F. O. in der Gegend herumfuchtelte und wild draufknipste. Meistens waren die Köpfe gar nicht drauf. Dann hatte ich mich natürlich falsch bewegt. Ob es der Eiffelturm oder die Öltürme von Los Angeles waren, blieb dem Betrachter ein ewiges Rätsel.

Nicht unter das Register der Verbote fielen Kartengrüße in die Heimat. Ich schrieb an Hinz und Kunz, an Menschen, die ich kaum kannte. Jedesmal mit dem Vermerk: ›Bitte hebt diese Karte für mich auf. Sendet sie an meine Adresse in Hösel!‹ Diesen Einfall fand ich grandios, gelang es mir doch auf diese Art, F. O. zu überlisten.

Streng verboten war jedes Gramm Übergewicht des Gepäcks. Wohlgemerkt: nur für mich! F. O. nahm seine ganze Habe mit. »Ich verdiene schließlich das Geld. Ich unternehme die Reise auf Geschäftskosten. Du reist ja nur zum Vergnügen!«

Immerhin überließ er mir die Wahl: 30 Kilo laut Vorschrift, oder zu Hause bleiben. Nicht ein Taschentuch von mir hätte er in seinem Koffer untergebracht. »Die Firma betrügen oder gar das Finanzamt? Kommt nicht in Frage!«

Während ich hundertmal schweißtriefend meine Koffer ins Badezimmer auf die Waage schleppte, schon ganz mutlos immer wieder auspackte, lag F. O. auf dem Bett und schaute mir grinsend durch die geöffnete Tür zu. Ich hätte ihn erwürgen können! Aber dann wäre meine Reise ganz ins Wasser gefallen.

So sann ich nach einem gediegenen Ausweg. Heimlich schmuggelte ich unter F. O.'s Sachen zehn Paar Schuhe, Handtaschen und ein mit Perlenschnüren besticktes Kleid, das allein drei Kilo wog. Ehe wir in New York landeten, übergab uns die Stewardeß riesige Fragebogen.

Die Fragen lauteten: Führen Sie nur Sachen für Ihren persönlichen Gebrauch in Ihrem Begleitgepäck mit? Ja – Nein. Befinden sich in Ihrem Gepäck Kleidungsstücke oder Gegenstände, die für zweite oder dritte Personen bestimmt sind? Wenn ja, welche?

Die erste Frage beantwortete F. O. mit ja, die zweite mit nein. Darunter stand in fettgedruckten Lettern: Alle Fragen habe ich nach bestem Wissen und Gewissen beantwortet. Das hatte er wirklich, als er schwungvoll seinen Namen unter den Fragebogen setzte.

Hinzu kam, F. O. besaß einen geradezu tierischen Respekt vor dem Zoll. Nie wäre es ihm in den Sinn gekommen, auch nur eine Zigarette mehr einzuführen, als es die Vorschriften zuließen. Ich dagegen bin sehr dafür, den Zoll zu beschummeln. In diesem Moment allerdings wurde mir übel. Ich malte mir aus, wie der Zollbeamte hochhackige Damenschuhe aus F. O.'s Gepäck hervorzog. Ich sah bereits, wie man ihn abführte, er den Rest der Reise hinter Gefängnismauern verbrachte...

Wie ein geprügelter Hund verließ ich das Flugzeug. Ängstlich tippelte ich in Deckung, hinter F. O.'s breitem Buckel her. Ein freundlicher Herr der Pan American empfing uns und ging mit uns zum Zoll. In seiner Gegenwart konnte mich doch F. O. nicht totschlagen. Schutzsuchend drängte ich mich an den lieben guten Mann. Mein Zittern hielt er für Frieren. Jedenfalls sprach er gleich von der grausigen Kälte und den Schneestürmen, die im Januar in New York herrschten.

»Na, bald kommen Sie ja auf Ihrer Reise in wärmere Regionen!«

Hoffentlich, dachte ich. Meine Angst steigerte sich ins Unermeßliche, als der Zollbeamte vor uns eine Musikerfamilie, scheinbar Einwanderer, auf Herz und Nieren prüfte. Mit einem Messer schnitt er die mit einem Seil zusammengeschnürten Pappkoffer auf. Unterhosen, Socken quollen ihm entgegen. Ungeniert wühlte er in dem Wust der Sachen, der ganze Inhalt wurde ans Tageslicht gezerrt. Selbst eine Bonbontüte schien ihm verdächtig. Mit den Fingern krabbelte er in die Tüte, zog die bezuckerte Hand wieder heraus, leckte daran — es waren wirklich Bonbons! Die Geige stellte er auf den Kopf, schüttelte sie — seine Skepsis fand keine Nahrung. Die Familie durfte ihre Habe wieder einsammeln.

Nun waren wir an der Reihe. Der Herr von der Pan wechselte ein paar Worte mit dem Zollbeamten. Sein Blick traf mein weißes Gesicht, aus dem ihm meine gefletschten Zähne ein starres Lächeln entboten. Er wollte meine Handtasche sehen. »Aber gern!« Mit einer wegwischenden Handbewegung deutete er unsere Abfertigung an. Ach, wie schön ist es, prominent zu sein!

Im Hotel umtänzelte mich F. O. Nie zuvor war ich so hilfsbereit, so dienstbeflissen. Alles, was er benötigte, holte ich aus seinen Koffern hervor. Er hielt es für Dankbarkeit.

Wenn wir ausgingen, lief F. O. immer wie ein aufgeplusterter Hahn neben mir her. Seht, ihr Leute, diese schöne elegante Frau gehört mir! Ich repräsentierte in meiner Aufmachung seine Millionen.

»Du hast zu jedem Kleid die passenden Schuhe mitgebracht«, sagte er einmal wohlgefällig. »Ich muß dir ein Kompliment machen. Du hast sehr geschickt gepackt.«

Acht Tage blieben wir in New York, drei Tage Washington, zwei Tage Chicago, zwei Tage Montreal und noch einmal New York, ehe wir in den Frühling nach Los Angeles flogen.

Der ewige Hotelwechsel mit der damit für mich verbundenen Angst, F. O. könne hinter meine Verpackungsschliche kommen, raubte mir jede Freude und Entspannung. Ich saß dauernd auf dem Sprung. Wie ein Detektiv ließ ich mein Opfer nicht einen Moment unbeobachtet. Das hatte ich endlich satt. Spontan handelte ich mehr als großzügig und verschenkte fast alle Wintersachen an die erstaunten Dienstmädchen im Hotel. Ahnungslos lobte F. O. den beispielhaften Service, den sie uns dafür angedeihen ließen, und entlohnte sie nochmals mit einem dicken Trinkgeld.

Meine ewige Furcht, ich könnte trotzdem noch Übergewicht haben, ließ mich die Reise nach Los Angeles bepackt wie ein Maulesel antreten. Über einem Arm hing in einem Plastiksack das Perlkleid, eine schwere Tasche und der Regenschirm, über dem anderen Arm meine Nerzstola, in der Hand meine Kosmetikbox.

F. O. betrachtete mich argwöhnisch. »Hast du soviel eingekauft, daß du die Sachen nicht mehr in den Koffer bekommst?« Es war mir wegen der »sündhaft teuren« Preise strengstens untersagt, auch nur kleine Souvenirs käuflich zu erwerben.

»Das bekommt man alles in Deutschland billiger und besser.«

»Natürlich!« rief ich in gespielter Empörung. »Ich werde doch hier nichts kaufen! Ich habe nur etwas ungeschickt gepackt.«

F. O. war beruhigt. Als sein Gepäck nun etliche Kilo weniger wog, unterstellte er sofort denjenigen, die uns zuvor abgefertigt hatten, ganz gemeine Betrüger zu sein. »Vielleicht haben die sich hier verrechnet... Hast du denn immer mit eigenen Augen das Gewicht kontrolliert?«

»Nein, das hätte ich tun sollen.« Aber der Gedanke, man hätte sich zu seinen Gunsten verrechnet, stimmte ihn sofort fröhlich.

Mein Gepäck wies 29 Kilo auf. Mein Perlkleid mußte ich also weiter schleppen.

In Hawaii erreichte mich der Brief einer in Hamburg verheirateten Schulfreundin. Er kam über Hösel und enthielt meine Ansichtskarte aus New York. Überglücklich äußerte sie ihre Freude, nach so langer Zeit wieder im Besitz meiner Adresse zu sein. Dann folgte eine ausführliche Schilderung ihres traurigen Daseins. Nach einem schweren Autounfall sei ihr Mann seit zwei Jahren arbeitsunfähig. Ein noch immer nicht abgeschlossener Prozeß, somit keine Zahlungen der Versicherung, sei die Folge. Monatelange Mietrückstände bewirkten eine

Räumungsklage. Der ganze Brief war ein verzweifelter Hilfeschrei.

Er fand bei F. O. keine tauben Ohren. Sofort wies er per Fernschreiber über seine Firma 2000 DM an, ohne diese Frau jemals im Leben gesehen zu haben. F. O. ist wirklich ein gutmütiger Bär, dachte ich. Wenn er wüßte, daß sein Geiz — demzufolge ich mir keine Ansichtskarten für mein Album kaufen durfte! — ihm nun so teuer zu stehen kam. Aber auf die Art konnte ich einer beinahe vergessenen Freundin ein wenig aus der Not helfen.

Auch in Melbourne erbot er sich unverzüglich, durch seine Beziehungen meinem Bruder geschäftlich größere Einflüsse zu vermitteln. Wie ein Roboter arbeitete sein Hirn, um neue Möglichkeiten auszudenken. Er stellte ihn maßgeblichen Persönlichkeiten vor und verschaffte ihm einen hohen Kredit, damit die Textilfabrik rentabler arbeiten konnte.

Gutmütige Regungen blitzten bei F. O. genau so spontan wie die cholerischen auf. In Burma, zum Beispiel, verweigerte man mir wegen der Juwelen nachts auf dem Flughafen die Einreise, da sie den festgesetzten Wert von 5000 Dollar bei weitem überstiegen.

»Da hast du den Salat, nur Schwierigkeiten hab' ich mit dir! Hätte ich dich bloß zu Hause gelassen!« schnauzte F. O. Dabei übersah er, daß er persönlich eigens für diese Weltreise eine zuzügliche Schmuckversicherung abgeschlossen hatte. Es entsprach durchaus seinem Willen, überall zu funkeln und zu glänzen.

Nach ewig langem Palaver schlug man uns vor, den Schmuck auf dem Flughafen zu deponieren. Ein Blick in die Runde bestärkte uns in dem Willen, hier nicht mal einen Dollar zu deponieren. Zur Seite stand uns, wie üblich, ein hilfsbereiter Herr der Pan American. Zum Glück konnte niemand verstehen, was für Schimpfworte sich das Ehepaar Boese in deutsch an den Kopf warf.

Der Minister sollte mir eine Sonderbewilligung erteilen. Er befand sich jedoch auf seiner Abschiedsparty und war unerreichbar. In Gedanken schlug ich schon für die nächsten zwei Tage, während F. O. seinen Geschäften nachjagen mußte, mein Quartier auf dem Flughafen auf.

Die Liste der Schmuckversicherung, in deutscher Sprache abgefaßt, konnte niemand lesen. Ein Dolmetscher wurde durch die Pan American zum Flughafen beordert. Er tippte die Liste in englisch und burmesisch ab — Stunden vergingen, die Lichter am Flughafen verlöschten. Nur im Büro arbeitete der Dolmetscher fieberhaft.

F. O.'s burmesischer Vertreter, der uns mit seinem aufgeputzten Töchterchen, anzusehen wie eine Ballerina, herzlich willkommen heißen wollte, entschlummerte hinter der Glaswand nach der ermüdenden Gymnastik des stundenlangen Winkens, Achselzuckens und Kopfnickens auf einer Bank. Mehr konnte er nicht für uns tun.

Endlich, endlich waren alle Formalitäten erledigt. Mit dem Vertreter und seinem Töchterchen bestiegen wir ein Taxi. Der Weg führte uns in ein Hotel, weitab von der Stadt. Als wir in den Parkweg zum Hotelpersonal einbogen, tönte uns — wie aufmerksam! — deutsche Blasmusik entgegen. Sie war nicht für uns bestimmt. Die Farewell-Party für den Minister fand in unserem Hotel statt.

Hotelgäste durften dem Schauspiel im Garten von der Hotelterrasse aus beiwohnen. Es war ein makabres Märchen aus Tausendundeiner Nacht. Die Marschmusikanten trugen Matrosenanzüge, die Polizei war in Cowboyuniformen erschienen. Die Gäste saßen an langen primitiven Holztischen auf Holzbänken ohne Lehnen. In Rixdorf ist Musike, Musike, Musike ... summte ich im Geist. Nur die herrlichen, fremdländisch anmutenden Nationaltrachten unterschieden sich von Rixdorf. Die Herren, die ausländischen Diplomaten ausgenommen, trugen Zipfelmützen. Der Garten war angestrahlt, in den Bäumen hingen unzählige bunte Glühbirnen. Der letzte Marsch ertönte, der Minister erhob sich.

Ein Jeep mit Cowboy-Uniformierten, die bis an die Zähne bewaffnet waren, rollte vor. Im Geleit befand sich eine alte

Limousine, in die der Minister und sein Gefolge stiegen. Seinen Rücken deckte ein weiteres Polizeiaufgebot und kreiste den schrottreifen, uralten Wagen ein. Ein nagelneuer Cadillac fuhr langsam vor, gekennzeichnet durch die amerikanische Flagge. Es konnte sich nur um amerikanische Diplomaten handeln, die in eleganter europäischer Kleidung darin Platz nahmen. Eine schwarze Mercedes-Limousine (letztes Modell) beförderte unsere Landsleute, die wir bald kennenlernen sollten.

Der Konvoi nahm kein Ende, aber auch unsere Verwunderung nicht. Burmesische Lieferwagen knatterten heran. Die Aufschrift lautete: »*Die besten Fische, immer frisch, nur von der Firma X.*« Die ›Frischen-Fische-Damen‹ der burmesischen High-Society wurden in ihren prachtvollen Gewändern hochgehievt, die Herren sprangen hinterher. Als Sitzgelegenheiten dienten Stühle und zusammengenagelte Bänke. Es war nicht der einzige Lieferwagen, der zur Beförderung der hochherrschaftlichen Gesellschaft diente. Unser Burmese klärte uns auf:

»Die Einfuhr von Autos ist wegen der Devisenknappheit verboten. Das Land ist arm. Es dürfen nur lebensnotwendige Güter importiert werden. Wer hier ein Auto besitzt, ist ein Millionär. Die ältesten Wagen, Modelle, die wir in Europa nur auf dem Autoschlachthof besichtigen können, kosten hier ein Vermögen.«

Meine Füße schmerzten bestialisch. Nach langen Reisen schwellen sie an. Ich trug schon eine Nummer zu groß, aber durch das Anschwellen wurden sie allergisch gegen die Geldscheine unter den Fußsohlen. Geld erwärmt nicht nur das Herz, im Schuh versteckt erhitzt es geradezu die Füße. DM 700.– in jedem Schuh tragen auf. Damals gab es noch keine Tausendmarkscheine. Ich quälte mich nicht ab, um den Zoll zu betrügen. Kein Land der Welt hat etwas gegen Geldeinfuhr, nur mein Boß. Viele Länder wollen aber durchaus genau wissen, wieviel Geld man bei sich führt, und das muß man ihnen schriftlich geben. Jedesmal schaute mich F. O., den ich nach dieser Reise nur noch den Boß nannte, durchdringend an. »Wieviel Geld hast du bei dir?«

»Dreihundert Mark!« lautete die gleichbleibende Antwort. Diese 300.— Mark hatte er mir als Notgroschen zugesteckt. Wohlgemerkt, ich durfte davon nichts ausgeben. Aber wem macht schon eine Reise Spaß, ohne etwas einzukaufen? Ich wollte nicht auf das Vergnügen verzichten und spazierte mit Geldeinlegesohlen durch die Welt. In Tokio kaufte ich für 500.— Mark Perlenschmuck für meine australischen Verwandten als Mitbringsel. In Hongkong wollte ich den Rest des Geldes verkümmern, aber da hatte der Boß, überwältigt von den billigen Preisen und dem Aufgebot an Waren, doch ein Herz. Binnen 24 Stunden ließ er sich drei Anzüge nähen. Die letzte Anprobe fand nachts um zwölf Uhr im Hotel statt.

Auch ich bekam Kleider, Stoffe, handgearbeitete Tischtücher und viele Dinge. Er war nicht kleinlich. Der Verkäufer schnitt von den Ballen die gewünschte Meterzahl ab. Boß fragte nicht einmal nach den Preisen und ließ alles zusammenpacken. Ein Riesenpaket türmte sich vor uns auf.

»So, nun rechnen Sie mal zusammen.«

Die Kügelchen am Rechenschieber schob der Chinese mit Fixigkeit hin und her, und notierte: »Das macht zweihundertfünfzig Dollar.«

»Hier haben Sie hundert Dollar, der Verkauf ist perfekt!« sagte Boß seelenruhig. Der Verkäufer wand sich wie eine Spirale, verzog das sonst ständig lächelnde Antlitz, als hätte er plötzlich in eine Zitrone gebissen, dann schmetterte er wie eine Trompete: »Sir, Sie wollen mich doch nicht ruinieren! Dann muß ich ja noch Geld zulegen. Ich habe eine große Familie zu ernähren. Sir, ich flehe Sie an, ruinieren Sie mich nicht!«

»Dann packen Sie die Sachen wieder aus.«

»Aber ich habe doch die Stoffe abgeschnitten! Was soll ich denn mit den Resten? Geben Sie mir zweihundertdreißig Dollar wenigstens, damit ich die Unkosten hereinbekomme.«

»Hundertzwanzig Dollar, nicht einen Dollar mehr«, entschied Boß.

Mir tat der Mann in der Seele leid. »Gib ihm sofort das Geld!«

»Halt dich raus! Das ist ein Sport in Asien. Der Mann würde mich nicht achten, wenn ich ihm die geforderte Summe bezahle.«

Der Verkäufer jammerte und warf sich mit zum Gebet gefalteten Händen auf die Knie.

Boß verließ den Laden. Wie elektrisiert rannte der Verkäufer auf die Straße und zog seinen Kunden gewaltsam zurück. »Zweihundert Dollar, Sir, und das Paket gehört Ihnen.«

»Hundertdreißig Dollar, mehr besitze ich nicht.«

Wieder flogen die Kügelchen am Rechenschieber.

Mir war diese Szene zuwider. Ich lief davon, nahm im Hotel mein Bad. Aus Wassermangel durfte man nur zu bestimmten Stunden baden. Es war 19 Uhr, daher Eile geboten. Um 20 Uhr kam Boß mit dem Riesenpaket im Arm.

»Einhundertachtzig Dollar hab' ich ihm schließlich gezahlt, zweihundertfünfzig wollte er haben«, sagte er stolz.

Ich ging am nächsten Morgen in den Laden und gab dem verwunderten Verkäufer 20 Dollar aus meinem Sparstrumpf.

Durch die unerwarteten Geschenke aus Hongkong mußte ich mich auch auf der Rückreise mit zu knappen Schuhen und ewig wachsender Furcht vor Entdeckung plagen, denn im Flugzeug wechselt man die Schuhe bequemlichkeitshalber gegen Schuhsöckchen.

Ausgerechnet in Burma, wo wir schon soviel Schwierigkeiten hatten, war mein Portemonnaie mit den 300.— Mark verschwunden. Boß sah mich suchen und suchen — schließlich gestand ich den Verlust des Portemonnaies. Oh, hätte ich es nie getan!

Die Panik, die ihn erfaßte, konnte nicht übertroffen werden, selbst wenn ich einen Burmesen niedergestochen hätte. Schnaufend wie eine Lokomotive rannte er, nach Luft schnappend, im Zimmer auf und ab, schrie wie ein gepeinigtes Tier, trampelte zur Abwechslung mit den Füßen. Als wollte er einen Tscherkessentanz probieren, sackte er in die Knie und rief: »Lieber Gott, womit hab' ich das verdient? Warum hast du mir eine solche Frau mit auf den Weg gegeben?«

Ich wollte ihm eine Kanne kaltes Wasser über den Kopf gießen, damit er wieder zu sich käme. Es haperte an der Kanne. Ich war ernsthaft besorgt um seinen Zustand. Ich brachte ein klitschnasses Handtuch und wand es ihm blitzschnell um den Kopf.

»Diese Scherereien, nicht auszudenken«, jammerte Boß unter dem Handtuch. »Sie werden uns hier behalten. Ich habe jeden Pfennig angegeben. Bei der Ausreise werde ich meine Ausgaben deklarieren und das restliche Geld vorweisen müssen.«

»Na und? Was machen Leute, die hier bestohlen werden oder Geld verlieren? Erzähl mir doch nicht solche Märchen! Ich werde schon mit denen fertig. Du mit deiner hysterischen Angst machst dich ja überall verdächtig. Nur weil du jeden Pfennig angibst, haben wir all die Scherereien. Genau wie bei der Einreise. Ich wäre schon zur Eröffnung des Ministerballs hier eingetroffen. Jawohl, hätte ich gesagt, mein Schmuck ist viertausendachthundert Dollar wert. Punkt. Glaubst du, diese Heinis haben eine Ahnung, ob das Simili ist oder echt; und wenn echt, welchen Wert? Mach dich doch nicht lächerlich!«

»Sie hätten den Schmuck nicht mehr rausgelassen«, keuchte er, noch immer unter dem Handtuch.

»Warum? Niemand wußte, daß ich ihn habe. Du hast es überall herumposaunt.«

F. O. sprang auf. »Ich hab's!« Das Handtuch flog in die Ecke. Zum Vorschein kam ein freudig erregtes Gesicht. »Wenn du deinen Boß nicht hättest! Du wärest verloren. Aber dein Boß läßt dich nicht im Stich. Weißt du, Häschen, wie ich dich rette? Ich gehe schnurstracks zum deutschen Konsulat und bitte um Hilfe.«

Wie leicht hätte ich ihm helfen können! Ein Griff in meine Schuhe. Ich überlegte schon dauernd, wie ich es arrangieren könnte. 300.– Mark, aber kein Portemonnaie zu haben! Unwahrscheinlich, daß sich ein Dieb nur ins Portemonnaie verliebte. Ich durfte mich mit meinem Geheimfonds keinesfalls in Verdacht bringen.

F. O. erschien bei seiner Rückkehr in bester Laune. Mit drei

Hundertmarkscheinen winkte er überschwenglich schon von weitem: »Häschen, wir sind gerettet!«

Hätte ich die Absicht gehabt, Witwe zu werden, wäre ich es in dem Moment wahrscheinlich geworden. Jetzt hätte ihn der Schlag getroffen. Ich konnte nämlich F. O. auch mit etwas winken: mit meinem Portemonnaie und den 300.— Mark. Ich fand es kurz vor seinem Eintreffen in der Tasche meines Morgenrocks. Der hing bis dahin hinter der Badezimmertür und war meinen Suchaktionen entgangen.

Ungehindert, mit 300.— Mark zuviel (von meinem Schuhgeld ganz zu schweigen), setzten wir die Reise fort.

7

Neue Schwierigkeiten erwarteten uns erst in Teheran. Einer damaligen Bestimmung zufolge durften Schauspielerinnen ohne persönliche Genehmigung des Schahs nicht einreisen. Und ausgerechnet dieser Beruf war in meinem Paß vermerkt. Ich bin über den Grund einer solchen Bestimmung nie aufgeklärt worden.

Der Schah suchte damals eine Nachfolgerin für Soraya. Wollte er sich am Ende unter den Schauspielerinnen orientieren? Wieder mußten wir die Hilfe der Pan American in Anspruch nehmen. Schließlich gelang es uns, eine Durchreiseaufenthaltsgenehmigung von zwei Tagen zu erhalten.

Ich sah das Haus, in dem Soraya wohnte. Millionen deutscher Frauen wohnen wie Soraya. Hohe Mauern umgeben die Villen. Ein Baum ist ein Vermögen wert. Die Universität dagegen ist beachtlich.

Mein Boß ging seinen Geschäften nach. Ich durchforschte allein Teheran. Das stieß wegen meines Nerzmantels auf Schwierigkeiten. Sofort erkannten die Einwohner eine Ausländerin. Die Bettler klammerten sich an meinen Mantel und erlaubten mir nicht, weiterzugehen. Ich warf Kleingeld in die Menge. Sofort ließen sie mich los, um die Münzen einzusammeln. Ehe sie sich umdrehten, war ich verschwunden.

Wie konnte ich nur die Zeit totschlagen, während der Boß arbeitete? Ich ging zum Friseur. Ja, Dauerwellen wollte ich mir machen lassen. Das dauert hübsch lange. Die Friseuse, eine Armenierin, erlernte ihr Handwerk in London. Sie war die hübscheste Person, die mir in Persien begegnete. Sofort ließ sie türkischen Kaffee für mich brauen, versorgte mich mit Zigaretten und echten Wella-Dauerwellen. Als ich zur Kasse gebeten wurde, traf mich beinahe der Schlag. Noch nie zuvor mußte ich soviel Geld für eine Dauerwelle bezahlen.

»Alles Importware, daher so teuer«, klärte sie mich auf. Ich sah nicht ein, weshalb ich mit meinem Schuhvermögen zahlen sollte. Ahnungslos, daß Boß nur in einer bestimmten Bank zwischen neun und elf Geld wechseln konnte, ließ ich die Rechnung vom Hotelportier begleichen.

Boß verlangte am Abend die Rechnung. »Waaas?« schrie er. »Du hast dir für neunzig Mark Dauerwellen machen lassen?«

»Ja, ich wußte nicht, wie ich die Zeit überleben sollte, und Dauerwellen waren nötig. Da dachte ich, die Gelegenheit sei günstig.«

»Günstig?« brüllte er. »Für neunzig Mark? Ich war heute morgen auf der Bank. Habe mir genau ausgerechnet, was wir bis morgen zur Abreise um sieben Uhr benötigen und genausoviel habe ich eingewechselt. Was sonst sollte ich mit persischem Geld anfangen? Kein Mensch will es haben.« Dramatisch rang er die Hände. »Jetzt können wir morgen früh nicht nach Beirut fliegen. Ich kann die neunzig Mark nicht zahlen. Das Flugzeug ist längst in den Lüften, ehe diese blöde Bank um neun Uhr öffnet.«

Ein Engländer, den wir im Flugzeug nach Teheran kennenlernten, beruhigte Boß: »Beim Barmixer können Sie schwarz jede Summe wechseln.«

»Schwarz!« rief Boß, außer sich. »Ich habe jeden Pfennig auf dem Formular eingetragen.«

Da staunte selbst der uns allen als korrekt bekannte Engländer. Er war es dann, der meine Dauerwellen zahlte. Und wir versprachen, das Geld seinem Vertreter in Beirut auszuhändigen.

Damit war unsere Abreise gesichert. Teheran, du siehst mich nie wieder, dachte ich, und hielt Wort. Es gibt kein Land der Erde, wo man nicht legal Geld im Hotel einwechseln kann, sondern um eine bestimmte Zeit zu einer vorgeschriebenen Bank rennen muß. Das war zuviel!

Meine Kartengrüße aus Teheran erreichten auch niemanden. Wir wurden schon auf der Hinreise im Flugzeug darauf aufmerksam gemacht, am Postschalter zu warten, bis die Marken abgestempelt seien. Ich dachte, das ist doch nicht möglich! Es war doch möglich. Mein Album ziert nicht eine einzige Karte aus Teheran.

In Beirut begrüßte uns außer dem üblichen Herrn der Pan American ein sehr netter Araber. So was von Liebenswürdigkeit und Aufmerksamkeit! Nein, zu nett. Er war Kunde, und der Boß versprach sich in Beirut gerade von diesem Herrn große Geschäfte.

Beirut erschien mir wie ein Märchen. Keine Bettler, keine alten Autos, keine alten Häuser. Jedermann war gut gekleidet. Hier pulsierte der Reichtum. Die Ölscheichs gaben ihr Geld in Beirut aus. Fuhr man die Avenue de France entlang, glaubte man, an der Côte d'Azur zu sein. Beirut — eine Oase nach all dem Elend!

Ich war begeistert: vom Essen, vom Hotel, vom Service, von dem liebenswürdigen Araber. Am Abend brachte er seine Frau mit. Sie zeigten uns Beirut, führten uns zum Essen und in die exklusiven Night-Clubs. Wir waren seine Gäste.

»Ich liebe die Deutschen!« sagte er mit warmer Stimme.

»Danke!« Ich lächelte charmant zurück.

»Darf ich mit Ihrer Gattin tanzen?«

»Ich bitte darum.«

Der heißblütige Araber drückte mich ungeachtet seiner Frau oder meines Bosses an sich, daß mir die Luft wegblieb.

»Es ist herrlich, mit Ihnen zu tanzen! Sie tanzen leicht wie eine Feder. Ja, ich trage eine zierliche Feder im Arm!«

Die Feder, dachte ich, wäre längst zerquetscht. Ich dagegen wehrte mich standhaft, um nicht zu ersticken. Er schnupperte an meinem Ohr. »Sie duften atemberaubend!«

Ich lächelte. Wir tanzten eine Ewigkeit. Boß rollte schon drohend mit den Augen.

»Ich glaube«, sagte ich, »wir dürfen die beiden nicht so lange allein sitzen lassen.«

»Du benimmst dich unglaublich«, begrüßte mich der Boß in deutsch und begann ein geschäftliches Gespräch in englisch.

»Mein lieber Freund«, sagte der Araber süßlich, »wer wird über Geschäfte sprechen in Anwesenheit einer so zauberhaften Frau! Morgen früh hole ich Ihre Gattin ab, wenn Sie gestatten, und mache mit ihr einen Ausflug nach Kuweit. Wie mir Vera — ich darf doch Vera sagen? — eben versicherte, würde sie gern die Prinzessin von Kuweit kennenlernen. Eine gute Freundin unserer Familie.«

»Das ist für meine Frau zu anstrengend, sie schläft gern lange.«

»Aber doch nur zu Hause, nicht auf Reisen«, widersprach ich sofort.

»Halt deinen Mund! Du fährst nicht!« zischte Boß. »Ich bin hier, um Geschäfte zu machen.«

»Leider werden Sie verhindert sein, uns zu begleiten«, sprach der Araber unbeirrt weiter. »Mein Direktor wird Ihnen unser Werk zeigen. Ihr Aufenthalt ist kurz. Sie sollen keine Zeit verlieren. — Ober, schenken Sie noch einmal die Gläser voll!« rief er dem Kellner zu.

Er hob sein Glas, schaute mir tief in die Augen und ließ den Blick erst mit dem letzten Schluck von mir ab.

Boß trat mir auf den Fuß. »Ich warne dich!« Sein Ton klang beängstigend.

Ich richtete das Wort an unsere Gastgeberin. Mit vielen

Gesten sagte ich auf englisch, französisch und deutsch: »Schön hier!« Arabisch konnte ich leider nicht. Sie nickte lächelnd.

»Tanz doch mal mit ihr!« schlug ich dem Boß vor.

»Ich kann doch nicht mit ihr reden.«

Ich gab es nicht auf:

»Eben deshalb sollst du mit ihr tanzen.«

»Damit du besser flirten kannst! Ich denke nicht daran.«

»Das ist ein herrliches Lied!« Der Araber lauschte der Musik und sang für mich: »In case you love it's easy. Your eyes are telling me you do!« Dann fragte er:

»Herr Boese, darf ich noch einmal mit Vera tanzen?«

Boß verzog sein Gesicht zu einer Grimasse, deutete mit der Hand auf mich. »Wenn Vera nicht zu müde ist?«

Ich stand bereits, ehe er geantwortet hatte. Nun mußte ich auch tanzen, obwohl er mir das Vergnügen versalzen hatte.

Der Araber schien nichts zu merken. Er zog mich wieder an sich. Ich versuchte die ganze Zeit zu plaudern, um Harmlosigkeit zu demonstrieren, aber er schloß die Augen. Er hörte nichts.

Boese qualmte eine dicke Zigarre. Mangels Konversation blies er der Araberin den Rauch ins Gesicht.

Wir hatten kein Wort über Kuweit gesprochen. Zu meinem Erstaunen verkündete der Araber: »Also, Ihre Frau ist einverstanden! Ich hole sie morgen um neun Uhr im Hotel ab. Wir werden jetzt gehen, damit es nicht zu spät wird und sie morgen früh ausgeschlafen ist.«

Im Hotelzimmer prasselte ein heilloses Donnerwetter auf mich nieder. Ich verteidigte mich geschickt wie ein Anwalt. Es war ja wirklich nicht meine Schuld, und Boß sollte doch dankbar sein, wenn ich so gut gefiel. Desto größer würde der Auftrag ausfallen.

Ich machte den Ausflug. Der Araber überreichte mir als Morgengabe in einem Etui eine dreireihige Perlenkette mit Brillantschloß. Aus Angst, Boß würde mir nicht erlauben, dieses kostbare Geschenk anzunehmen, versteckte ich die Kette in einem Gepäck. Später benutzte ich die Ausrede, sie sei nicht echt. Himmel! Der Aufenthalt in Beirut hatte sich für mich gelohnt.

Boß war weniger zufrieden, als er die Auftragsbestätigung in Händen hielt. Er ahnte ja nicht, daß ich diesmal das große Geschäft gemacht hatte.

Nach einem dreitägigen Aufenthalt in Athen, wo sich der arme Boß wieder so schrecklich aufregen mußte, erreichten wir Düsseldorf. Noch im Flugzeug bewegte ihn das Erlebnis der letzten Nacht. Wir hatten einen zweifelhaften Night-Club besucht. Boß wollte mir die dicken Bauchtänzerinnen zeigen. Man legte uns die Getränkekarte vor.

»Ist das ein Nepplokal?« bemerkte er und zeigte auf die Preise.

Eine Stunde später war das Lokal knackend voll. Der Kellner fragte: »Gestatten Sie, daß sich die Herrschaften an Ihren Tisch setzen?«

Boß nickte den drei Griechen huldvoll zu. Als unsere Tischgenossen die Getränkekarte studierten, erspähte Boß mit Argusaugen den Unterschied. Die Preise dieser Karte wiesen nur ein Drittel der Preise der unseren auf. Seine hochgezogenen Augenbrauen kündeten ein sich zusammenballendes Gewitter an.

»Piraten! Gangster! Denen werde ich was erzählen. Ober, zahlen! Aber hier!« Er deutete auf die Karte des Nachbarn. »Nach dieser Karte zahle ich oder ich hole die Polizei!«

»Das ist die gleiche Karte, die ich Ihnen gebracht habe.«

»Das ist nicht wahr! Meine Karte war weiß, diese ist rot.«

»Es gibt bei uns keine weißen Karten. Sie müssen sich irren.«

»Unglaublich, ich irre mich nicht, meine Frau ist Zeuge.«

Tatsächlich kostete auf der roten Karte ein Whisky zehn Mark, auf der weißen, die uns vorgelegt wurde, umgerechnet zirka 30 Mark.

»Bitte, bitte«, flehte ich, »mach doch nicht so einen Zirkus!«

»Halt dich raus! Ich will mein Recht. Ich lasse mich nicht neppen.«

»Zahle doch nach dieser roten Karte, und der Fall ist erledigt.«

Eine fleischige fette Tänzerin rollte trotz der lauten Auseinandersetzung unbeirrt ihren Bauch. Boß stahl ihr die Schau. Das ganze Lokal schaute nur auf uns.

»Wenn Sie Hunger haben, mein Herr, zahlen Sie gar nichts«, sagte der Kellner souverän. »Ich habe Sie eingeladen.«

Ich rannte raus, setzte mich in ein Taxi und wartete wohl noch zehn Minuten, bis F. O. sich erschöpft auf den Nebensitz fallen ließ.

Je mehr wir uns Düsseldorf näherten, desto mehr steigerte sich seine Nervosität. Es war immer das gleiche nach jeder Reise. Ich las in einem Magazin. Nur nicht sprechen! Worte in solch einem nervösen Stadium können tausend Mißverständnisse aufwerfen.

Auf dem Flughafen erwartete uns der Chauffeur mit der Geschäftspost. Er durfte nicht wagen, ohne dieses Paket zu erscheinen. Boß öffnete es schon auf dem Weg zum Auto. Das große Schweigen war Gebot der Stunde. Ich beobachtete ihn unauffällig. Wie ein Pantomime im Theater präsentierte er sich in einer Show. Die Briefe mußten sehr aufregend sein. Ab und zu krümmte er sich, als hätte er Leibschmerzen, oder er stieß spitze Schreie aus, denen unverzüglich Schimpfkanonaden folgten.

Was mochte wohl in den Briefen stehen? Fragen würden ihn nur aus dem Konzept bringen. Jetzt schwieg er. Ein Zeichen, daß er die Reden ausarbeitete, mit denen er die Verantwortlichen abkanzeln würde.

Die Begrüßungsworte des Hauspersonals überhörte er ständig. Er rannte wortlos in sein Arbeitszimmer; an der Tür leuchtete die rote Lampe auf: *Eintritt streng verboten!*

Während ich die Koffer in den hinteren Räumen auspackte, hörte ich durch sämtliche Türen sein heiseres Gebrüll: »Weil Sie unfähig sind! Lassen Sie sich Ihr Lehrgeld zurückzahlen! Das ist ja eine unglaubliche Schlamperei! Halten Sie den Mund, wenn ich spreche! Sie sind ja nicht mal fähig, zuzuhören...«

»Der Alte singt wieder«, raunte sich das Personal zu.

Nach dieser Reise fühlte er sich besonders miserabel. Er legte sich zu Bett, aber nicht etwa allein. In Ermangelung seiner Freunde, die er nicht so schnell herbeizitieren konnte, mußten außer mir der Diener und die Haushälterin neben seinem Bett sitzen. Er konnte nie allein sein — und so krank war er ja auch nicht.

Einer mußte die Füße mit kalten Umschlägen wickeln, der andere Eisbeutel auf die Stirn legen. Dazu grölte das Radio. Zur Abwechslung bekam ich die Order, sein Herz zu massieren. Als meine Hände erlahmten, wurde der Diener angewiesen, seinen Kopf, die Beine und Füße zu kneten. Dabei machte Boß Reisepläne.

Diesen Sommer sollten wir zum drittenmal wieder in unser Haus in Ascona übersiedeln. Die Sekretärin erschien, ins Schlafzimmer geleitet, mit der Liste. Einladungen wurden diktiert. F. O. mußte das Haus immer voller Gäste haben, sonst fühlte er sich nicht wohl. Sie wurden nach Rang und Würden und nach ihren Fähigkeiten eingeteilt. Jeder bekam Aufgaben.

Einer mußte mit F. O. Billard spielen, der andere war ein guter Schachpartner oder ein Skatspieler. Witzige Unterhalter und jemand, der Klavier spielen konnte, waren beliebte Gäste. Nach vierzehn Tagen langweilte ihn aber auch der beste Klavierspieler. Die Gesichter ödeten ihn an ...

Die Betten wurden frisch bezogen, die neue Belegschaft rollte an.

Meine Aufgabe bestand darin, von früh bis abends zu lächeln, gut gelaunt und charmant zu sein.

Dieses Haus hätte ich in die Luft sprengen können — so grauste mir vor dem Sommer!

Es kam aber alles ganz anders. Kurzfristig änderte F. O. seine Pläne und lud alle Gäste wieder aus. Die meisten Sommerwochen saß ich mit einer Hausangestellten und einem Gärtner mutterseelenallein in dem großen Haus. Ich erholte mich zusehends.

Jeden Morgen sprang ich ohne Badekappe mit einem Hechtsprung vom Balkon in den See. Unfrisiert, ohne Make-up, genoß ich das Dasein. Kein Mensch konnte ermessen, was das für mich bedeutete.

Doch nach acht Wochen ging mir die ungewohnte Ruhe auf die Nerven. Das hektische rastlose Leben fehlte mir.

F. O. erfand immer neue Argumente, um meine Heimreise zu verhindern. Als ich durchaus nicht mehr in Ascona bleiben wollte, gab er nach. Bedingung: Ich sollte sofort abreisen! Das Haus sei, ausgenommen mein Schlafzimmer, ab morgen vermietet. Ich versprach, mein möglichstes zu tun. Noch nie war unser Haus vermietet worden, aber das Staunen hatte ich mir längst abgewöhnt.

»Warum vermieten wir?« fragte ich.

»Weil es uns dreckig geht. Du hast ja keine Ahnung, was hier los ist! Bald gehen wir am Bettelstab. Über die Hälfte der Belegschaft mußte ich entlassen. Das Haus in Ascona werde ich verkaufen. Natürlich unser Haus in Hösel auch. Wir müssen uns sehr einschränken. Also, auf Wiedersehen!« Es knackte. Er hatte aufgehängt.

Ich war durch diese Eröffnungen zunächst unfähig, mich vom Telefon fortzubewegen. Noch immer hielt ich – ich weiß nicht, wie lange – den Hörer in der Hand. Dann warf ich mich hemmungslos auf den Boden und schluchzte: »Ach, könnte ich doch nur in Ascona bleiben! Mein geliebtes Ascona, mein schönes Haus! Nie werde ich es wiedersehen!« Das war die Strafe. Es ging mir zu gut. Ich wußte es nicht zu schätzen ... doch, jetzt wußte ich es!

Als ich langsam meine Sinne wieder beisammen hatte, versuchte ich vergeblich, F. O. zu erreichen. Ich wollte Näheres erfahren, auch, an wen so kurzfristig vermietet worden war. Vor zwei Tagen war noch keine Rede davon gewesen ...

Die ganze Nacht packten wir. Alles, was mir lieb und teuer schien, brachte ich mit unseren persönlichen Kleidungsstücken in mein Schlafzimmer und schloß es ab. Auch F. O.'s Kleiderschrank räumte ich aus.

Am nächsten Morgen wartete ich auf die Mieter. Nein, ich wollte das Haus nicht verlassen, ohne sie gesehen zu haben. Ich wurde auf eine harte Geduldsprobe gestellt. Gegen 14 Uhr erschien ein alter, weißhaariger Herr und vier junge Mädchen. Eine musikalische Familie, stellte ich fest. Sie luden aus einem Lieferwagen außer den Gepäckstücken mehrere Musikinstrumente ab. Die Mädchen, im Alter von 18 bis 23 Jahren, musterten mich mit herausfordernden Blicken. Der alte Herr sprach von seinen Töchtern und erklärte mir, daß sie die Mutter am Bahnhof verloren hätten. Die Mädchen kicherten. Eine sagte: »Zum Glück hat sie ein Schild um den Hals mit der Adresse.«

Das sollte wohl ein Scherz sein. Alles lachte, nur mich beschlich ein unheimliches Gefühl.

»Wer zeigt uns die Zimmer?« fragte eine Dunkelhaarige mit Pferdeschwanz. »Ich will meine Gitarre schlafen legen.«

Ich rief nach dem Hausmädchen. »Regine, zeigen Sie den Herrschaften die Zimmer. Ich muß mich verabschieden, es wird mir sonst zu spät.«

Mein Gepäck war schon im Wagen. Mit Tränen in den Augen gab ich Gas.

Das Haus in Ascona wurde genausowenig verkauft wie unser Haus in Hösel.

8

Trotzdem hatte sich in den folgenden anderthalb Jahren — genauer gesagt begann es während und nach meiner Rückkehr aus Ascona — vieles geändert. F. O. schien mir noch merkwürdiger, sein Tun und Treiben noch unverständlicher.

Es begann damit, daß er sich einer strengen Abmagerungskur unterzog und dreißig Pfund verlor. Selbst die Köchin nahm ab, denn es durfte nur noch für alle (Extrawürste gab's nicht) ganz diät, ohne Fett, wie in den Kriegsjahren, gekocht werden.

Er ließ sich, passend zur neuen Figur, ein halbes Dutzend Anzüge schneidern, ging stundenlang mit Hilfe eines Geradehalters kerzengerade und benutzte ein Haarschampun, das seine spärlichen grauen Haare wieder dunkler erscheinen ließ. Ein feststehendes Fahrrad sorgte für gesunden Kreislauf, und wenn er sich lange genug abgestrampelt hatte und in Schweiß gebadet heruntertaumelte, bildete er sich ein, für seine schlanke Linie sehr viel getan zu haben.

Er trug jetzt eine Brille, die ihm etwas Seriöses verlieh, er sah viel interessanter und anziehender aus. Auch auf mich verfehlte seine Veränderung die Wirkung nicht. Ich war sehr stolz auf F. O., wenn wir uns in der Öffentlichkeit zeigten. Das geschah aber im letzten Jahr nur sehr selten.

F. O. hatte anscheinend irrsinnig zu tun. Abends saß er nur noch gelangweilt und müde vorm Fernsehapparat; an der spannendsten Stelle, trotz Verfolgungsjagd und Geknatter, schlief er ein. Armer Boß — was hatte er nun von seinem Geld und von seinem Leben! Er richtete sich systematisch zugrunde, so grübelte ich ahnungslos, denn ich kannte damals seine Freizeitgestaltung noch nicht.

Die neuen Sparmaßnahmen trafen vor allem mich hart: mein Taschengeld wurde um die Hälfte reduziert. Jedes Kleid, jeden Hut mußte ich mir erkämpfen. Einsichtig schraubte ich von selbst meine Ansprüche herunter. Mir schien seine Handlungsweise gerechtfertigt, da zur gleichen Zeit seine lebenslustige Mutter, nachdem sie einen fünfzehn Jahre jüngeren Italiener heiratete, ihren Anteil an den Fabriken kündigte und Millionenbeträge ausgezahlt werden mußten. Diese Nachricht war es, die ihn erreicht hatte, als er mich in Ascona anrief!

Boß gebärdete sich wie ein Wahnsinniger. Sein aufgepeitschter Haß galt vor allem dem ›Gigolo‹, der die Millionen verprassen und uns an den Bettelstab bringen würde.

»Du bleibst doch trotzdem ein vielfacher Millionär. Gönne doch deiner Mutter den schönen Lebensabend«, versuchte ich ihn zu beruhigen. »Tino ist rührend nett zu ihr. Ellen sieht phantastisch aus. Die Liebe zu dem schönen Tino hat sie um zwanzig Jahre verjüngt.«

»Alte Scheunen brennen lichterloh«, sagte F. O. verächtlich. »Sie erinnert mich an eine rossige Stute.«

Mir war der Umgang mit Mutter Ellen und Tino strengstens untersagt. Trotzdem hielt ich zu ihr und brachte ihr Verständnis entgegen. Ab und zu trafen wir uns. Das war einfach zu bewerkstelligen. F. O. ließ die Zügel lockerer. Er erkundigte sich nicht mehr, wo ich den Nachmittag verbracht hätte, auch stöberte er kaum noch in meinem Schreibsekretär. Es fehlte ihm wohl die Zeit. Er war jetzt immer müde, seine Spannkraft ließ nach. Es schien ihm alles egal zu sein. Er schrie nicht mehr herum und suchte bei mir nur noch Trost. Jeden Morgen studierte er die Zeitung. Seine Blicke suchten die Anzeigen billiger Konsumgüter.

»Die Spitze von Echlö heute: Schweinshaxen, Sonderangebot, das Pfund für eine Mark achtzig.« Ein anderes Geschäft bot Heringe, gebündelt, verpackt, für eine Mark an. Der Chauffeur bekam den Auftrag, mit dem Mercedes die Läden abzuklappern.

Für den Heringsladen benötigte er eine Stunde, denn er befand sich nicht in Hösel.

Aber F. O. freute sich über seinen rentablen Einkauf. Autoverschleiß und Benzinverbrauch stellte er nicht in Rechnung. Die billigen Schweinshaxen bestanden nur aus Fett und Knochen, die unsere Mägen nicht verdauen konnten. Sie flogen in den Mülleimer. Die Heringe sahen wie unterernährte lange Regenwürmer aus, aber F. O. hatte billig eingekauft und der Gedanke beseligte ihn. Auf Belehrungen reagierte er ausgesprochen sauer.

Nach fünf Tagen mußte er wohl genug von dem billigen Essen haben; jedenfalls schlug er mir überraschend eine Reise nach Paris über ein verlängertes Wochenende vor. Ich freute mich sehr.

Die ersten Jahre fuhr ich nie gern nach Paris. Die Stadt stimmte mich in Gedanken an Jean traurig. Es kostete mich jedesmal Anstrengung, der Versuchung zu widerstehen, bei ihm anzurufen. Aber jetzt war ich endgültig darüber hinweg.

Ausgehungert stürzten F. O. und ich sofort nach unserer Ankunft zum Essen. Wir besuchten in den Tagen nur die exklusivsten Restaurants, aßen im Barkley, im Maxim; gierig genossen wir Kaviar, Hummer, Austern und endlos lange Menüs.

Boß, tagsüber sehr beschäftigt, ließ mich sogar ein paar Einkäufe machen.

In Paris schien die erste Frühlingssonne. Ich fand noch einen Tisch im Fouquet auf den Champs-Elysées im Freien und ließ die Leute an mir vorbeiflanieren. Ich stutzte — dort ging Jean! Wie elektrisiert sprang ich hoch. Ohne zu überlegen, rannte ich hinterher. »Jean! Jean!«

Er blieb stehen, drehte sich um ... Ich stürzte in seine Arme. »Meine Kleine, wo kommen Sie her?«

»Ich sitze dort im Fouquet, setz dich zu mir!«

»Wie gehst du?« fragte er. »Ich haben dich so viele Jahre nicht gesehen. Du siehst serr, serr schön aus. Ach, meine Kleine!« Er drückte zärtlich meine Hand. Wir setzten uns nebeneinander. Mein Herz schlug Alarm. Jean war mir so vertraut, als hätten wir uns erst gestern getrennt. Ich konnte nichts sagen.

Dafür sprach Jean: »Ich haben immer gedenkt, einmal du wirst eine kleine ungetreue Vera wiedersehen, aber dann ... paff, paff, paff!« Er unterstrich seine Worte mit einer Geste, als wolle er mich links und rechts mit Backpfeifen bedenken. »Oh, ich waren böse«, sagte er, gespielt zornig, die Fäuste geballt. Sein Ton klang gefährlich. »Rrrr...« Er knurrte wie eine Dogge. »Aber jetzt so viele Jahre passé!« Er dachte nach. »So lange, ich kann nicht mehr zählen. Jetzt fühlen ich nur Freude! Will ich dich nur noch küssen.«

Ungetreu nannte er mich — ausgerechnet mich? »Wie geht es deiner Frau?« fragte ich.

»Frau — was für Frau?«

»Deiner Ehefrau.«

»Kenne ich nicht, aber kannst du mir vielleicht vorstellen? Aber du — du hast geheiratet, hast Ehemann. Wie heißt? Boese, n' est-ce pas? Haben ihn in Gstaad kennengelernt, wenn er hat Hochzeitsgeschenk gekauft für meine Braut, tja, so ist Leben!« Jean trommelte mit dem Zeigefinger energisch auf seine Brust. »Für meine Braut Vera — fremder Mann kommt und kauft Hochzeitsring für meine Braut. Aber Ring war nicht für meine Hochzeit. Dafür war Smaragdring — das ist grotesk — von meiner Tante aus Kanada.«

»Wie bitte? Von deiner Tante aus Kanada?«

»Hast du nicht gewußt? Voilà, Madame Fleury aus Kanada ist die Frau von dem jüngsten Bruder meines Vaters. Ihre Mann, mein Onkel, ist zwei Jahre tot. Ich bin gefahren nach Gstaad mit meiner Tante aus Kanada.«

»Warum hast du mir dann nicht geschrieben?« fragte ich aufgebracht.

»Warum auch noch schreiben? Hab' ich dir hundertmal gesagt, das ist Tante aus Kanada — du nichts geglaubt. Du glauben mehr, wenn ich schreibe? Nein, sehen und fühlen mußt du die Tante«, sagte Jean temperamentvoll, »mit alle Papiere, Passeporte, mit Foto, und vergleichen. Vielleicht könnte Passeporte sein von andere Frau. Hab' ich gesagt, kommen Tante, schnell, wir gehen mit Papiere nach Gstaad. Ich haben genug von Ärger. Du mußt sprechen mit meiner Braut. Wir kommen nach Gstaad, aber wir haben keine Braut. Herr Boese hat meine Braut. Und dieser Ring —«, Jean griff nach meinem Smaragdring, den ich an der linken Hand trug, »mach ihn ab, ich werde dir gleich beweisen, ist Ring von meiner Tante.«

Ich zog ihn ungläubig vom Finger. »Dieser Ring ist von Van Cleef und Arpels, und nicht von deiner Tante.«

»Du erinnerst dich an Monsieur Simon?«

Ich nickte.

»Aaah, voilà! Monsieur Simon hat aus Privatbesitz von Tante diesen Ring gekauft. Hier schau, was steht hier? F. F. 1938.«

»F. F. kann ich sehen, aber nicht die Zahl. Ich dachte, F. F. ist eine Bezeichnung für Feingold, sozusagen das Feinste vom Feinen, und die Zahl hielt ich für einen Stempel.«

»Du mußt nehmen eine Lupe. F. F. heißt Felix Fleury. 1938 ist das Jahr, wenn Onkel hat Fräulein aus Kanada geheiratet. Er ist auch gegangen und gestorben in Kanada.«

»Wußte denn mein Mann, daß dieser Ring von deiner Tante ist?«

»Aber ja! Der Ring hat die Hälfte gekostet von dem Ring, den du hast gesehen in Vitrine.«

Wie Schuppen fiel es mir von den Augen. Ich erinnerte mich wieder an den Moment, wo wir das Hotel verließen und ich den Smaragd in der Vitrine sah. Damals glaubte ich, Monsieur Simon hätte sofort für Nachschub gesorgt. Ich erinnerte mich weiterhin, daß F. O. mich auf der Heimreise nach Jeans Nachnamen fragte und ich ihm den falschen Namen Duval nannte.

»Aber du hast doch mit deiner Tante im gleichen Zimmer gewohnt?«

»Wir hatten ein Appartement. Was ist dabei schlecht? Das Hotel war gefüllt. Meine Tante konnten nicht auf Straße schlafen. War zu kalt.«

»O Jean«, seufzte ich. Nichts als Mißverständnisse beherrschten mein Leben! »Ich dachte, Madame Fleury wäre deine Frau oder zumindest deine Freundin, die du als deine Gattin ausgabst, um mich zu demütigen. Ich glaubte immer, sehr schlau und gerissen zu sein. Ich wollte dir zuvorkommen, dir weh tun, dich strafen, und all das hab' ich mir in meiner Dummheit selbst zugefügt.«

»Nicht traurig sein, meine Kleine. Es ist alles Schicksal!«

»Du hast recht, Jean, die Wege sind uns vorgezeichnet. Wir müssen sie je nach Fügung zu Ende gehen«, vollendete ich elegisch seinen Gedankengang.

»Vielleicht können wir um die Ecke gehen, da steht mein Auto. Ich zeigen dir meine neuen Gemälde...«

Ich dachte an F. O., den ich aus Angst und mangelnder Gelegenheit — ich stand ja immer unter Bewachung — noch nie betrogen hatte. Aber viel unangenehmer war mir im Augenblick der Gedanke an meine Wollschlüpfer. Ach, und du liebe Zeit, das wollene Hemd! Zog ich es nicht in letzter Minute auch noch unter die Kostümbluse? Vorsichtig ging meine Hand auf Forschungsreise. Ich tastete unter der Bluse... Tatsache!

Nein, nein, ich wollte F. O. treu bleiben, aber die Gemälde konnte man sich ja ruhig mal ansehen. Dagegen war wirklich nichts einzuwenden.

Gott sei Dank hab' ich mir nicht nur die Gemälde in Jeans Wohnung angesehen. Es gab mir Genugtuung, denn was Boß sich an diesem Abend herausnahm, schlug dem Faß den Boden aus. Nie hätte ich diesen Abend mit einer solchen Souveränität überstanden. Jean war genau im richtigen Moment vom Himmel gefallen. Er gab mir Kraft und Überlegenheit.

Boß kam mit einer Schramme überm linken Auge im Hotel an.

»Nanu, was ist passiert?«

»Ich bin mit dem Kopf beim Einsteigen ins Taxi gegen die Kante oben am Verdeck gestoßen.«

»Ach, du Ärmster, ich wollte heute abend so gern mit dir elegant ausgehen.«

»Das tun wir auch, Häschen. Nach dem Essen führe ich dich in einen sehr schicken Night-Club.«

Aber er führte mich in ein schreckliches Bumslokal und behauptete obendrein noch, es sei sehr elegant.

Ich wollte möglichst weit ab von der Kapelle sitzen. Boß saß aber schon ganz dicht neben der Kapelle und dachte nicht daran, den Tisch zu wechseln. »Schließlich bin ich geschäftlich hier und nicht zum Vergnügen.«

Er sprach in Rätseln. »Geschäftlich? Erwarten wir noch jemanden?«

»Ja, du wirst meine Geschäftspartner gleich kennenlernen.« Er schaute auf die Uhr.

»Um so wichtiger ist es, daß wir uns in eine ruhige Ecke setzen. Du kannst doch bei dem Krach nicht verhandeln.«

»Wenn ich verhandle, spielt die Kapelle nicht.«

Angeber, dachte ich, und wußte noch nicht, wie recht er hatte. Mein Blick fiel auf ein schwarzes großes Samttransparent mit goldenen Lettern: »*Sexy Girls.*« So hieß die Damenkapelle. In wechselnden Farben wurden die Scheinwerfer auf die vier Girls gerichtet.

Boß bestellte eine Flasche Champagner und sechs Gläser.

»Wieviel Herren erwartest du denn?«

Er gab keine Antwort und schaute auf die Uhr. »Noch fünf Minuten. Punkt ein Uhr kommen sie.«

Die Mädchen von der Kapelle trugen Superminiröcke, die gerade den Popo bedeckten. Ihre langen Beine steckten in schwarzen Netzstrümpfen. Zwei trugen oben nur ihre Gitarre. Das Mädchen am Harmonium und das am Schlagzeug unterschieden sich von den Gitarristinnen. Jede Brust bedeckte ein handgroßes Tellerchen, Gott weiß wie befestigt, von dem eine lange Quaste herunterbaumelte. Es sah schrecklich ordinär aus.

Eines aber mußte man den Girls lassen: sie beherrschten ihre Instrumente. Sie konnten singen und tanzten sich mit einem wilden Indianertanz in Ekstase. Ich fand sie recht gut. Boß klatschte wie wahnsinnig.

»Seit wann schwärmst du für diese Art Musik?«

Er gab keine Antwort.

Ein paar Minuten später wußte ich sie. Eingekeilt von den Damen (oben hatten sie jetzt etwas mehr an) saß ich am Tisch. Boß stellte sie mir als seine Partnerinnen vor und gab sich als ihr väterlicher Freund und Manager aus.

»Ist das nicht eine Überraschung für dich, Häschen«, fragte er mich vor den Sexy Girls. »Ich habe eine Tochtergesellschaft gegründet. Da du ja auch Künstlerin bist, wirst du dich mit unseren Töchtern sicher gut unterhalten.« Er lachte dröhnend.

Jetzt ging mir ein Licht auf. »Kennen wir uns nicht schon?« fragte ich die Schwarze mit dem Pferdeschwanz. Ich schaute mir die dick geschminkten Gesichter näher an. Natürlich, das waren doch die Mädchen mit dem alten Mann, die unser Haus in Ascona bezogen hatten!

Sie zuckte mit den Schultern.

Bildete ich es mir ein oder schauten mich diese Hyänen triumphierend an? Am liebsten wäre ich aufgesprungen und weggelaufen, aber ich mußte diplomatisch sein. F. O. war leicht zu beeinflussen. Ich durfte sie mir nicht zu Feindinnen machen. Also lächelte ich charmant und behandelte sie wie Damen der Gesellschaft.

»Na, ihr frechen Girls«, gurgelte Boß aus tiefster Kehle, »euch ist wohl die Sprache weggeblieben? Ihr seid ja ausnahmsweise mal ganz zahm und still!«

Ich gewann auch den Eindruck, daß ihre Blicke jetzt wohlwollend auf mir ruhten. Mit scheuen Rehaugen saßen sie wie artige Töchter da. Eins zu null für mich. Zur Begrüßung nannten sie den Boß ›Väterchen‹, beim Abschied Herr Boese.

»Wir müssen uns für den zweiten Auftritt umziehen, gnädige Frau. Dürfen wir uns verabschieden?« fragte eine Blonde sehr höflich.

Ich rannte unmittelbar hinterher. Ich wußte beim besten Willen nicht, wie ich mich F. O. gegenüber verhalten sollte. Darüber wollte ich auf einem stillen Örtchen nachdenken.

Als ich die Toilette betrat, wurde ich Zeuge einer lautstarken Unterhaltung hinter verschlossenen Türen.

»Sie war ja sehr freundlich.«

»Mir tat sie leid. Ist doch 'ne Frechheit von dem Dicken, seine Frau hier anzuschleppen. Der hat Nerven! Ich hätte nie geglaubt, daß er das wahr macht.«

Die Toilettenfrau verschwand mit einem Lappen hinter der noch freien Tür. Ich stand wie angewurzelt und zupfte vor dem Spiegel an meinen Haaren.

»Sie sieht ja noch verdammt gut aus«, sagte die andere, sehr hell klingende Stimme. »Die könnte doch noch was Besseres aufreißen!«

Die Toilettenfrau lud mich mit einer Handbewegung ein, Platz zu nehmen. Ich nickte nur.

»In dem Alter ist das nicht mehr so einfach, die alten Gockel stehen doch nur auf ganz Junge. Deshalb kann sie einem leid tun. Die Alte ist sicher schon Mitte Dreißig.«

Verwirrt wusch ich mir die Hände, um nur irgend etwas zu tun. Ganz sachte drehte ich den Hahn auf. Es tröpfelte über meine Finger. Mir durfte kein Wort entgehen. Die Stimme krächzte jetzt. Papier raschelte.

»Mit Reichen kann ich kein Mitleid empfinden. Die legen sich mit 'm fetten Hintern ins Bett, während wir uns für ein paar Piepen abrackern und uns die Seele aus dem Leib schreien.«

»Na, mit dem Dicken verheiratet zu sein ist auch ...« Die Wasserspülung verschlang die letzten Worte.

Ich huschte mit nassen Händen ins Kabinett und verriegelte die Tür. Dummerweise gab's kein Schlüsselloch. Zu gern hätte ich gewußt, welche der vier Girls sich so eingehend mit mir beschäftigte. Sie plapperten im Vorraum weiter.

»Terry bekommt 'ne neue Gitarre.«

»Hab' ich schon gehört. Mensch, hat das gebumst, wie sie ihm das Ding auf'n Dez geknallt hat. Ich wundere mich, daß er mit so 'ner kleinen Beule davongekommen ist.«

»Buße muß er obendrein noch zahlen! Terry hat ihm schon gesagt, wir brauchen neue Kostüme.«

»Ich warte nur drauf, bis Heinrich der Starke von seiner Tournee zurückkommt, da bleibt von dem Dicken nichts übrig. Der schlägt ihn zu Brei.«

»Herbert wird auch schon eifersüchtig. Gestern nacht — mir war so nach Zärtlichkeiten — hat er mir doch statt dessen 'ne Arie gesungen und steif und fest behauptet, wir alle vier hätten was mit dem Dicken!«

»Mensch, Betty, komm, es ist höchste Zeit. Au revoir, Maman«, gemeint war wohl die Toilettenfrau, »à tout à l'heure!« Die Tür fiel geräuschvoll ins Schloß.

Ich saß wie angeschmiedet auf meinem Sitz. Jean, geliebter Jean, steh mir bei im Kampf gegen den Boß und seine Truppe! Dafür also mußte ich sparen, weil die Girls Kostüme und neue Gitarren brauchten! O Jean, heulte ich innerlich. Dann aber... Wie elektrisiert sprang ich hoch. Mein Gott, ich hatte ja Jean gesagt, wir dürften uns nie wiedersehen!

»Wo ist das Telefon?« fragte ich die Toilettenfrau und legte ein größeres Trinkgeld auf den Teller. Beim Rausrennen dachte ich, die wird sich auch über die ungewöhnliche Reihenfolge meiner Aufenthalte wundern.

Jean war über meinen Anruf überrascht. Hilfsbereit stellte er sich sofort zur Verfügung.

Wir trafen uns am nächsten Tag und hielten Kriegsrat. Jean hatte sicherheitshalber einen befreundeten Anwalt zugezogen. Die Herren waren sich einig: die Scheidung mußte sofort eingereicht werden. Der Anwalt sprach hervorragend deutsch. Mit scharf geschliffenen Worten entwarf er bereits die Scheidungsklage.

Ach herrje, mußte es denn gleich Scheidung sein? Jetzt, wo es ernst werden sollte, merkte ich zu meiner Verwunderung, daß ich im Grunde meines Herzens gar keine Trennung von F. O. begehrte. Trotz all seiner Fehler fühlte ich mich zu ihm gehörig. Außerdem war mir klar: nach einem Kampf mit F. O. würde ich wie eine gerupfte Henne den Ring verlassen.

Je mehr mich die Herren zum Handeln drängten, desto stärker distanzierte ich mich innerlich. Ich benötigte Zeit, um mich mit einem so schwerwiegenden Entschluß auseinanderzusetzen. Und je länger ich nachdachte, desto fester entschied ich mich, bei F. O. zu bleiben.

»Aber Sie können mich doch gar nicht in Deutschland vertreten«, sagte ich, wie von einem Alpdruck befreit.

Aber er hatte glücklicherweise, wie er sagte, einen Bruder, der ausgerechnet in Düsseldorf amtierte.

»Mein Liebchen, endlich«, stöhnte Jean zärtlich, »endlich können wir heiraten. Ich bin glücklich, meine Kleine, du auch? Du wirst sein meine kleine Frau?«

Ich versprach alles und hielt — nichts.

Jean rief fast täglich an oder schrieb mir ellenlange Briefe mit Ratschlägen: »Du müssen ihn beobachten lassen. Du müssen bei einer Scheidung doch wenigstens einen Namen angeben. Das Gericht will Beweise. Nimm Detektiv. Ich ihn bezahlen. Tu etwas — ich meinen es doch nur gut!«

Und dann kam der Tag, an dem ich es wahr machte. Gott hatte Frieda, unsere Köchin, mit einem ausgezeichneten Gehör versehen. Sie besaß sogar die Gabe, es im richtigen Moment zu nutzen. Frieda vertraute mir an, ein Telefongespräch belauscht zu haben. F. O. würde sich mit einem Mädchen im Hotel Romantica bei Lugano am Montag treffen.

Ich beauftragte telefonisch ein Detektivbüro in Zürich — es nannte sich schlicht »Informationsbüro Zutrauen« und wurde mir durch einen Rechtsanwalt als sehr zuverlässig empfohlen.

»Ja, meine Dame«, sagte Herr Zutrauen, »da müßte ich heute noch, wir haben ja schon Sonnabend, den Auftrag weitergeben, damit er gleich am Montag ausgeführt werden kann. Das kostet fünfhundert DM, inklusive Reise und Spesen.«

Ich bat, den Auftrag zu diesen Bedingungen zu übernehmen

und versprach, sofort einen Scheck über 500.— DM zu übersenden.

Am Dienstag rief mich das Informationsbüro mit R-Gespräch an: »Sie haben uns einen Verrechnungsscheck geschickt, damit können wir nichts anfangen. Wir benötigen einen Barscheck!«

Ich versicherte ihm, diesem Wunsch nachkommen zu wollen. »Ach, bei dieser Gelegenheit«, sagte ich, »können Sie mir doch gleich Bericht erstatten. Wie fiel die Beobachtung aus? Was haben Sie ermittelt?«

»Es ist zu gefährlich, am Telefon darüber zu plaudern. Sie bekommen einen schriftlichen Bericht — der ist schon abgegangen.«

»Das Risiko trage ich«, antwortete ich kühl, »die Gebühren des Gesprächs gehen auch auf meine Kosten. Ich bin allein, also schießen Sie los!«

»Ja, wissen Sie, ich glaube, Ihr Gatte hat Lunte gerochen. Es muß ihn jemand gewarnt haben. Unser Mann ist selbstverständlich hingereist und mußte dort erfahren, daß Ihr Mann ganz plötzlich, wie auf der Flucht, nach einem Anruf abgereist war.«

»Wann?« fragte ich.

»Sonntagabend.«

»War er allein?«

»Ja, ganz allein.«

»Wohin ist er denn gefahren?«

»In Richtung Frankfurt.«

»Also haben Sie nichts ermittelt?«

»Aber doch«, entrüstete er sich, »das, was ich Ihnen eben erzählte. Spesen und Zeit haben wir aufgewandt. Leider ist nicht viel dabei herausgekommen, aber das ist schließlich nicht unsere Schuld!«

Ich war empört. Das stimmte doch hinten und vorne nicht! Sofort holte ich Auskünfte aus allen Richtungen ein.

Unser Chauffeur beteuerte, meinen Mann am Sonntag von München nach Stuttgart gebracht zu haben. Dort hätte er im Hotel ›Zeppelin‹ übernachtet und wäre Montag früh in den Zug nach Lugano gestiegen. Das Hotel in Stuttgart bestätigte mir diese Aussage.

Als F. O. zurückkam, fand ich zwei Fahrkarten erster Klasse von Stuttgart nach Lugano in seiner Tasche. Ein Telefongespräch mit der Rezeption im Hotel ›Romantica‹ bekräftigte meinen Verdacht: »Jawohl, Herr Boese übernachtete von Montag zu Dienstag bei uns!« Ich erfuhr auch, daß er sich mit einem Mietauto am Dienstagmorgen nach Mailand hatte bringen lassen und dort im Grandhotel zu erreichen wäre.

So, das genügte mir! Sofort ließ ich den Verrechnungsscheck sperren und dachte nicht im Traum daran, einen zweiten einzusenden. Statt dessen schrieb ich einen geharnischten Brief an das ›Informationsbüro Zutrauen‹, zählte meine Ermittlungen peinlich genau auf, nannte Hotels, Telefonnummern, selbst die Zimmernummer des Hotels ›Zeppelin‹, vergaß nicht die Abfahrt des Zuges und legte die Belege meinem Schreiben bei. Selbst den Mietwagen erwähnte ich und gab das Grandhotel in Mailand an, wo sich mein Mann laut Auskunft des Hotels ›Romantica‹ Zimmer reservieren ließ. Mein Schlußwort lautete: »*Sollten Sie weitere Informationen von mir benötigen, so bitte ich Sie, mir einen angemessenen Betrag zu überweisen. Von mir jedenfalls können Sie für Ihre Märchen kein Geld erwarten. Den Scheck habe ich sperren lassen. Mit freundlichen Grüßen — Vera Boese.*«

Nach ungefähr acht Tagen erreichte mich ein Einschreibebrief mit dem Absender ›Informationsbüro Zutrauen‹. Dieser Brief ging an die von mir angegebene Deckadresse. Es handelte sich um einen Binnen-Brief: »*... falls Sie nicht binnen einer Woche den Scheck einsenden, übergeben wir den Fall der Polizei. Hochachtungsvoll ...*«

Mein Anwalt beruhigte mich: »Die bluffen nur! Ich würde gar nicht auf dieses Schreiben reagieren.«

Das tat ich dann auch und verreiste erst einmal seelenruhig.

Als ich nach vierzehn Tagen in Hösel ankam, sagte F. O. zur Begrüßung: »Ich habe mit dir ein Hühnchen zu rupfen. Eigentlich müßte ich mit dir sehr böse sein, Häschen ...«

Mir fiel sofort das Detektivbüro ein. Aber mit dem ›Häschen‹ hintendran, mußte es sich wohl doch um etwas Harmloseres handeln. Noch saß ich auf hohem Roß.

»Was hat denn das böse Häschen gemacht?« fragte ich schmollend, mit Kleinmädchenstimme.

»Wenn du schon einen Detektiv engagierst, dann bezahle ihn gefälligst selbst. Nicht, daß der Mann bei mir im Büro anruft und um Bezahlung bittet!«

Das war ja die Höhe! »Detektiv!« stotterte ich, nach Worten und Ausreden suchend. »Detektiv?«

»Ja, Detektiv«, sagte Boß bestimmt.

»Aber wie ist denn das möglich?« Mir fiel immer noch nichts ein.

»Das will ich gerade von dir wissen!«

»Von mir? Ach, ha, ha, ha, das ist zu drollig!« Meine Gedanken überschlugen sich, aber nichts Passendes kam mir in den Sinn.

»Also, was war mit dem Detektiv?« bohrte Boß.

Und da ich nichts Besseres fand, sagte ich ihm die Wahrheit, natürlich ohne die Köchin und den Chauffeur zu verpfeifen.

Boß hörte sich aufmerksam meinen Bericht an und dann donnerte er los: »Aber es stimmt doch haargenau! Ich war doch von Montag bis Dienstag im ›Romantica‹, wie kann denn der Esel dir eine so falsche Auskunft geben?«

»Siehst du«, fiel ich F. O. ins Wort, »das hab' ich auch gesagt! Deshalb habe ich die Rechnung ja nicht bezahlt!«

»Recht hast du, vollkommen recht! Na, der ruft mich ja noch mal an. Dem werd' ich was erzählen!«

Am liebsten wäre ich, überwältigt von Dankbarkeit, F. O. um den Hals gefallen. »Was hat er dir denn gesagt?« fragte ich neugierig.

»Erinnere mich nicht! Es war sehr peinlich. Ich will nämlich gerade in Zürich ein Geschäft eröffnen und sage zu unserem Prokuristen: ›Ach, das ist das Informationsbüro, sicher wegen unserer Niederlassung, hören Sie mal mit.‹ Nein, war das peinlich!« Es klang wie ein Stöhnen. Er wechselte seinen Ton. Verwundert fragte er: »Fünfhundert Mark wolltest du für mich ausgeben? Das ist ja enorm, wo du sonst so an den Pfennigen klebst. Dann scheine ich dir ja doch was wert zu sein, kann ich mir hoch anrechnen!«

Nicht zu glauben, F. O. ist und bleibt ein ungewöhnlicher Mann. Nie kennt man seine Reaktionen im voraus.

»Wie bist du nun mit dem Kerl verblieben?« wollte ich wissen.

»Vorläufig kann ich mich gar nicht dazu äußern, habe ich ihm erklärt. Von mir haben Sie keinen Auftrag bekommen. Zunächst muß ich meine Frau fragen, was sie sich dabei gedacht hat, aber sie ist im Augenblick verreist, Herr Zutrauen. Übrigens — herrlicher Name für einen Detektiv!« F. O. lachte schallend. »Herr Zutrauen sagte mir, er würde in acht Tagen wieder anrufen.« F. O. kramte in seiner Aktentasche. »Warte mal, ich hab' doch noch die Rechnung vom ›Romantica‹. Da, hier ist sie!« kreischte er vor Vergnügen. »Heb sie gut auf!« Er drückte mir den Zettel in die Hand. Nach einer winzigen Pause schielte er mich von der Seite an. »Übrigens, warum fragst du mich nicht, wenn du was wissen willst? Warum wendest du dich an einen Detektiv?«

»Hättest du mir denn erzählt, mit wem du im ›Romantica‹ übernachtest hast?«

»Aber selbstverständlich, Häschen. Ich habe doch Vertrauen zu dir. Du bist doch meine Frau, mein bester Kamerad. Du darfst alles wissen.«

Trotz allem — sein Vertrauen rührte mich. »Dann sag' es mal.«

»Terry, das Girl von der Kapelle.«

»Liebst du sie denn?«

»Ach, i wo, aber ich bin im Augenblick verrückt nach ihr.«

Unfaßlich, er war verrückt nach einer Person, die ihm die Gitarre auf dem Kopf zerschmettert hatte!

»Nimm's nicht tragisch«, sagte F. O., »sie ist wirklich nur ein kleines Pipimädchen, kann dir doch nicht das Wasser reichen!« Er saugte an seiner Zigarre. »Toll, wie du dich an dem Abend mit den Girls aus der Affäre gezogen hast. Glaub' mir, die Mädel sprechen voller Hochachtung von dir. Na, die sollten auch nicht wagen, was anderes zu reden! Also tschüs, Häschen, ich muß nach München. Ein andermal unterhalten wir uns länger!«

Halb schon draußen, kam er noch einmal zurückgerannt. »Warum trägst du eigentlich immer diese unechte Perlenkette? Die paßt nicht zu dir!« Es war die echte, die mir der Araber verehrte. »Ich werde dir eine echte von der Reise mitbringen.« Weg war er.

Pünktlich nach acht Tagen rief Herr Zutrauen an. Boß war gerade sehr schlecht gelaunt. Herr Zutrauen sollte eine Kostprobe erhalten: »Lassen Sie mich und meine Frau in Ruhe! Ich verbitte mir die Belästigungen! Sie haben meine Frau belogen und betrogen! Meine Frau hat völlig recht!«

Es entstand eine kurze Verschnaufpause, in der es Herrn Zutrauen gelang, ein paar Worte anzubringen.

Doch sofort brüllte F. O. wieder los: »Ja, zeigen Sie uns an, beim Konsulat, bei der Polizei oder wo Sie sonst noch mögen. Der Anzeige sehen wir in Ruhe entgegen. Ich bin der Zeuge meiner Frau! Merken Sie sich das gut!« Bei den letzten Worten flog der Hörer krachend auf die Gabel.

Nun war ich am Ziel. F. O. hatte gestanden, selbst dem Detektiv gab er seinen Fehltritt bekannt. Nun hatte ich meinen Scheidungsgrund. Aber war es nicht entwaffnend, wie F. O. zu mir hielt? Jeder andere Mann hätte mich zum Teufel gejagt, aber F. O. stellte sich als Zeuge auf meine Seite, kämpfte für mein Recht und schenkte mir noch obendrein eine kostbare Perlenkette. F. O. in seiner Unberechenbarkeit faszinierte mich. Wenn er nur etwas mehr von meinem Innenleben verstünde! Sicher würde ich ihn heiß und innig lieben. Aber F. O. würde sich nie die Mühe machen, eine Frau zu ergründen.

Wie sollte nun unsere Ehe, die gar keine mehr war, weitergehen? Sollte ich mich scheiden lassen? Noch stand mir Jean sehr nahe. Er war bereit, mich zu heiraten. Was tun? Lohmann fragen! Er war für mich eine Art Pythia. Seine Patienten vertrauten ihm alle ihre Geheimnisse an. In dreißig Jahren hatte er reiche Erfahrungen gesammelt und verfügte über eine ausgezeichnete Menschenkenntnis, gepaart mit Kombinationsgabe. Abgeklärt, beschlagen, konnte er einem wirklich aus seiner Praxis gute Ratschläge geben. Ihm war nichts fremd oder abartig, er hatte Einblick in die verworrensten Verhältnisse und ein besseres Einfühlungsvermögen als jedes Eheberatungsinstitut.

9

Lohmann gab mir den Tip des Jahres.

»Wat sprechen Se denn nich mal mit seiner Mutter? Die Olle hat doch 'ne Pieke uff ihren Sohn, nachdem er die Piepen nich rausrücken wollte. Vielleicht packt se jetzt janz objektiv aus! Sie, mein Joldkind, verstehn sich doch jut mit der Ollen, die kennt ihren Herrn Sohn 'n paar Jährchen länger als wir alle zusammen! Lassen Se sich bloß nich gleich scheiden. Die Anwälte woll'n verdienen, verjessen Se det nich! Lassen Se sich nich von die Aasgeier übern Löffel balbieren!«

Von der Idee, mich Mutter Ellen anzuvertrauen, war ich wie besessen. Sofort setzte ich sie in die Tat um.

Mitfühlend streichelte Ellen über meinen Kopf. »Jetzt, Vera — wo du ohnehin die Wahrheit weißt, fühle ich mich nicht mehr verpflichtet, den Mund zu halten. Wenn ich es bisher tat, so handelte ich...« Sie suchte nach Worten. »Na, wie es eben einer Mutter zukommt. Obwohl mir Franzerl sehr weh getan hat und wirklich gemein...« Sie stockte. »Na, schweigen wir darüber. Ich könnte es doch nicht übers Herz bringen, ihn bei seiner Frau schlecht zu machen.«

»Das sollst du auch jetzt nicht«, mischte sich Tino ein, »ich werde Vera aufklären.« Er zündete sich eine Zigarette an. »Du mußt wissen, nicht ich, Tino, der junge Ehemann, wollte Ellen um ihr Geld bringen oder ihre Anteile schmälern. Ich deckte nur die Betrügereien auf, die Franz Otto täglich beging.«

Mutter Ellen winkte ab. »Tino, nicht so harte Worte!«

»Ellen, es ist die Wahrheit, nichts als die reine Wahrheit«, sagte Tino mit Nachdruck, »es waren Betrügereien.«

Ellen stöhnte auf.

»Da sitzt der ahnungslose, gutgläubige Engel!« Tino deutete auf Ellen. »Sie vertraute blindlings ihrem supergescheiten Sohn.«

»Gescheit ist er!« protestierte Ellen energisch.

»Natürlich«, fuhr Tino ruhig fort, »zu gescheit, deshalb hat er auch dein Konto mit den riesigen Sonderspesen belastet.« Tino rückte seinen Sessel näher und dämpfte die Stimme. »Franz Otto charterte Flugzeuge und flog mit seiner Damenkapelle kreuz und quer, alles auf Kosten der Firma. Mietwagen, Taxis, Autokäufe... Seine Spesenrechnungen nahmen gigantische Formen an. Der Gipfel war eine Münchner Villa, getarnt als Gästehaus für unsere Betriebsangehörigen. Dieses Haus erwarb er natürlich auch auf Kosten der Firma. Die Bewohner allerdings sind weder Einkäufer noch Betriebsangehörige, sie sind nur sehr musikalisch, mehr nicht!« Tino grinste zynisch. »Verstehe, Vera, Franz Otto kann mit seinem Geld tun und lassen, was er will. Aber wie kommt Ellen dazu, seine Damenkapelle zu finanzieren?«

Ich schlug die Hände über dem Kopf zusammen. »Ja, du Großmächtiger, wie lange geht denn das schon so?«

»Ich kann doch als Mutter so ein Treiben nicht unterstützen, dazu hab' ich dich zu lieb. Und was soll einmal aus Carolinchen werden, wenn Franzerl so ein unmoralisches Leben führt? Mein Wunsch ist, daß sie ihren Vater achtet und respektiert. Der dumme Bub hat so eine nette Frau und läßt sich von so einem Geschmeiß einfangen!« Sie setzte sich neben mich und tätschelte meine Hände. »Vera, du mußt bei ihm bleiben. Er kommt sicher zur Vernunft.«

»Dazu hat er noch immer zuviel Geld«, seufzte ich aus tiefstem Herzen. »So lange er zahlt, lassen ihn die Frauen bestimmt nicht aus den Klauen, und wenn er nichts mehr hat ... Ja, wie komm' ich dazu!« begehrte ich auf. »Er hat mir die letzten schönen Jahre gestohlen. Soll ich noch warten, bis er ganz pleite ist, um am Ende für ihn als Putzfrau arbeiten zu gehen? Nein, das habe ich nicht verdient!«

Ich zog mein Taschentuch und weinte. Meine zu Eis erstarrten Gefühle erwärmten sich in Gedanken an Jean. Solange ich ihn im Hintergrund wußte, blieb mir das Los einer Putzfrau erspart.

Mutter Ellen zog mich tröstend in die Arme. »Verachen«, sagte sie mit beschwörender Stimme, »weine nicht! Ich werde dich nie im Stich lassen. Bitte, harre aus! Ich hab' solche Angst — wenn du ihn verläßt, geht es ganz bergab mit ihm.«

Ich weinte jetzt etwas stärker. »Ich habe keinerlei Sicherheiten, nichts hat mir F. O. geschenkt, außer ein bißchen Schmuck.«

»Vera, ich werde mir überlegen, was ich dir für Sicherheiten anbieten kann. Wir machen einen geheimen Vertrag, von dem F. O. selbstverständlich nichts wissen darf.«

Mein Herz stockte, mir blieb die Luft weg, ich schluchzte auf vor Freude, Rührung und Dankbarkeit.

Mutter Ellen hielt es noch immer für pure Verzweiflung. »Mach dir keine Sorgen! Wir regeln alles beim Notar, mein Herzchen!«

Und so wurde ich Inhaberin eines Hochhauses. Von diesem Augenblick an verlor ich die Angst vor einer unsicheren Zukunft.

Nichts konnte mich mehr erschüttern, und somit wurden meine Gefühle frei für eine neue Basis des Zusammenlebens mit F. O. Die Ehe mit ihm mußte ich laut Vertrag weiterführen, und das wollte ich ja auch, aber sonst waren mir keine Einschränkungen auferlegt. Im Gegenteil!

Mutter Ellen gab mir Ratschläge, wie man einen Mann fesselt. Dazu gehörte: sich rar machen, dem Mann Rätsel aufgeben und, nicht zuletzt, seine Eifersucht schüren. Mein Gott, das würde mir nicht schwerfallen! Mit Musik geht alles besser! Die Damenkapelle hatte mir Glück gebracht!

Um Ellens Verhaltungsmaßregeln auszuprobieren, schickte ich mir selbst einen Riesen-Rosenstrauß. Die sehr langstieligen Rosen stellte ich mitten auf den Tisch, damit sie F. O. nicht übersehen konnte.

»Was soll denn das?« fragte er verdutzt.

Aha! frohlockte ich — aber nur einen winzigen Moment.

»Nimm mal das Gemüse vom Tisch, man kann ja nichts sehen.«

Er nahm die Zeitung zur Hand. Für ihn war der Fall erledigt. Nicht so für mich. »Sind sie nicht schön?«

»Wer?« fragte er, hinter der Zeitung verschanzt.

»Die Rosen!«

Keine Antwort.

»Die Rosen sind schön, nicht?«

»Laß mich mal in Ruhe! Siehst du nicht, daß ich lese?«

Kaum legte er die Zeitung beiseite, fing ich wieder an. »Es sind fünfzig Rosen!«

»Aus unserem Treibhaus?«

»Nein!« Ich lächelte vielsagend.

Boese zuckte zusammen. »Bist du noch normal, fünfzig Rosen zu kaufen? Deine Verschwendungssucht hab' ich satt!«

»Ich hab' dich satt!« schrie ich, denn ich hatte ja mein Hochhaus im Rücken. »Und damit du's weißt: Die Rosen hat mir ein Verehrer geschickt!«

»Um Ausreden bist du nie verlegen. Das mußt du mir erst beweisen!«

Ich holte das mit Schreibmaschine geschriebene Kärtchen: ›In großer Verehrung!‹ Als Unterschrift dienten drei Fragezeichen.

F. O. lachte dröhnend. »Die Frage bleibt offen! Als ›Visitenkarte‹ ein unbedrucktes Stück Papier. Das hast du dir gut ausgedacht! Ich verbiete dir ein für alle Mal, Rosen zu kaufen. Wir haben genug Blumen im Treibhaus. Zu was bezahle ich drei Gärtner?« Er warf einen Blick auf die Vorderseite der Zeitung. »Moment!« Er schoß von seinem Sitz hoch, rannte auf die Terrasse. »He, Anton, kommen Sie rasch her! Mein Vater hat heute Geburtstag. Bringen Sie mal schnell die Rosen auf den Friedhof.« F. O. zerrte die Rosen aus der Vase. »Ein Glück, daß mir das rechtzeitig einfiel.« Zufrieden ließ er sich in den Sessel sinken und las weiter.

Die Furcht, F. O. wäre am Ende auf die Idee gekommen, den Blumenladen in Hösel anzurufen, brachte mir die Niederlage ein und meinem Schwiegervater aufs Grab die Rosen. Jean wollte ich nicht bitten, mir Rosen zu schicken, seinen Namen hielt ich lieber geheim. Aber eines stand fest: das Experiment mußte wiederholt werden, nur geschickter. Ich mußte Vertrauenspersonen beauftragen ...

Ellen und Tino halfen mir dabei. Auf den eigens angefertigten Visitenkarten stand der schöne Name: *Michael Cordes*.

Jetzt zweifelte Boß nicht mehr. Vergeblich suchte er Herrn Cordes im ›Who's Who‹. Trotzdem schmeichelte es ihm, eine begehrte Frau zu besitzen, für die sich ein anderer in erhebliche Unkosten stürzte. Es hob meinen Wert, mein Ansehen in seinen Augen. Michael wurde zur legendären Person. Manchmal glaubte ich schon selbst an ihn. Zum erstenmal ging ich abends einfach aus, obwohl Boß — was wohl selten genug geschah — zu Hause saß.

»Michael ist in Düsseldorf!« erklärte ich dem erstaunten Boß.

»Lade ihn doch ein. Ruf ihn an. Wo wohnt er? Ich würde ihn gern kennenlernen.«

»Er aber dich nicht. Er liebt mich — und ist eifersüchtig.«

»Und du? Liebst du ihn auch?«

»Ich mag ihn sehr gern.«

»Weißt du, Häschen, ich hab' ja immer ein schlechtes Gewissen dir gegenüber gehabt.«

»Warum?«

»Wegen Terry.«

Ich schaute ihn fragend an. »So?«

»Doch, doch! Ich bin jetzt direkt glücklich, daß du auch etwas fürs Herz gefunden hast. Jetzt sind wir quitt!«

Gab es denn keine Gerechtigkeit auf der Welt? Mußte ich

immer und immer wieder im Nachteil sein? Ich sehnte mich nach Zärtlichkeit und nach jemandem, den ich lieben konnte.

Ich besaß nichts, nur ein steinernes Hochhaus und den Titel: Ehefrau. Er betrachtete mich als guten Kumpel, ich blieb seine Gefangene. Je älter ich wurde, desto mehr fühlte ich mich ihm ausgeliefert.

»Du hast es nicht leicht mit deinem Boß.« Die Stimme brach ihm beinahe. »Manchmal tust du mir direkt leid. Mich allein kann kein Mensch ertragen. Sei froh, daß du mich mit anderen teilen mußt. Aber der Gedanke, du könntest darunter leiden, bedrückt mich. Deshalb stehen dir die gleichen Rechte zu, und ich freue mich, daß du endlich davon Gebrauch machst. Ich hoffe, Michael ist nett zu dir, sonst kriegt er's mit mir zu tun. Schließlich bist du meine Frau.«

»Er ist sogar sehr nett. Die Probleme sind anderer Art.«

»Und?«

»F. O., warum überschreibst du mir keinerlei Sicherheiten? Aktien oder Grundstücke? Ich habe mit Michael nichts, aus Angst, du könntest den Spieß umdrehen und mich zum Teufel jagen. Das kompliziert mein Verhältnis zu Michael sehr!«

»Du wirst mir doch im Ernst nicht einreden wollen, daß ihr nicht zusammen geschlafen habt!«

»Nein, wirklich nicht. Bis jetzt hat Michael immer Rücksicht genommen, meine Wünsche respektiert. Er weiß schließlich, daß ich eine verheiratete Frau bin.«

»Na, in drei Teufels Namen, deshalb kann er doch mit dir ins Bett gehen. Ich geh' ja auch mit Terry und . . . Na, ich will sie nicht alle aufzählen. Hast du ihm nicht berichtet, daß ich manchmal so ein bißchen nebenbei . . .« Er lächelte verlegen.

»Der Unterschied, mein lieber Boß, ist: du bist gut situiert und ich von dir abhängig. Du kannst dir furchtlos alles erlauben. Ich nichts!« Das Hochhaus tauchte beruhigend vor mir auf.

»Schlag' dir die Sicherheiten aus dem Kopf. Sonst wäre ich derjenige, der sich nachts schlaflos im Bett rumwälzt aus Angst, du könntest mich verlassen. Ich will dich ja nicht verlieren. Ich bin stolz auf dich. Eine bessere Frau kann ich doch nicht finden. Herrje!« schrie er auf, »wenn ich an meine Freunde denke, was die für Schereien mit ihren Weibern haben! Ich lebe doch wie Gott in Frankreich. Warum sollte ich das ändern wollen? Ich bin doch nicht verrückt. Ich werde, das will ich dir mal anvertrauen, von allen Männern beneidet. Ich bin der Überzeugung, daß wir die beste Ehe der Welt führen ... So lange du genügend Verehrer findest, sehe ich auch keinerlei Komplikationen. Genieße deine letzten Jahre! Kritisch könnte es werden, wenn sich niemand mehr für dich interessiert. Vergiß nicht, du wirst älter!«

»Du bist ja drollig! Wirst du jünger? Schon heute bist du älter als ich.«

»Aber ich hab' Geld. Solange ich die Taschen voller Geld habe, bin ich auch als Tattergreis noch begehrt.«

»Es gibt auch käufliche Männer, die sich alter Damen annehmen!«

»Ach Häschen, das wird zu teuer. Wenn du solche Forderungen stellst, denn finden wir besser wieder zueinander.«

»Bist du nicht eifersüchtig, wenn ich mit Michael ins Bett gehe?«

»Eifersüchtig? Quatsch! Ich bin doch kein Pennäler!«

»Früher warst du aber eifersüchtig!«

»Früher, früher! Jetzt sind wir auch älter. Ich habe im Lauf der Jahre die Gewißheit gewonnen, unsere Festung kann niemand einrennen!« Plötzlich umarmte er mich, bedeckte mein Gesicht mit Küssen, seine Stimme klang ganz weich. »Bist doch mein kleines Häschen, auch wenn du ein paar Krähenfüßchen unter den Augen bekommen hast. Ich weiß, es sind nicht die Jahre, der böse Boß ist daran schuld. Aber der böse Boß liebt sein Häschen.«

Ich war so glücklich! Zu gern wäre ich jetzt zu Hause geblieben. So nett und gemütlich hatten wir lange nicht mehr geplaudert. Aber Michael wartete irgendwo. Ich schaute auf die Uhr.

»Ach ja, richtig«, sagte Boß. »Du mußt sicher gehen. Schade ... wirklich schade! Ich werde dir in Zukunft immer im voraus sagen, wann ich zu Hause bin. Vielleicht kannst du deine

Rendezvous danach etwas einrichten. Vergiß die Schlüssel nicht!« rief er mir nach.

Ich ging an diesem Abend ins Kino, um mich zu zerstreuen. Wie leicht konnte mich Boß mit ein paar lieben Worten um den Finger wickeln! Im Grunde genommen war er ein aufrichtiger Kamerad. Ich glaubte seinen Worten. Ich dachte an andere Ehen in unserem Freundeskreis ...

Millionen Frauen wurden von ihren Ehemännern mitleidlos betrogen. Sie wußten es nur nicht. Sie glaubten die Lügen, angefangen von den vielen Überstunden, die angeblich rücksichtslose Vorgesetzte ihren Männern aufbürdeten.

Sparsamkeitsmaßnahmen auf Kosten der Ehefrauen! Davon konnte ich auch ein Lied singen. Übelgelaunt, voller Nervosität, wenn mit den Gespielinnen nicht alles klappte. Das durften dann die Ehefrauen ausbaden. Die Ärmsten bedauerten gar noch ihre ›überarbeiteten‹ Männer und zitterten um deren Gesundheit. Egoistisch, wie Männer nun einmal sind, räumten sie ihren Frauen höchst selten die gleichen Rechte ein. Ich kannte viele, die in den meisten Fällen ihre Frauen — Mütter ihrer Kinder —, auch wenn sie jahrelang treu und aufopfernd die Interessen des Gemahls vertreten hatten, erbarmungslos auf die Straße setzen würden, könnten die Herren der Schöpfung ihnen nur einen einzigen Fehltritt nachweisen.

Ehrlich gesagt, da war mir ein Mann wie Boß tausendmal lieber. Obwohl ... zu vertrauensselig sollte ich auch nicht sein.

Jean hielt mich unter Druck. Er war fest entschlossen, mich zu heiraten. Ohne Rücksicht auf F. O. rief er zu jeder Tageszeit an. Er wollte die Scheidung forcieren.

Aber Boß flötete nur: »Häschen, ein Gespräch für dich aus Paris!« Er reichte mir den Hörer und verließ diskret das Zimmer. Sicher entging seinen Ohren hinter der Tür nichts!

Ich wollte Jean nicht verlieren, mußte aber eine klare Linie finden. Ich reiste nach Paris. Die Aussprache endete mit einem Fiasko. Mir schien das Risiko zu groß, obwohl ich Jean immer noch zugetan war, wenn auch bei weitem nicht mehr mit der gleichen Intensität wie vor Jahren. Sieben Jahre lagen dazwischen. Sieben Jahre lebte ich mit F. O. — das bindet!

Jean mußte es einsehen, schließlich war ich kein junges Mädchen mehr, das sich in ein neues Abenteuer stürzt. Was wußte ich von Jean? Wir hatten nie zusammen gelebt. Erst nach der Ehe lernt man die Fehler seiner Partner kennen.

Natürlich ganz delikat und vorsichtig fragte ich Jean nach seiner Krankheit.

»Ah«, rief er aufgebracht, »das ist der Grund! Du willst mich nicht, weil du glaubst, ich seien krank. Aber ich sein nicht mehr krank. Ich waren nie serr, serr krank. Nur etwas Zucker in meine Blut. Aber wollte immer wissen, ob du liebst auch kranke Mann!«

Ich verlor die Fassung. »Wegen ein bißchen Zucker hast du mich gequält, mich seelisch zermürbt, dich als Todeskandidat aufgespielt? Pfui Teufel!« Fluchtartig verließ ich Paris.

Danke, danke, liebes Schicksal, daß du mir F. O. anstatt Jean an die Seite gestellt hast.

10

Der Frühling erweckt in den Menschen neue Lebensgeister. So auch in mir. Unternehmungslustig bummelte ich die Königsallee auf und ab. Ich hatte Zeit, viel Zeit. F. O. war, wie er sagte, übers Wochenende nach Holland gefahren. Gerade wollte ich ein Paar nach Maß gefertigte Seidenpumps ins Auto legen, als mir eine auffallend gut angezogene Dame entgegenkam. Sie erregte meine Aufmerksamkeit. Unsere Blicke begegneten sich. In ihren Augen bemerkte ich ein angedeutetes Lächeln. Sie ging vorbei. Ich drehte mich um, und im gleichen Moment tat sie es auch. Wie ein Pfeil schoß ich auf sie los.

»Wir kennen uns doch? Sind Sie nicht ein Mitglied der Sexy Girls?«

»Ja, ich bin Terry.«

Eine verlegene Pause entstand. Abschätzend standen wir uns gegenüber, jede mit einem Schuhkarton bewaffnet. Ich deutete auf ihr Paket, und nur, um etwas zu sagen, fragte ich: »Haben Sie sich neue Schuhe gekauft?«

»Ja, ich lasse meine Schuhe nach Maß anfertigen. Herr Boese gab mir die Adresse, wo Sie arbeiten lassen.«

Das ist ja reizend, geht die auch schon in Maßschuhen und auch noch von meinem Schuster!

»Sehr hübsches Kostümchen haben Sie an«, setzte ich die Unterhaltung fort.

»Von Cardin, auch nach Maß«, sagte sie, nicht ohne Stolz.

Unfaßlich! Ist sie so naiv, denkt sie sich nichts dabei oder ist sie nur geschwätzig? »Haben Sie Lust, mit mir einen Drink in der Bar des Parkhotels zu nehmen?« Ich beschloß, mir das Mädchen, das meinem Mann so faszinierte, näher anzusehen.

Sie stutzte. »Wollen Sie wirklich mit mir ins Parkhotel gehen?«

»Warum nicht?«

»Allein würde ich mich da nicht reintrauen. Die Leute nehmen immer gleich an, man geht auf Männerfang aus.«

»Mit mir brauchen Sie keine Hemmungen zu haben. Jeder weiß im Parkhotel, wer ich bin.«

»Natürlich, Sie sind ja auch eine Dame. Danke, es ist mir eine große Ehre, ich gehe herzlich gern mit Ihnen.«

Nach ein paar Drinks wurde sie zutraulicher. »Es tut mir leid, ich habe mich damals in Ascona schlecht benommen. Aber, wissen Sie, man ist immer gegen die Ehefrau eingestellt. Ich dachte, Sie wären so eine ganz hochnäsige Zie...« Sie hüstelte. »Wissen Sie, so eine, die geringschätzig auf unsereins herabsieht. Ich kannte Sie ja nicht. Aber dann in Paris...« Sie trank hastig ihr Glas leer. »Da waren Sie so nett, das haben wir Ihnen alle hoch angerechnet. Die Frau ist 'ne Wucht und 'ne richtige Dame. Ja, das haben wir gesagt. Ohne Schmus. Ich finde es toll, daß Sie sich mit mir hierhersetzen. Das hätte ich mir nicht träumen lassen! Ehrlich!« versicherte sie mit Nachdruck, und ich bestellte noch einen Whisky.

»Ich würde Ihnen nie Ihren Mann abspenstig machen!« Sie dachte nach. »Für mich ist er mehr oder weniger nur ein Sprungbrett, und ich bin froh über seine Hilfe.« Sie rieb den Daumen an Zeige- und Mittelfinger. »Aber heiraten würde ich ihn nie, da können Sie ganz ohne Sorge sein. Wenn ich mal heiraten sollte, dann nur aus Liebe und einen jungen Mann. Ich will auch Kinder, aber Geld müßte mein Mann auch haben... Er muß nicht direkt reich sein — aber doch so viel, daß er die Familie gut ernähren kann. Eine Reise im Sommer, eine Reise im Winter...« Sie nickte heftig. »Doch, damit wäre ich zufrieden.«

Eigentlich war Terry ein nettes Mädchen, unkompliziert und aufrichtig. Sie gab unmißverständlich zu, meinen Mann nur als Sprungbrett zu benutzen. Warum schenkt sie mir soviel Vertrauen? Mußte sie nicht damit rechnen, ich könnte sie verpetzen? Oder besaß sie aufgrund der Whiskys keine Kontrolle mehr über ihre Zunge? Ich bestellte den nächsten und fragte sie, ob sie Sandwiches essen wollte. Sie lehnte ab.

Drei Herren betraten die Bar. Terry zog hastig ein Taschentuch hervor und hielt es in voller Größe vor die Nase. Zu ihrem Pech setzten sie sich uns gegenüber.

Trotz Taschentuch erkannte einer der Herren Terry. »Hallo, Terry, was machst du denn hier?« Er kam auf sie zu.

Terry saß plötzlich aufrecht, als piekten sie bei jeder Bewegung Korsettstangen in den Leib. Sie spitzte den Mund und sagte gedehnt: »Herr Dell, wie Sie sehen, bin ich in Gesellschaft.«

»Entschuldigung«, sagte er pikiert, »will nicht stören. Ich wollte dir nur guten Tag sagen.« Er wandte sich an mich: »Sie gestatten doch, Terry ist eine alte Freundin von mir.«

Ich lächelte ihm aufmunternd zu. »Von mir auch. Bitte, tun Sie sich keinen Zwang an.«

»Wie geht's, Terry? Wir haben uns eine Ewigkeit nicht mehr gesehen. Was machen Betty, Britt und Nina? Bist du noch mit

Heinrich befreundet oder hat ihn der dicke Boese ganz abgelöst?«

Terry rutschte verlegen auf ihrem Sitz. Hastig fiel sie ihm ins Wort: »Die Dame hier ist Frau Boese.«

»Oh!« machte Herr Dell, und nestelte nervös an seiner Krawatte. »Das ist aber eine Überraschung!« Er verneigte sich und ging zurück an seinen Tisch.

»Wer war denn das?« fragte ich Terry.

»Ein Komponist. Er hat ein paar sehr bekannte Hits geschrieben.«

»Wie interessant! Natürlich, den Namen Dell hab' ich schon gehört, ist mir ein Begriff. Er sieht gut aus.«

»Der andere in seiner Begleitung«, flüsterte Terry, »ist sein Textdichter. Er schreibt fast ausschließlich für Dell. Voriges Jahr in San Remo haben sie den ersten Preis bekommen. Den dritten kenne ich nicht.«

Die Herren prosteten uns zu. Auch wir erhoben lächelnd unsere Gläser. Die drei Herren steckten die Köpfe zusammen. Offensichtlich dienten Terry und ich als Gesprächsthema.

»Wer ist denn Heinrich?« fragte ich unvermittelt. Der Name war mir seit meinem Pariser Toilettenaufenthalt ein Begriff. Ich erinnerte mich jetzt sogar der Worte: ›Wenn Heinrich der Starke dahinterkommt, schlägt er den Dicken zu Brei.‹

»Ich war mal sehr verliebt in Heinrich«, gestand Terry. »Er war eine Wucht im Bett. Muskeln hatte der, sagenhaft! Kein bißchen schwabbliges Fleisch. Kunststück — er war Catcher. Sein Körper war himmlisch, aber sonst war er gerade keine große Leuchte. Ich, ehrlich gesagt, auch nicht, und zwei Doofe, dachte ich mir, sind zuviel. Unsere Kinder hätten sicherlich Wasserköpfe gekriegt.« Sie lachte vergnügt. Dann flüsterte sie mir hinter vorgehaltener Hand zu: »Um die Wahrheit zu sagen, der wollte mich gar nicht heiraten, und war geizig ... ooooch, der stank vor Geiz, aber wirklich! Und ein Charakter, na, das allerletzte, der wollte glatt vom Boß 'ne Ablösung. Lieber hätte ich mich windelweich schlagen lassen. Ich unterstütze doch keinen Zuhälter! Nichts hat er gekriegt! Außerdem ist der Boß ja nicht auf den

Hinterkopf gefallen, der hat diesem Heini gleich durch seinen Anwalt die Flötentöne beigebracht. Seitdem haben wir vor ihm Ruhe. Der ist k. o.«

»Treten Sie im Moment nicht auf, Terry?«

»Ach«, staunte sie, »hat Ihnen der Boß das nicht erzählt?« Sie zögerte und brach plötzlich ab.

»Ich weiß im Moment nicht, was Sie meinen. Er erzählt so viel ...«

»Ich bin aus dem Showgeschäft ausgestiegen. Der Boß ... Sie sind doch nicht böse, wenn ich in Ihrer Gegenwart ihn so respektlos nenne?«

»Aber nein, Terry, im Gegenteil, Boß ist doch sehr respektvoll.«

»Er wollte mich doch durchaus nur noch für sich haben — hat mit Heinrich zu tun. Ach, du liebe Zeit, war der eifersüchtig auf Heinrich! Szenen gab's, nicht zu beschreiben. Boß ist ja überhaupt schrecklich cholerisch. Ich aber auch. Ich sage, was ich denke, und laß mir nichts gefallen. Bei mir muß er kuschen, sonst hat's gebumst!« Sie prustete jetzt vor Lachen. »Ich hab' ihm doch einmal die Gitarre auf den Kopf gedonnert —, der hat vielleicht blöd aus der Wäsche geguckt. Nein, ich laß mir nicht dumm kommen. Habe ich das nötig? Dann steige ich eben wieder ins Showgeschäft ein. Meine Nachfolgerin ist nur als Vertretung engagiert.« Sie überlegte, wurde unsicher. »Ich weiß nicht, ob ich Ihnen das alles sagen darf, aber Boß betont immer wieder, Sie wüßten alles, er hätte keinerlei Geheimnisse vor seiner Frau.«

»Das stimmt auch. Machen Sie sich keine Sorgen, Terry. Wer mir offen und ehrlich entgegentritt, dem würde ich sowieso nie Schaden zufügen. Ihre Ehrlichkeit ist liebenswert. Ich mag Sie, Terry.«

»Ach, danke!« Ihre Stimme klang bewegt. »Ich bin glücklich, daß Sie mich nicht verachten.«

»Wo wohnen Sie, Terry?«

»Halb in München, und halb ...«

In dem Moment kam Herr Dell wieder an unseren Tisch.

»Ich komme als Abgesandter. Wollen wir uns nicht zusammentun? Oder habt ihr eine geheime Sitzung?«

Terry hielt trotz seines vertrauten Tones stur Distanz. »Ich weiß wirklich nicht, Herr Dell, was Sie meinen. Ihre Reden sind mir zu hoch.«

»Also dürfen wir mit eurer Gesellschaft rechnen oder nicht?«

Terry und ich schauten uns fragend an. »Warum nicht?« entschied ich. »Terry, was meinen Sie?«

»Himmlisch!« jauchzte sie. »Machen wir 'ne Sause. Ich bin dabei.«

Textdichter Mahlo entpuppte sich als Sitzgröße. Ich wollte mich gerade entrüsten, weil er sich nicht erhob, aber er stand bereits. Herr Dell stieß auf erhebliche Schwierigkeiten, uns den dritten Mann namentlich vorzustellen. Er schnappte nach Luft, setzte an: »Herr Prr ... Prrftsch ...« Mit feuchter Aussprache nahm er nochmals Anlauf: »Profktatschy.«

»Bravo!« Der Herr mit dem schwierigen Namen applaudierte. »Keine Bange, meine Damen, nennen Sie mich einfach Profy. Niemand kann meinen Namen aussprechen.«

»Da bin ich erstaunt, Herr Profktatschy«, entgegnete ich. »Ihr Name ist für mich so simpel, als wäre ich damit geboren worden.«

Terry sperrte Mund und Nase auf. Auch die anderen waren überrascht, wie fließend Profktatschy über meine Lippen kam.

»Ich schätze, auf Ihrer Visitenkarte steht Präsident oder Direktor. Sie staunen? Tja, ich bin Hellseherin«, scherzte ich. »Ihnen untersteht ein großer internationaler Hotelkonzern.«

»Alle Achtung, Ihre hellseherischen Fähigkeiten sind verblüffend«, sagte Profy.

»Danke, Herr Profktatschy.« Diesen Namen hatte ich hundertmal gehört. Er spukte beinahe täglich in F. O.'s Hirn. Seit Jahren versuchte nämlich der Boß, diesem Konzern zu Leibe zu rücken. Ein Hotel nach dem anderen stampften sie aus dem Boden. Aber F. O.'s Bewerbungen blieben unberücksichtigt. Jedesmal schnappte ihm die Konkurrenz den Einrichtungsauftrag vor der Nase weg.

»Wenn ich nur eine Beziehung zu diesem Profktatschy hätte ... Unsere Möbel sind erstklassig, unser Sortiment riesengroß. Wir sind leistungsfähig, schnell und passen uns jedem Geschmack an. Ich muß an diesen Profktatschy rankommen ... aber wie?«

Und nun saß ich neben ihm. Natürlich bot ich meinen ganzen Charme auf.

Profy hielt mir jetzt seine offene Hand vor die Nase. »Können Sie aus der Hand lesen?«

»Sicher«, antwortete ich prompt. Über Profy wußte ich so gut wie alles.

»Schießen Sie los!« ermunterte er mich.

Ich strich wie die Professionellen über seinen Handteller und zeichnete mit dem Finger die Linien nach. »Sie sind seit zwei Jahren geschieden. Haben einen Sohn, er ist noch klein, vier bis sechs Jahre alt. Soviel ich sehe, lebt er nicht in Ihrem Haus. Wie alt sind Sie jetzt? Entschuldigen Sie, ich muß das fragen.« Denn ich wollte es wissen.

»Vierzig.«

»Sie haben sehr jung Karriere gemacht. Ich sehe da eine Möbelfabrik NERO —«, so hieß F. O.'s Möbelfabrik. »Ist Ihnen diese Firma bekannt?«

»Ja, namentlich sehr gut.«

»Warum machen Sie mit dieser Firma keine Geschäfte? Die Leute sind außerordentlich leistungsfähig. Es wäre für Ihren Konzern von allergrößtem Vorteil. Glück, Glück und nochmals Glück sehe ich für Ihre Zukunft, aber nur gekoppelt mit NERO — denn ich bin die Frau des Firmenchefs.«

Alles lachte. »Das Honorar, Herr Profy, können wir mit NERO-Möbeln verrechnen.«

»Das war der tollste Gag!« Profy bog sich vor Vergnügen. »Ich hab' die Dame nämlich zuerst völlig ernst genommen«, erklärte er seinen Freunden. »Ich bin doch wahnsinnig abergläubisch. So wird man reingelegt!« Er nahm meine Hand und küßte sie. »Ober, bringen Sie eine Flasche Veuve Cliquot. Verzeihung, ist es euch recht?«

Alle nickten.

»Mir ist alles recht«, sagte ich.

Terry quietschte vor Begeisterung. »Himmlisch, das ist mein Lieblingschampagner.«

»Wer möchte etwas Toast mit Kaviar?« fragte Profy. Wie Schulkinder hoben wir alle die Hand.

Terry schaute auf die Uhr. »O Gott, ich muß mal ...«

»Machst du das nach der Uhr?« fragte Dell.

»Laß mich doch ausreden. Ich muß mal ...«

»Das sagtest du schon«, fiel ihr Dell ins Wort.

»Telefonieren!« rief sie fröhlich, winkte mit ihrem Täschchen und rannte davon.

Nach zehn Minuten kam Terry wieder. Sie sah ganz bleich aus, lief wie auf Eiern.

»Was ist los, Terry?«

Sie setzte sich auf meine Lehne. »Er ist in meinem Appartement.«

»Der Boß?«

»Ja.«

»Wieso? Haben Sie hier auch ein Appartement?«

Terry riß bei Fangfragen jedesmal erschrocken die Augen auf. Sie bekam dann einen rührenden Ausdruck, wie ein ertapptes Schulmädchen.

»Wußten Sie das nicht?« fragte sie unsicher.

»Terry, ich bin schon etwas verkalkt. Ich kann mir wirklich nicht alles merken, was Boß erzählt.«

»Ja, ich bin doch jetzt nach Düsseldorf gezogen, seitdem ich aus dem Showgeschäft ausgestiegen bin. München war ihm zu weit.« Sie sprach mit gedämpfter Stimme weiter: »Junge, Junge, der hat mich vielleicht angeschrien. ›Du Balg läßt mich seit Stunden hier sitzen — bist du noch normal? Ich hab' vor Wut deinen Fernsehapparat kaputtgeschlagen!‹ Da habe ich zurückgekreischt: ›Du wirst mir einen neuen kaufen! Und jetzt halt mal die Luft an. Weißt du, mit wem ich in der Bar sitze? Mit deiner Frau!‹ Na, dem blieb die Spucke weg! O Gott...« Sie schlug sich mit der Hand auf den Mund. »Durfte ich das erzählen? Jetzt hab' ich sicher eine Dummheit gemacht. Aber von den Männern hier hab' ich keine Silbe gesagt.«

»Schon gut, Terry. Boß kann ruhig wissen, daß wir zwei zusammen waren. Zwei«, sagte ich mit Nachdruck.

Sie kicherte. »Ehrlich gesagt, wenn Sie nicht vorhin seinen Namen erwähnt hätten, säße ich morgen noch hier. Wenn ich animiert bin, vergesse ich alles. Boß hat befohlen, wir beide sollen sofort kommen.«

»Beide?« empörte ich mich. »Für mich ist er übers Wochenende in Holland, richten Sie ihm das aus. Ich hab' heute Ausgang und bleibe hier. Schade, Terry, daß Sie gehen müssen«, bedauerte ich mit gespielter Teilnahme, »aber Dienst ist Dienst!«

11

Ich konnte nicht schlafen. Seit fünf Uhr lag ich im Bett und wälzte mich hin und her. Der Brummschädel und ein rebellierender Magen hielten mich wach. Meine Gedanken waren auch nicht gerade beruhigend. Niemals durfte Ellen das erfahren... Terry und ich ein Gespann... Mein Hochhaus geriet ins Schwanken. Die Zimmerdecke drehte sich — schnell steckte ich den Kopf unter die Decke.

Boß trollte sich wie ein Bär vor meinem Schlafzimmerfenster auf und ab. Unverkennbar sein Schritt — der latschige Fußballergang, der über die Steinplatten schlurft. Ich kam zu der Erkenntnis, wie wenig er trotz meiner Erziehung in unserer Ehe profitiert hatte. Im Geist sah ich ihn ungeduldig die herabgelassenen Jalousien vor meinen Fenstern anpeilen. So rücksichtslos er sonst war — meinen Schlaf wagte er nicht zu unterbrechen. Lange kannst du warten, dachte ich, für mich bist du noch in Holland!

Es klopfte. Herein kam Regine mit dem Frühstückstablett.

»Nanu, was ist los?« knurrte ich wie eine Dogge.

»Herr Boese sagte, Sie wollten geweckt werden.«

»Kein Wort wahr.«

»Ich dachte es mir, und sagte auch Herrn Boese...«

Der Kaffeeduft stieg in meine Nase. »Na, geben Sie schon her!«

Wortlos verließ Regine das Zimmer. Sie wußte, ich war immer nett und höflich, nur morgens nicht. Selbst der mutige Boß vermied es, mich morgens vor dem Frühstück anzusprechen.

Er übte sich weitere Minuten in Geduld. Dann aber flog die Tür auf, und sein Getöse dröhnte in meinen Ohren. »Guten Morgen, mein kleines Häschen, hast du gut geschlafen?«

»Nein.«

»Wie ich zu meiner Überraschung sehe, trinkst du schon Kaffee! Es ist doch erst halb zehn! Der liebe Boß war entsetzt, als Regine dir schon das Frühstück brachte.«

»Ach!« Ich biß in mein Brötchen.

»Was ist denn mit dir los?«

»Nichts.«

Er ließ sich mit Wucht auf den kleinen Sessel fallen, rutschte dann näher an mein Bett. »Wie gefällt dir denn Terry?« Er fieberte nach einem Bericht.

»Nett.«

»Habt ihr euch gut unterhalten?«

»Hmmm...«

»Was hat sie denn erzählt? Ich dachte, mich laust der Affe, du und Terry im Parkhotel!«

»Hm...«

»Nun sag doch was!« drängte er.

»Was machst du überhaupt hier? Du bist doch in Holland!«

»Na ja, Häschen, hab' ich das gesagt? Alles Rücksichtnahme!«

»So? Ich denke, wir sind gute Kameraden und du erzählst mir alles?«

»Na ja, tue ich ja auch. Wir sind doch hier dicht an der holländischen Grenze. Ich bin eher zurückgekommen.«

»Lüg nicht schon wieder! Was soll das mit dem Appartement in Düsseldorf?«

»Für dich, Häschen. Ist doch schön, so nebenbei eine Stadtwohnung zu haben. Terry wohnt nur vorübergehend dort.«

»Du meinst, bis du sie satt hast? Danach darf ich auch mal dort logieren.«

»Häschen, sei doch nicht so ungemütlich. Soll ich später noch einmal wiederkommen? Trink erst in Ruhe deinen Kaffee.«

»Nein, jetzt bleibst du hier!«

Er setzte sich wieder mit reuiger Miene. »Terry ist ganz begeistert von dir!«

»Du solltest sie nicht aus dem Showgeschäft rausreißen, wenn du's ehrlich mit ihr meinst. Laß das Mädchen doch Karriere machen, damit tust du ihr einen viel größeren Gefallen! Ich finde sie nämlich nett, sonst wäre mir das piepe, was du mit ihr machst.«

»Ich hab' die Band durch meine Beziehungen in die besten Night-Clubs vermittelt, beim Fernsehen und beim Funk untergebracht. Ist das nichts? Hat mich 'ne schöne Stange Geld gekostet.«

»Wozu das alles, wenn du ihr dann den Weg wieder verbaust? Das Geld hättest du dir sparen können.«

»So ist es ja gar nicht. Sie darf überall auftreten, nur für die Nachtlokale hab' ich einen Ersatz gestellt. Das Nachtleben ist Gift. Die müssen doch auch gelegentlich mit den Gästen saufen.«

»Wo hast du sie denn kennengelernt?«

Er schlug sich auf die Schenkel. »Wenn du das hörst, fällst du aus dem Bett vor Lachen. Ich fragte den Portier, was man hier erleben könnte, und drückte ihm einen Schein in die Hand. ›Heute, Sonntag‹, sagte er, ›ist es schlecht, aber morgen könnte ich Ihnen jede Menge schöner Frauen bestellen.‹ Jede Menge, dachte ich, und rief Fritz Saalmann in Neuß an. Der ist doch begierig, mal von seiner Alten wegzukommen und will immer was erleben. Fritz setzte sich sofort in Marsch. Wie versprochen, kamen zwei junge Mädchen, 'ne blonde und 'ne schwarze, angewackelt. Wir bewirteten die Damen mit Kaviar und Champagner, aber die nahmen keine Notiz von uns, kicherten und tuschelten und amüsierten sich untereinander. Anfänglich glaubten wir, die Damen seien scheu. Wir bestellten eine Flasche nach der andern. Je mehr sie tranken, desto mehr krochen sie ineinander, es fehlte nur noch, daß sie zusammen getanzt hätten. Fritz sagte: ›Die haben so ein merkwürdiges Benehmen, aus denen wird man nicht schlau!‹ Fritz machte die ersten Annäherungsversuche auf dem Parkett. Heißblütig drückte er seine Tanzpartnerin an sich. Die war vielleicht entrüstet! Beinahe hätte sie ihm eine geklebt!«

F. O. wischte sich die Tränen vor Lachen. »Stell dir vor, die Weiber waren lesbisch! Fritz mußte am nächsten Tag unverrichtetersache wieder abreisen.«

Ein Lachkrampf schüttelte mich. Fritze Saalmann, typischer Provinzonkel, klein und dick, tat mir leid. Ich hätte ihm gern ein kleines Abenteuer gegönnt. Es vereinbarte sich jedoch nicht mit meiner streng moralischen Auffassung, deshalb verkündete ich lautstark: »Recht geschieht euch!«

Boß brachte nur noch stoßweise die Worte unter Gelächter hervor: »Der Portier entschuldigte sich vielmals. Versehentlich seien die falschen Frauen geschickt worden, aber er gab mir dann den Tip mit der Damenkapelle im ›Romantica‹. Am nächsten Abend machte ich mich allein auf den Weg, und ließ die Puppen tanzen. Die ganze Band und das halbe Lokal setzte ich unter Alkohol. Herrgott, war da eine Stimmung! Die Gäste sangen und klatschten den Rhythmus dazu. Erst wollte ich mich auf die blonde Betty stürzen, ich steh' ja gar nicht auf dunkle Frauen, aber die drei Blonden hatten schon irgendwelche Freier. Nur Terry, die Dunkle mit dem Pferdeschwanz, blieb übrig. Mein Glück, denn Terry hat den besten Charakter von allen. Unkompliziert und geradeaus. Ein Kellerkind mit Herz und Gemüt! Sie sagt einem die größten Frechheiten, verlogene Schmeicheleien liegen ihr nicht.«

»Den Eindruck hatte ich auch. Sie sagt, was sie gerade denkt.«

»Ja, das finde ich o. k. Weißt du, Häschen, mit Terry muß man Mitleid haben«, ereiferte er sich. »Sie stammt aus asozialen Verhältnissen. Der Vater, ein Säufer, verprügelte die ganze Familie. Dann kam sie in ein Heim, dort lernte sie Gitarre spielen, sie ist ja sehr musikalisch. Tanzunterricht hatte sie nie, tanzt aber besser als manche andere. Der Rhythmus liegt ihr im Blut. Ich glaube, sie stammt von Zigeunern ab. Muß ich mal rauskriegen. Ihr Vater konnte Geige spielen...«

»Ist nur das der Grund, daß du ihr gleich einen ganzen Zigeunerstamm anhängst?«

»Nein ich kam darauf, weil sie immer herumzogen, der Vater hat auf der Straße gefiedelt, nie was gelernt, nur saufen. Terry ging erst zur Schule, nachdem sie in ein Heim kam.«

»Arme Terry, kann ich nur sagen, falls deine Geschichte stimmt.«

»Denk bloß nicht, daß ich nichts für sie tue. Jetzt nimmt sie Gesangsunterricht.«

Herrlich, auf meine Kosten! dachte ich.

»Hat schon große Fortschritte gemacht. Ist mir auch dankbar, bloß manchmal wird sie aufsässig, das muß ich ihr noch abgewöhnen. Ihr fehlen die Prügel vom Vater.«

»Nun hör aber auf!«

»Doch, die ist dran gewöhnt!«

»Du wirst sie doch nicht etwa verprügeln?«

»I wo, höchstens mal paar Maulschellen.«

»Das solltest du mal bei mir probieren!«

»Ach, Häschen, du, du kannst dich doch nicht mit ihr auf eine Stufe stellen! Aber glaub' mir, bei so einer Göre ist das manchmal ganz angebracht.«

Das Telefon neben meinem Bett schrillte.

»Guten Morgen, Herr Profktatschy«, flötete ich voller Genugtuung und wandte keinen Blick von F. O. Er saß wie versteinert, als hätte ihn der Schlag getroffen, da.

»Wie geht's, Herr Profktatschy?« frohlockte ich. »Ist Ihnen

der Abend gut bekommen?« Ich weidete mich an F. O.'s Anblick. »Wie? Heute? Moment, ich schau mal auf meinen Kalender.« Ich brauchte nicht nachzusehen, ich machte es nur spannend. »Nein, leider, heute kann ich nicht.«

Eine Frau, die nichts vorhat und sofort sprungbereit ist, verliert. Außerdem sah ich heute nicht gut aus.

»Aber wie wäre es Dienstag?« schlug ich vor. »Dienstag können Sie nicht? Ach Gott, ich sehe gerade, Dienstag bin ich ja auch zu einer Cocktailparty eingeladen. Das hätte ich beinahe übersehen. Mittwoch? Moment! Mittwoch, das paßt großartig.«

Boß rührte sich noch immer nicht.

»Mittwoch um sieben in der Bar vom Breidenbacher Hof. Fein. Ja, den netten Abend wiederholen wir. Also, bis Mittwoch!«

»Du willst doch nicht behaupten, daß du den Hotel-Profy kennst?«

Meine Nase reckte sich etwas höher. »Natürlich kenne ich ihn. Bist du begriffsstutzig? Du hast doch eben das Gespräch mit angehört!«

»Ha, auf deine Tricks fall' ich nicht rein! Gott weiß, welcher Komplice am anderen Ende der Leitung hing.«

»Erlaube mal«, widersetzte ich mich, »wer bin ich denn? Was ist überhaupt daran so seltsam, einen Herrn Profy zu kennen?«

»Tu doch nicht so dämlich. Du weißt genau, wie wichtig dieser Mann für mich ist.«

»Ja, eben. Deshalb bin ich am Mittwoch wieder mit ihm verabredet.«

Endlich glaubte er mir. »Häschen!« Er klatschte und rieb sich die Hände. »Häschen, mein Häschen, wenn du das schaffst, mich mit dem ins Geschäft zu bringen, dann . . .«

»Was dann?«

»Dann . . .« Er sprang auf, er war jetzt furchtbar aufgeregt, »dann bekommst du Provision.«

»Das will ich auch hoffen!«

Ich muß gestehen, ich war — milde ausgedrückt — verschossen in Profy. Wir sahen uns oft. Er verkehrte in unserem Haus. Natürlich beging ich einen nie wiedergutzumachenden Fehler, indem ich Terry eines Tages in überschwenglicher Laune die gleichen Rechte einräumte. Schließlich stand mein Verhältnis zu Profy auf einem anderen, blütenweißen Blatt. Der Gedanke, etwas Unrechtes zu tun, schied von vornherein aus.

Boß dagegen hatte sich mit seinen Seitensprüngen einwandfrei ins Unrecht gesetzt. Ich weinte mich nur an Profys starker Brust aus. Für einen Tröster würde wohl jeder Richter — vorausgesetzt, er hätte einen ausgeprägten Gerechtigkeitssinn — Verständnis aufbringen müssen. Das stand für mich fest. Im übrigen geschah alles im Auftrag meines Mannes. Er zerrte förmlich Profy ins Haus, überschlug sich vor Liebenswürdigkeit. Selbst mir gegenüber trug Boß eine gewisse Ehrfurcht zur Schau. Kunststück! Wenn er ausfällig wurde, drohte ich: »Das sag' ich Profy!«

So weit, so schön. Aber in meiner Glückseligkeit über Profys Zuneigung — es verging wirklich kein Tag, an dem er nicht wenigstens anrief — verlor ich völlig den Verstand. Ich beging die Dummheit und wurde Terrys Freundin, später sogar ihre intimste Vertraute.

O weh, wenn Ellen geahnt hätte, was sich bei uns tat! Zum Glück waren Boß und Ellen noch immer spinnefeind. So mußte es auch bleiben. Schließlich stand mein Hochhaus auf dem Spiel, um das ich in einsamen Nächten zitterte. Tino, der schlaue Fuchs, würde schon einen Weg finden, mir das Haus wieder abzuluchsen. Sicher gab's da eine versteckte Klausel, ein Hintertürchen. Ich kam gar nicht richtig in den Genuß meines Glücks.

Im Augenblick allerdings konnte Ellen ruhig aufkreuzen. Terry befand sich weit ab vom Schuß in einem Schweizer Pensionat für höhere Töchter. Boß wollte aus ihr eine richtige Dame machen. Schrecklich, dieser Aufwand, diese Kosten, und ich mußte tatenlos zusehen.

Aber Terry war ja meine Freundin! Wie konnte ich da aufmucken. Im Gegenteil, jeder Krach mußte vermieden werden, kein Wort davon durfte an die Öffentlichkeit dringen.

Profy war ein Mann von Niveau. Seine melancholischen Augen wirkten auf mich umwerfend. Seine elegante, gepflegte Erscheinung fiel überall auf. Boß kuschte vor Profy, das machte Profy zu einer Art Halbgott für mich. Ich liebte alles an ihm, auch seine Geheimratsecken, die er verwünschte. Er redete sich ein, alt und unmöglich auszusehen.

Alle Haarwuchsmittel der Welt hatten erfolglos die Bekanntschaft mit seinem halbentblößten Schädel gemacht. Nun wollte er sich ein Toupet anfertigen lassen. Mir allein vertraute er dieses Geheimnis an. Ich versuchte, es ihm auszureden, sah dann die Zwecklosigkeit ein und redete ihm zu. Damit eroberte ich mir restlos seine Sympathien. Er schien selig, einen verständnisvollen Verbündeten gefunden zu haben.

Er selbst wollte keinesfalls in einen Perückenladen gehen und sein Innerstes vor einer womöglich hübschen Verkäuferin entblößen. Ich sollte das Toupet für ihn besorgen. Dafür kam für Profy nur ein bestimmter Figaro in Rom in Frage. Nun, er mußte es wissen, lange genug beschäftigte ihn ja die quälende Frage. Ausgerüstet mit einer Haarprobe und zwei Fotos eines Filmschauspielers reiste ich nach Rom.

Leider zog ich Boß ins Vertrauen, aber nur, weil ich keine Motivierung für meine Reise fand, nicht etwa, um mir die Flug- und Hotelspesen zweimal finanzieren zu lassen. Damit hatte ich anfänglich nicht gerechnet. Es ergab sich ungewollt und ich empfand es ganz angenehm, obwohl ich keineswegs geldgierig bin.

Der Perückenladen befand sich in der Via Veneto. Eine englisch sprechende junge Dame wurde herbeizitiert, ich trug ihr mein Anliegen vor und legte Haarmuster und Fotos auf den Tisch.

Bedauernd schüttelte sie den Kopf. »Der Herr muß sich leider persönlich herbemühen. Wir müssen dazu seine Maße nehmen. Das Toupet wird nach seiner Kopfform genau angepaßt!«

»Mein Mann ist sehr scheu!« Ich sagte ›mein Mann‹, weil das

seriöser klang. »Es ist ihm peinlich. Vielleicht könnte ich zu Hause seine Maße ...«

»Nein, bedaure, darauf können wir uns nicht einlassen. Es gibt nur Ärger, wenn es nicht sitzt. Reden Sie Ihrem Mann gut zu. Vielleicht überwindet er seine Scheu. Wir haben so viele Kunden. Alle kommen persönlich.«

Unverrichteterdinge fuhr ich heim.

Boß war außer sich: »Du taugst doch zu rein gar nichts! Maßnehmen — so ein Quatsch! Das Ding wird doch an- oder aufgeklebt, verstehst du? Das können sie doch nur mit dir machen, mit mir nicht. Morgen fliege ich nach Rom. Ich werde dir beweisen, wie schön das geht.«

»Aber Profy darf nie erfahren, daß du etwas davon weißt.«

»Vor allem darf er nicht erfahren, was ich für eine dumme Frau habe.«

Boß betrat den Laden in Rom. »Vorgestern war meine Frau hier und wollte für einen Freund ein Toupet bestellen. Sie hat mit einer Signora Larengo verhandelt.«

O ja, Signora Larengo wußte sofort Bescheid. »Bitte, nehmen Sie Platz. Ich werde schnell Ihre Maße notieren.«

»Das Ding ist nicht für mich.«

»Ja, natürlich, ich weiß schon, einen Moment, es ist gleich geschehen.« Das Zentimetermaß wurde von hinten nach vorn, von links nach rechts, von einem Ohr zum andern auf F. O.'s Kopf drapiert. Die genauen Zentimeter notierte ein Gehilfe. »So, das wär's, war es so schlimm? Nun wollen wir noch den Haarschnitt festlegen. Ich setze Ihnen ein paar Toupets zur Probe auf.«

»Das Ding ist nicht für mich.«

»Ja, ja, aber Sie suchen es doch aus!« Schon thronte ein Toupet auf F. O.'s Kopf. »Wie gefällt Ihnen das? Steht Ihnen großartig!«

»Ich glaube, für meinen Freund ist das nicht das richtige. Hat meine Frau Ihnen die Fotos nicht dagelassen?«

Sie setzte F. O. ein anderes Stück auf den Kopf. Seinen

Worten schenkte sie kein Gehör. Nach ihrer Meinung bemühte sich der scheue Kunde nur um Ausreden ...

»Das ist schön! Das steht Ihnen ... ich meine Ihrem Freund ... bestimmt gut!«

»Ist das die Art, die meine Frau wollte?«

»Ja, ich erinnere mich genau an die Fotos, das ist der Stil.«

»Gut, ich bin einverstanden.«

Sie griff zur Schere. Schnell schnitt sie F. O. ein paar Haare ab.

»Was machen Sie denn?«

»Verzeihung, Routinesache.«

»Es ist nicht für mich, die Locke hat meine Frau doch hiergelassen!«

»Selbstverständlich. Alles in Ordnung! Darf ich um eine Anzahlung bitten?«

»Ich zahle gleich alles. Schicken Sie mir den falschen Wilhelm zu. Hier ist meine Visitenkarte.«

Boß kam noch am gleichen Tag hochbefriedigt zurück. »Natürlich, wenn man nicht alles selbst macht! In acht Tagen hat Profy sein Toupet.«

Pünktlich nach acht Tagen traf ein Päckchen per Einschreiben ein. Wir rissen es gemeinsam auf. Ein graumeliertes Toupet kam zutage.

»Profy ist doch schwarz«, protestierte ich. »Das ist ja genau deine Haarfarbe!«

»Diese blöde Gans!« polterte F. O. »Ich hab' ihr hundertmal gesagt, das Ding sei nicht für mich. Na, Profy wird ja auch älter und graumeliert ist die große Mode. Rede ihm ein, daß du für graumeliert schwärmst. Alle jungen Mädchen werden auf ihn fliegen!«

»Was hab' ich davon? Er tut es nur für mich.«

»Du liebst doch graumeliert, oder?« fragte er drohend.

»Bitte, setze du es mal auf! Oh, das steht dir gut«, stellte ich fest, »und sitzt prima. Warum behältst du es nicht?«

»Was soll ich denn damit? Ich bin doch nicht blöde, so einen Wilhelm zu tragen.«

»Du hast einen größeren Kopf als Profy. Ich wette, es ist für Profy viel zu groß!«

»Es wird angeklebt, wie oft soll ich es dir noch sagen. Hier, die Klebetüte liegt bei.«

»Vielleicht schlägt's Beulen, wenn es zu groß ist?«

»Meckre nicht, ehe du es nicht besser weißt, und sei dankbar, daß dein lieber Boß das Haarbüschel besorgt hat. Du warst doch nicht fähig dazu. Und wenn es wirklich zu groß sein sollte, dann wirst du ihm eine Brille empfehlen, mit breiten Bügeln, die halten das Toupet fest. Verstanden?«

»Aber er sieht doch nicht schlecht!« protestierte ich.

»Es gibt Brillen aus Fensterglas. Also jetzt geh schon und halt mich nicht länger mit dem Quatsch auf!«

»Das Schönste an Profy sind die Augen, und die sollte er durch eine Brille verschandeln?«

»Brille wirkt männlich, hast du mir immer gesagt.«

»Ja, bei dir.«

»Also, nun geh endlich!«

Ich tat wie befohlen. Profy war zunächst entsetzt über die mißglückte Farbe. »Das ist ja F. O.'s Haarfarbe«, rief er plötzlich, probierte aber trotzdem das Toupet mit meiner Hilfe auf. »Wozu hast du graumeliert bestellt? Ich will jünger und nicht älter aussehen. Zum Glück habe ich noch kein einziges graues Haar.«

Das Toupet lag wie ein umgestülpter Suppenteller auf seinem Kopf.

Meine Stimme kiekste vor Lachen. Schnell räusperte ich mich.

Profy zog an dem guten Stück. Jetzt sah es aus wie eine Schute.

Ich drehte ihm eiligst den Rücken zu, ich hatte meine Lachmuskeln nicht in der Gewalt.

»Völlig mißglückt!« bedauerte Profy. »Es muß verwechselt worden sein. Am besten du schickst es zurück, Darling!«

»Probiere es mal anzukleben«, riet ich.

»Es ist sinnlos, außerdem werden sie es dann nicht mehr

zurücknehmen. Du siehst, es ist zu weit, abgesehen davon stört mich die Farbe. Ganz offensichtlich liegt eine Verwechslung vor.«

Die Brille erwähnte ich nicht. Ich wollte keinen Profy mit Brille.

»Das beste wäre, du würdest selbst nach Rom fahren. Die Dame sagte, gewöhnlich arbeiteten sie nur nach Maß. Ausnahmsweise wollte sie mir gefällig sein.«

»Natürlich wäre es besser«, jammerte er. »Darling, versteh mich, es ist mir so schrecklich peinlich, lieber verzichte ich auf das Toupet. In jedem Fall aber müssen sie dieses hier zurücknehmen, da es in keiner Weise meiner Haarfarbe entspricht.« Er schnitt sich mutig noch einmal zur Beweisführung eine Locke ab, die ich dem Toupet beilegen sollte.

F. O. tobte. »Das viele Geld! Zwei Flugtickets und das Toupet! Ruf sofort deine Friseuse an, sie soll das Ding schwarz einfärben.«

Auch das mißglückte. Die ergrauten Haare wurden rot – die Friseuse hatte es prophezeit, aber F. O. wollte es ihr nicht glauben. Wütend schmiß er den »Puschel« in seinen Schrank. Ich wollte ihn wieder herausnehmen, da schrie er: »Laß die Finger von meinem Schrank!« und kam wie ein geölter Blitz angesaust. Zu spät, ich hatte die Saphir-Nerzjacke schon gesehen und vom Bügel gezerrt.

Kampfwütig stellte ich mich vor ihm auf. »Wem gehört die Jacke?«

»Mir.«

»Mach keine Witze! Ich will die Wahrheit wissen. Hast du ihr oder mir die Jacke gekauft?« höhnte ich.

»Ihr seid doch beide reichlich versorgt.«

»Eben deshalb. Wem gehört die Jacke? Raus mit der Sprache!«

»Ich schwöre, sie gehört mir!«

»Seit wann gehen Herren in Nerzjacken?«

»Schimpf nicht«, sagte F. O., diesmal kleinlaut, »meine Sparsamkeit ist daran schuld.«

»Du sprichst in Rätseln!«

»Häschen, ich geh' doch ab und zu mal mit einem anderen

Mädchen aus. Die haben doch alle nichts anzuziehen! Ich kann aber nicht jeder eine Nerzjacke schenken, so reich bin ich wirklich nicht. Wiederum steht mir nicht der Sinn danach, drittklassige Lokale aufzusuchen. Ich habe die Jacke zum Verleihen gekauft.« Er grinste und schlug einen vertraulichen Ton an: »Wenn so eine arme Kleine nichts anzuziehen hat, bring' ich ihr die Jacke mit dem Hinweis, daß sie dir gehört. Beim Abschied muß sie die Jacke wieder abliefern.«

Ich schüttelte den Kopf. Die Idee war nicht schlecht. Immerhin besser, als wenn er dauernd Jacken kaufen würde.

»So, so, du kaufst dir eine Nerzjacke, und mir machst du Theater wegen ein paar Mark, die sich hundertfach bezahlt machen werden. Ich warne dich ... Kein Wort mehr über das Toupet!«

Tatsächlich geriet das Toupet, zumindest vorläufig, in Vergessenheit. Ich berichtete Profy, der Friseur in Rom hätte sein Unrecht eingesehen, es läge tatsächlich eine Verwechslung vor ...

12

»Vera«, flüsterte eine Stimme am Telefon, »bist du allein?«

»Ja, wer ist denn dort?«

Terry quietschte vor Vergnügen. »Ich bin in Düsseldorf.«

»Waas?«

»Ja, ich bin abgehauen! Wenn du hörst, was ich erlebt habe ... Du schreist dir einen weg. O weia, tuschita, so spricht ja eine höhere Tochter nicht! Mach' ich auch nicht mehr. Boß soll sein Geld gut angelegt haben. Hahaha, ich bin jetzt stinkfein! Madame, si vous voulez, nous pouvons nous rencontrer aujourd'hui!« sagte sie in fließendem Französisch.

»Du hast doch etwas gelernt in den acht Monaten!«

»Ich spreche jetzt besser Französisch als Deutsch. Deutsch

konnte ich ja noch nie richtig. Dafür beherrsche ich in Deutsch alle Slangausdrücke, die mir — was oft von Vorteil sein mag — in Französisch fehlen.«

»Boß kommt erst übermorgen aus den USA.«

»Himmlisch, dann können wir alles in Ruhe bekakeln. Na, du kriegst die Motten, was ich erlebt habe . . .«

Meine verdammte Neugier spielte mir trotz aller Vorsätze einen Streich, und ich bat Terry, sofort zu kommen. Eine Stunde später war sie da.

»Hast du einen neuen Wagen?«

»I wo, mein VW steht noch in Neuchâtel. Den Mercedes hab' ich mir geliehen. So etwas kann ich mir jetzt leisten. Da staunst du, was?«

»Hast du eine Erbschaft gemacht?«

»Wie man's nimmt!« Sie lachte. »Bestell mir erst mal 'ne Tasse Tee und einen Klaren. Korn oder so ist noch immer mein Lieblingsgetränk. Darin bleib' ich den Jahren mit Schwindsucht im Portemonnaie treu.«

»Bekommst du alles, mein Schatz. Aber erst laß dich anschauen. Du bist dicker geworden.«

»Dicker ist gar kein Ausdruck.« Sie klopfte sich den Bauch und die Hüften ab. »Alles Speck! Kommt von dem elenden Mehl- und Nudelpamps für höhere Töchter!« Sie drehte sich vor dem Spiegel hin und her. »Ich darf gar nicht in den Spiegel gucken, widerlich! Es ist jetzt aus mit der Fresserei!« Sie kniff sich in die Fettpolster. »Euch bringe ich um! Boß muß mir jetzt eine Abmagerungskur bezahlen!«

Ich schaute sie durchbohrend an. Komisch, immer wenn Boß für sie zahlen sollte, nahm ich für ihn Partei. Mein Herz blutete bei dem Wort: zahlen. Ich mochte Terry gern, aber das schöne Geld, das sie verschlang, tat mir leid. Sie war ein Nimmersatt.

»Natürlich muß er zahlen! Er hat mich in den Käfig gesperrt, und ich habe meine schöne Figur verloren.«

»Dafür kannst du jetzt Französisch!«

»Mit den Männern, mit denen ich zu tun habe, red' ich Deutsch. Aber hast schon recht! Wo bleibt der Tee?«

»Kommt gleich. Nun erzähl mal, was hast du erlebt?«

»Die Pensionsmutter dachte doch, ich wäre aus stinkfeinem Haus. Boß gab sich als mein Onkel aus, der für seine Nichte, das arme Waisenkind, aufkam. Boß muß einen sehr guten Eindruck gemacht haben. Sie gab mir sofort ein Zimmer mit Clarissa Gopsel. Du kennst doch die pharmazeutische Fabrik Gopsel in Frankfurt? Das ist ihr Vater! Clarissa ist achtzehn und noch ganz doof, hat noch nie mit einem Mann gepennt. Ich hab' sie aufgeklärt, aber, wie ich ihr schlauerweise sagte, wüßte ich alles nur aus Büchern, die ich heimlich las. Ich sprach immer gewählt und brach mir beinahe die Zunge. Und wenn mir kein feines Wort, zum Beispiel für ›verpfiffen‹, einfiel, hielt ich die Klappe. Mein guter Onkel kam ja meist übers Wochenende und holte mich für zwei Tage raus. Mensch, das war eine richtige Erholung! Endlich konnte ich mal wieder in meiner Muttersprache reden. Die meisten Mädchen heulten Rotz und Wasser, wenn ihre Eltern sie wieder im Pensionat ablieferten. Ach, dachte ich, das scheint vornehm zu sein und heulte auch wie ein verlassener Hund, wenn ich von meiner Weekendtour zurückkam. Das wirkte unheimlich! Angefangen von der Puffmutter...« Sie brach plötzlich ab. Anton brachte den Tee.

»Haben wir Korn, Anton?«

»Korn?« fragte er erstaunt. »Ach ja, das gnädige Fräulein trinkt gern Korn. Leider ist die Flasche leer. Darf es ausnahmsweise ein Steinhäger, Himbeergeist, Kirsch...«

»Steinhäger«, entschied Terry. »Schönes Wetter heute. In Neuchâtel regnete es, als der Zug abfuhr. Madame sagte gleich, Kinder, vergeßt eure Schirme nicht! Der Himmel ist bewölkt, es trübt sich ein. Madame ist der reinste Wetterprophet. Sie irrt selten...«

Die Tür schloß sich hinter Anton.

»Wo bin ich denn stehengeblieben? Ja, richtig, von der Puffmutter bis zum Nesthäkchen, alles tröstete mich, wenn ich so losheulte. Natürlich nicht laut! Höhere Töchter schluchzen verhalten ins Spitzentaschentuch. Hahaha!« Terry bog sich vor Lachen.

»Sag mal, du hast doch erst in vierzehn Tagen, Mitte Juli, Ferien? Was führt dich schon heute hierher?«

»Ich gehe nicht mehr zurück! Du, im Vertrauen, ich bin schon vierzehn Tage auf der Walze.«

»Waaas?«

»Ich wußte doch, Boß ist in Amerika. Ich hab's einfach nicht mehr ausgehalten. Ich bat Nina, mir ein Telegramm zu schicken: Tante Vera gestorben.«

»Wie — ich?«

»Na, reg dich nicht auf, du lebst ja noch. Ich bin doch 'ne Waise. Boß konnte ich nicht sterben lassen ...«

Ich verschluckte mich vor Lachen. Unwillkürlich dachte ich an den angeblichen Tod von Muttis Bruder und den Kranz, den F. O. aus Genf nach Berlin sandte. Schrecklich, Terry und ich hatten vieles gemeinsam.

»Na, und?«

»Madame nahm Anteil. Mit so etwas scherzt man doch nicht«, sagte Terry in drolliger Empörung. »Natürlich ließ sie mich sofort reisen. Jeder wußte, Tante Vera ist die Frau meines guten Onkels. Man plaudert schon mal etwas über die Familie. Die fragen ja auch und haben selbst 'ne Riesen-Familiengeschichte. Bei mir gab's ohnehin nicht viel zu erzählen, außer, daß sie alle tot sind. Jetzt du auch noch ... zu traurig!«

Ich fiel in ihr Gelächter ein. »Wo hast du dich vierzehn Tage lang herumgetrieben?«

»Ich arbeitete als Barfrau in Genf.«

»Was?« Ich schrie vor Lachen. »Die höhere Tochter als Barfrau!«

»Ehrlich gesagt, Vera, in diesem Punkt waren meine Sprachkenntnisse von Nutzen. Also das kam so: Unsere Band spielt in einem Nachtklub in Genf. Ich dachte, nichts wie hin. Meine Stimmbänder rosten, und alles andere auch. Boß in USA — also, was soll's? Ich mußte mal wieder frische Luft atmen.«

»Im Nachtklub?«

»Glaub mir, das ist frische Luft für mich! Also, auf nach Genf. Das Ersatzgirl, Uschi, die blöde Kuh, ließ mich aber weder singen noch Gitarre spielen. Sie wurde gleich massiv. Vertrag ist Vertrag, sagte sie. Und wenn du einen Skandal willst, kannst du ihn haben. Ich lauf' zum Kadi und dreh' dir außerdem beim Boß den Hahn ab. Dann sitzt du ganz auf dem Trocknen. Das wollte ich natürlich nicht riskieren. Jeder von der Band, selbst Uschi — ja, das muß ich der Gerechtigkeit wegen sagen — gab mir fünfzig Mark, damit ich erstmal über die Runden kam. Dann sprach Nina mit der Chefin von dem Klub. Die begutachtete mich. Ich hatte natürlich angeklebte Wimpern, Make-up und parlierte Französisch. Also durfte ich gleich als Barfrau anfangen. Hab' ich gesoffen! So, als wenn's morgen verboten würde! Mußte acht Monate nachholen! Kinder, hab' ich meine Freiheit genossen! Als wenn ich gerade aus dem Knast käme!«

»Terry!«

»Ja, wirklich, ich kam mir manchmal im Pensionat wie im Knast vor. Jetzt hab' ich Hunger. Aber ich darf nichts essen. Lieber trink' ich noch 'nen Steinhäger.«

Ich fand Terry in ihrer Art unbezahlbar. Dieser Kontrast! Ihr Exterieur so damenhaft — und dazu diese freche Schnauze!

»Wir essen gleich etwas, Terry. Erzähl erst mal weiter!«

»Nachdem ich elf oder zwölf Tage in der Bar gearbeitet hatte — übrigens hab' ich die größten Umsätze gemacht — steht ein Geist, nein, saß schon auf dem Hocker ... Herr Gopsel, der Vater von Clarissa! So schnell konnte ich gar nicht verduften, wie der mich erkannte.«

»Entsetzlich«, flüsterte ich.

»Paß auf, es kommt noch schöner. Herr Gopsel glubscht mich an und sagt: ›Aber Terry‹, er rang nach Luft, ›was machen Sie denn hier?‹ Ich zog gleich mein Taschentuch, weinte und flehte. Bitte, Herr Gopsel, erzählen Sie es niemandem! Ich litt im Pensionat unter furchtbarem Heimweh, und da hab' ich meine Tante sterben lassen. Wie ich nach Hösel kam, war mein Onkel in USA und meine Tante schlug mich fürchterlich mit einem Stock.«

»Terry!« schrie ich auf vor Lachen.

Terry sprach weiter: »›Hier, Herr Gopsel, können Sie noch meine Wunden sehen. Nein‹, sagte ich dann verschämt, ›die kann ich Ihnen doch nicht zeigen, das wäre nicht schicklich. Ich bin einfach meiner Tante weggelaufen, mitten in der Nacht. Ich wußte nicht wohin, traute mich auch nicht mehr ins Pensionat. Madame würde zu Recht schelten.‹ Ich schluchzte wieder ein bißchen. Das machte ungeheuren Eindruck auf Herrn Gopsel. Er triefte vor Mitleid. Die anderen Gäste schauten auf uns, dachten sicher, abgeblitzte Braut — aber das war mir piepe. Die blöde Nina kam angepest und fragte: ›Was heulste denn? Willste so gern singen? Vielleicht läßt dich Uschi mal, die ist schon butterweich.‹ Hau ab, dachte ich, ich singe doch gerade, und kniff ein Auge zu. Nina kapierte und türmte gleich.

Irgendwie hatte Ninas Auftauchen sein Gutes. Ich erklärte Herrn Gopsel: ›Barfrau ist meiner unwürdig, dann schon lieber Sängerin! Furchtbar, diese Band, nette Mädchen, aber sie glauben immer, ihresgleichen vor sich zu haben. Duzen einen sofort! Wie gewöhnlich! Ich bin nicht dafür, zumal ich mich nicht zu dieser Sorte zähle.‹ ›Arme Terry‹, war alles, was Gopsel vorbrachte, ›armes Mäderle!‹«

Es klopfte.

»Ja«, rief ich ungehalten, denn Terrys Geschichte war zu spannend.

»Gnädige Frau, Frieda läßt fragen, was für Wünsche heute abend wegen des Essens vorlägen.«

Ich schaute auf die Uhr, es war sieben. »Terry, du ißt doch gern Huhn?«

»Verführ mich nicht, ich wollte nicht ...«

»Frieda möchte das Hühnchen braten! — Bitte, erzähle weiter. Dein Hintertreppenroman ist spannender als jeder Krimi.«

Das Telefon läutete. »Gnädige Frau, Herr Profy ist am Apparat.«

»Sagen Sie ihm, ich rufe später zurück.«

»Hast du immer noch eine Affäre mit diesem Profkatsch-bumstrallala?«

»Ja, noch immer große Liebe. Erzähle ich dir später. Aber zunächst bist du an der Reihe.«

»Nun konnte ich doch nicht als höhere Tochter — noch dazu als Zimmerkameradin seines einzigen Kindes — saufen wie ein Loch. Ich nippte. Die Chefin guckte schon düster, dachte, was ist denn mit der los? ›Bauchschmerzen‹, flüsterte ich ihr zu. Hauptsache, der Kunde säuft, und dafür sorgte ich. Ich mußte Gopsel zum Schweigen bringen, er wollte nämlich mit Madame sprechen, und mir die Rückkunft ins Pensionat ebnen. Wie bring' ich den zum Schweigen? grübelte ich. Der Schweigemarsch führte — ins Bett. Als Gopsel gegen Morgen den Kanal voll hatte, weinte ich wieder. Diesmal hatte ich angeblich meine Schlüssel zu Hause liegen lassen. Wie sollte ich ins Haus? Ich wohnte zur Untermiete bei Mutter Immergrün, vierter Stock, die konnte ich nicht wecken, sie hatte ja kein Telefon.

Also nahm er mich mit in sein Hotel. Der Portier musterte uns. Gopsel, nicht mehr fest auf den Beinen, ich stocknüchtern, dafür ohne Gepäck. Gopsel bestellte ein Zimmer für mich. Später saß ich auf seiner Bettkante, und noch ein bißchen später lag ich in seinen Armen. Aus Rücksicht auf sein einziges Kind und weil ich doch alles nur aus Büchern wußte, schrie ich: ›Aua, aua, das tut so weh!‹ ›Bist du noch Jungfrau, mein Mäderle?‹ ›Ja‹, flüsterte ich, ›aber mal muß es ja sein. Ich bin glücklich, in dir einen so erfahrenen, wunderbaren ersten Mann gefunden zu haben. Ich liebe dich, ich bete dich an! Welch ein Erlebnis!‹ Als Gopsel am Morgen nüchtern aufwachte, sah er mich. Die Bescherung! Es war ihm furchtbar!«

»Wenn man sich in seine Lage versetzt, der arme Gopsel!« sagte ich. »Sicher ein verantwortungsvoller, seriöser Mann mit moralischen Prinzipien.«

»Ja, ja, so einer vom Typ der Spießer, und dann mit der Freundin seiner Tochter. Ist schon ein dicker Hund! ›Klar, das hätte ich nie tun dürfen!‹ Gopsel stöhnte auf. ›Nein, nein, das kann doch nicht wahr sein!‹ Ich tröstete ihn, sprach von Liebe. Er war hin- und hergerissen. Scham und Freude, Wollust und schlechtes Gewissen, alles vereint in seiner Brust. ›Terry‹, flehte er, ›das muß ein großes Geheimnis bleiben!‹ ›Worauf du dich verlassen kannst‹, beruhigte ich ihn. ›Aber ich will nicht mehr ins Pensionat!‹ ›Was willst du denn, mein Mäderle?‹ ›Ich gehe in meine Wohnung in Düsseldorf und warte, bis mein Onkel aus den USA kommt. Dann werde ich sehen, was er entscheidet. Er ist ja mein Vormund.‹ Gopsel gab mir tausend Mark, aber ich bekomme sofort mehr, wenn ich Geld brauche. Er gab mir seine Telefonnummer vom Büro. Dort kann ich jederzeit anrufen. Er ist mein väterlicher Freund und wird mir immer helfen. Nur machte er zur Bedingung: ich mußte die Bar verlassen. Schade! Na ja, so landete ich wieder hier.«

»Ich bin sicher, du bist ein Sonntagskind. Aber, Terry, fordere das Glück nicht heraus! Es kann mitunter launenhaft sein. Willst du dein Leben lang nur im Abhängigkeitsverhältnis von einem Mann zum andern wechseln? Boß gibt dir jetzt schon seit drei Jahren soviel Chancen. Wem wird das geboten? Nütze die Zeit! Mach etwas aus dir! Verlaß ist auf niemanden — nur auf sich selbst! Du kannst singen, tanzen und Gitarre spielen. Häng deinen Beruf nicht an den Nagel. Es gibt einem viel Selbstbefriedigung, auf eigenen Füßen zu stehen.«

»Ein Tausender für eine Nacht! Kannst du ausrechnen, wie lange ich dafür Gitarre klimpern muß?«

»Terry, du bist einundzwanzig Jahre jung. Du bist schön, das Leben liegt vor dir. Bei deinem Glück — toi, toi, toi! — und deinem Können kannst du Millionen scheffeln. Die Menschen werden dir zu Füßen liegen, sich dir unterordnen. Im Abhängigkeitsverhältnis aber — nie!«

»Du wirst dich umsehen, wie ich Gopsel tanzen lasse. Den hab' ich in der Hand. Sein Leben lang wird er blechen — und ich diktiere!«

»Bist du noch normal? Du willst doch nicht damit sagen, daß du Gopsel erpressen willst?«

»Warum nicht, wenn er nicht spurt?«

Mir lief eine Gänsehaut über den Rücken.

»Und der Boß kann mir den Hobel blasen. Von dem laß' ich mich nicht mehr herumkommandieren. Die Zeiten sind passé

– es lebe Gopsel!« Terry ergriff ihr bis zum Rand gefülltes Steinhägerglas und leerte es in einem Zug.

Was für mich Ellen, ist für sie Gopsel. Krokodilstränen, die sie in Gopsels Armen weinte, weinte ich bei F. O.'s Mutter, und doch wollte ich mich mit Terry keinesfalls auf eine Stufe stellen. Sie war auf dem besten Weg, mit Gangstermethoden eine Erpresserin zu werden. Verglichen mit ihr, blieb ich der kleine Taschendieb.

Das Pensionat absolvierte sie fruchtlos. Sie war nie wählerisch in ihren Ausdrücken und ich bei Gott nicht zimperlich – aber jetzt schien sie mir vulgär. Wollte sie damit unter Beweis stellen: Ihr könnt mich erziehen, soviel ihr wollt, ich bleibe das Zigeunerkind? Oder fiel sie einfach von einem Extrem ins andere? Meine liebenswerte, drollige Terry – eine skrupellose Erpresserin! Ist ihr das Geld zu Kopf gestiegen oder gebärdete sie sich nur vorübergehend wie ein ungezogenes Kind?

»Geld liegt auf der Straße. Gleich in den ersten Tagen meiner Freiheit gelang mir ein Volltreffer. Vor meinen Augen blinkte eine grellbunte Krawatte auf. O boy, daran hing ein Amerikaner! Terry, sagte ich mir, sei wachsam, die haben die Dollars locker sitzen. Den staubst du mal ganz schnell ab! Natürlich erzählte ich ihm nichts vom Pensionat, nur vom deutschen Fräulein-Wunder. Hahaha, sein blaues Wunder wird der erleben! Ins Hotel konnte mich der Texaner nicht mitnehmen. Er reiste in Begleitung. Irgendein Kongreß fand in Genf statt. Bei mir ging's auch nicht, er sah mir zu verwittert aus. Aber das Fräulein-Wunder schärfte seine Sinne und brachte mich auf eine gute Idee: Lade mich ein nach Texas! Mit mir wirst du eine Nacht verbringen, die du dein ganzes Leben lang nicht vergißt! Ich dachte, mich laust der Affe, bringt er mir doch tatsächlich am nächsten Abend ein Flugticket nach Texas, und dazu noch erster Klasse.«

Ich schüttelte ungläubig den Kopf.

»Hier ist es, falls du mir nicht glaubst!« Geschwind zog sie die Flugkarte aus der Tasche.

Gottlob, sie fliegt! Ich prüfte genau das Ticket. Das war

die beste Lösung! »Terry, deine Maschine fliegt schon morgen abend nach Dallas«, rief ich fast zu freudig aus.

»Denkst du! Nicht ich. Morgen früh geh' ich zur Pan American, denen erzähle ich eine Schauergeschichte, weshalb ich die Reise nicht antreten kann, und laß mir das Geld auszahlen.«

»Findest du das fair?«

»Fair?« fragte sie verächtlich. »Wenn einer so doof ist, muß er bestraft werden. Fair! Denk an seine Frau und die lieben Kinderchen — ist das fair?«

»Wenn du so empfindest, dann schick die Karte zurück!«

»Ich werfe doch kein Geld weg. Das kommt auf mein Sparkonto!«

Ich mußte Boß vor ihr warnen. Jetzt war es nicht der Boß — jetzt fürchtete ich um meinen Mann. Mein Platz war an seiner Seite. Terry würde ihn kaltblütig vernichten. Die Zeit drängte. Ich mußte ihn mit allen Mitteln aus diesem Teufelskreis befreien. Das war ich auch Ellen schuldig! Vorsichtig wollte ich gerade Terry die Meinung sagen...

Da flog krachend die Tür auf.

»Haach!« Mit Riesensätzen stürmte Boß unheilverkündend auf uns zu. »Hab' ich euch erwischt! Nicht einen Moment kann man den Rücken drehen, schon holt ihr zum Schlag gegen mich aus. Was machst du hier?« schrie er Terry an und schüttelte sie wie einen Apfelbaum. »Scher dich ins Pensionat!«

Dann kam ich an die Reihe. »Hast du sie rausgeholt? Natürlich, du warst immer gegen Terry. Du wolltest einen Keil zwischen uns treiben...«

Ich brachte keinen Ton aus der Kehle.

»Halt's Maul, du Scheusal! Laß deine Frau in Ruhe! Sie ist unschuldig!«

»Da. Da hast du's!« Sein Kopf zuckte in Richtung Terry.

»Deine Früchte! Du hast sie gegen mich aufgehetzt!«

»Guck mal in den Spiegel!« Terrys Stimme überschlug sich.

»So schön bist du alter Gockel wirklich nicht, daß man mich gegen dich aufhetzen müßte. Du widerst mich an!«

Die Worte lähmten ihn für einen winzigen Moment. Dann rannte er auf Terry zu. »Terry, das kann nicht dein Ernst sein. Sag doch, sie hat dich aufgehetzt! Du hast mich doch geliebt! Du bist unschuldig! Komm, Terry, wir gehen.«

Terry riß sich aus seiner Umarmung. »Hau ab!«

»Du Zigeunerratte, wieviel Geld hab' ich in dich investiert! Verrecken wirst du ohne mich!«

Terry klatschte in die Hände, wirbelte tanzend umher und sang, als wenn sie ihn fressen wollte: »Die Zigeuner sind lustig, die Zigeuner sind froh, sie verkaufen ihr Bettchen und schlafen auf Stroh!« Dann schrie sie: »Wir sind genügsam, wir brauchen keinen goldenen Käfig!«

»Von Vera wirst du nichts erben. Ich laß mich scheiden. Die bekommt keinen Pfennig von mir!«

Hoppla — seine Worte trafen mich hart. So weit hatten wir uns also schon voneinander entfernt. Und eben wollte ich noch mit ihm gemeinsam eine Front gegen Terry bilden, Terry, die sich jetzt als meine wahre Freundin entpuppte. Fassungslos verfolgte ich die Szene wie ein Theaterbesucher.

Terry kreischte: »Das werden wir sehen, ob deine Frau einen Pfennig bekommt!«

»Sie geht fremd, und ich geh' fremd. Wir sind beide schuldig, und da gibt's keinen Pfennig.«

»He, he, he, nun mal langsam! Ich werde eine Artikelserie loslassen: ›Der vornehme Herr Boese und die Zigeunerhure.‹ Die Einnahmen kriegt deine Frau. Außerdem heiratet sie sowieso Herrn Profy, falls du's noch nicht gewußt hast.«

Boß wurde kreidebleich. Geschwind drehte er sich um 180 Grad: »Kinder, wollen wir uns nicht wieder versöhnen?«

»Hast wohl Tinte gesoffen? Hau ab!«

»Vera, bitte!« Er reichte mir die Hand. »Ich entschuldige mich.«

»Vielleicht ist es besser, du läßt uns erstmal allein.«

»Das werdet ihr bereuen! Anton!« Boß raste aus dem Zimmer. »Laden Sie meine Koffer wieder ein!«

Wäre Terry nicht gewesen, ich hätte ihm verziehen. Aber ich konnte mir doch vor ihr nicht die Blöße geben.

Terry sagte ganz ruhig, so, als wäre nichts passiert: »Wie wäre es, wenn Frieda jetzt das Hühnchen brächte? Ich habe meine aufgespeicherten Kalorien verbraucht!« Dann knabberte sie an einem Hühnerbein. »Ich bin zu ausgepumpt, um mit dem Messer das Bein zu sezieren. Entschuldige! Aber du siehst, man darf sich nichts gefallen lassen. Erpressen muß man die Kerle! Meine Drohung mit der Artikelserie zwang ihn in die Knie. Du mußt jetzt eisern bleiben. Der kommt wie ein Hund gekrochen!«

»Wenn er sich aber scheiden läßt?«

»Pah, daran hat er nie ernstlich gedacht. Das sagte er nur in der Wut. Der nagt jetzt auch an einem Knochen, wetten? Der schwitzt vor Angst, du könntest Profy heiraten. Glaub' mir, er schwärmt nur in den höchsten Tönen von dir. Laß ihn zappeln, je länger, je besser!«

So sicher war ich meiner Sache nicht. O Gott, mein Hochhaus! Ich Närrin, warum hatte ich Boß nicht gleich die Hand zur Versöhnung hingestreckt?

»Das Hühnchen ist lecker«, sagte Terry, »aber nach einem Krach schmeckt ein Igel am besten.«

»Sagtest du Igel?«

»Hm, Igel ist eine Delikatesse. Essen wir Zigeuner gern.«

»Und die Stacheln?«

»Der wird in Lehm eingerollt und gebacken. Die Stacheln bleiben im Lehm haften. Ach, das Zigeunerleben hat auch seine Reize!«

Jetzt war sie wieder die liebenswerte Terry. Boß allein traf die Schuld. Er hatte das unfertige junge Ding mit Geld und Geschenken überhäuft. Terry konnte Gut und Böse nicht unterscheiden, wie sollte sie auch? Nach Zigeunerregeln ist jedes Recht billig. Man mußte ihrem Charakter mildernde Umstände zubilligen. Sie machte kein Hehl aus ihrer Abstammung, im Gegenteil, sie war stolz auf ihre Vorfahren. Hatte sie meine Gedanken erraten?

Plötzlich sagte sie: »Ich werde dich nie enttäuschen, Vera, ich liebe und verehre dich! Noch nie war ein Mensch so gut zu mir, ohne eine Gegenleistung zu verlangen. In meinem Testament hab' ich dich bedacht. Du bekommst alles!«

Ich lächelte.

»Lach nicht! Es hat sich allerhand angesammelt.«

»Vermutlich sterbe ich als die Ältere vor dir.«

»Warum? Ich kann morgen mit dem Auto verunglücken.«

»Terrylein, hoffentlich nicht!« Und das meinte ich ganz ehrlich.

In dem Moment läutete das Telefon.

Boß rief vergnügt: »Na, habt ihr einen Schlachtplan entworfen? Ihr könnt mich jederzeit im Hotel ›Breidenbacher Hof‹ erreichen. Ich sitze in der Bar!«

»So, so«, machte ich.

»Aber eines will ich dir sagen: deine neue Busenfreundin hat immer gegen dich gehetzt. Deine Frau wirst du nie mehr los — dein Leben lang mußt du für die abgetakelte Fregatte zahlen!«

Mir schoß das Blut in den Kopf. Wortlos hing ich ein.

»Was ist?« fragte Terry neugierig.

Wortgetreu gab ich den Dialog wieder.

»Was ist das, Fregatte? Auch das andere Wort hab' ich noch nie gehört!« Aber dann... Sie sprang von ihrem Sitz. »Wo ist das dreckige Schwein? Den bring ich um!« Der Hühnerknochen flog durch die Gegend. »Ab in den Breidenbacher! Und du kommst mit!« befahl sie.

Ich blieb im Auto sitzen. Terry eilte voraus, rannte in die Bar. »Ah«, rief sie lautstark, »da sitzt ja der vornehme Herr Boese!«

Boß, im Glauben, eine Friedenstaube käme hereingeflattert, ging ihr strahlend entgegen.

»Ich muß mit dir abrechnen!«

Jetzt erkannte er die Situation. »Pscht, einen Moment, ich werde den Geschäftsführer bitten, uns das Konferenzzimmer zur Verfügung zu stellen.« Fluchtartig rannte er davon.

»Gin Tonic«, bestellte Terry.

Der Geschäftsführer kam auf sie zu. »Gnädiges Fräulein, Herr Boese erwartet Sie!«

»Moment! Noch einen Gin Tonic! Bringen Sie die Getränke ins Konferenzzimmer!«

Feierlich schloß der Geschäftsführer die Tür auf. »Darf ich Sie bitten, den Schlüssel nach der Besprechung beim Portier abzugeben.«

Ein Riesenkristallüster erleuchtete den Raum. Das Mobiliar: ein Eichentisch für 24 Personen, umgeben von schweren Stühlen mit überdimensionalen Rückenlehnen. Der Kellner brachte die Getränke, verneigte sich devot. Rückwärtsgehend verließ er den Raum.

Wie lange ließ mich Terry noch im Auto sitzen? Ich wurde ungeduldig. Der Wartezeit nach zu urteilen, hatten sie sich versöhnt. Der Gedanke beruhigte mich. Ich wagte, einen Blick in die Bar zu tun. Umsonst! Wo mochten sie stecken? Ich fragte den Portier.

»Die Herrschaften sind im Konferenzzimmer.« Er wies mir den Weg.

Noch ehe ich die Tür erreicht hatte, hörte ich Terry keifen: »Das soll ich gesagt haben? Den Ausdruck kenne ich gar nicht, der muß aus deiner Jugendzeit stammen.«

Wie angewurzelt blieb ich vor der Tür stehen.

»Au! Du gemeine Kröte!« schrie der Boß. Das Gepolter umgestürzter Stühle drang an mein Ohr. »Au!!« Zerbrochenes Glas klirrte. Einen kleinen Spalt öffnete ich leise die Tür.

Boß hockte in Deckung hinter einer Stuhllehne. Terrys Haare hingen aufgelöst in Strähnen über ihrem Gesicht. Sprungbereit wie eine Tigerin lauerte sie auf einen günstigen Moment, ihr Opfer anzugreifen.

Sein Schnaufen beherrschte die drohende Stille.

Jetzt ... mit einem Schuh in der Hand flitzte sie los. Der Absatz verfehlte seinen Kopf. Boß war schneller. Eine wilde Jagd um den Tisch entspann sich. Mit einem Satz stand Terry auf dem Tisch und schleuderte das Tablett nach ihm. Er faßte sie an den Beinen, sie fiel. Beide kugelten sich wie zwei verbissene Foxterrier auf dem Boden.

»Was ist denn hier los?« schrie ich mit scharfer Stimme.

Boß kam als erster zum Vorschein. »Ach, Häschen, guck mal, was sie mit mir gemacht hat!« Die Kratzwunden in seinem Gesicht bluteten.

»Guck mal besser, was er mit mir gemacht hat! Mein Kleid ganz zerrissen! Und hier ... Mein Knie ist aufgeschlagen! Der Boß muß mir ein neues Kleid kaufen!«

»Natürlich, mein Engel. Ich kauf' dir auch ein neues Knie!«

Was sollte ich sagen? Verlegen sammelte ich Zitronenscheiben, Glassplitter und Eisstückchen auf.

Terry restaurierte sich. Boß hielt ein Taschentuch an seine blutende Wange. Dabei half er mir, die umgestürzten Stühle aufzustellen.

»So, Vera!« Terry strich sich die Haare aus dem Gesicht. »Ich hab' dich gerächt. Jetzt wollen wir uns an den Tisch setzen und über unsere Zukunft verhandeln.«

Alle Teilnehmer waren einverstanden.

Terry handelte für sich einen Sprachkursus in Spanien aus. Weitab vom Schuß, kann sie gemütlich von unserem Geld leben. Das hatte sie sich fein ausgedacht! Für mich versuchte sie, 50 000.— Mark Schmerzensgeld rauszuschinden, wegen der seelischen Grausamkeit.

Nach langem Hin und Her einigten wir uns auf 20 000.— DM. Die Konferenz war beendet.

13

In den nächsten zwei Jahren sah ich Terry selten. Ab und zu erreichte mich ein Gruß in ungelenker Handschrift, geschickt an eine Deckadresse. Sie schrieb alle Worte klein, das fand ich schick, zumal sie sowieso nicht wußte, was groß oder klein geschrieben wurde.

Es ging ihr gut. Ihr Bankkonto schwoll an. Mir zuliebe versprach sie, Gopsel nicht zu erpressen. Es wurde ihr leicht gemacht. Gopsel war Terry hörig und zahlte freiwillig jede Summe. Hinzu kam, wie sie schrieb, ein gutsituierter Spanier, der noch dazu hinreißend aussah.

Von Zeit zu Zeit traf sie Boß und leerte zusätzlich seine Taschen. Denn selbstredend kam er — genau wie Gopsel — für ihren Unterhalt in Spanien auf.

Was unterschied nur Terry von anderen Frauen? Scheinbar kam kein Mann hinter ihre Schliche. Selbst Boß, sonst nur aus Mißtrauen zusammengesetzt, glaubte an ihre Treue in Barcelona! Nicht nur das, die Lügen, die sie ihm auftischte, schrien zum Himmel. Seitdem sie sich in Spanien aufhielt, traf er Terry nicht oft. Ich wußte es genau, obwohl er nicht darüber sprach. Blieb seine Nerzjacke im Schrank, traf er sich mit ihr; sonst versäumte er nie, die Jacke in den Koffer zu packen.

Diesmal reiste er ohne, die Band spielte in Paris. »Ich habe Terry erlaubt, ihre Freundinnen wiederzusehen. Wir treffen uns dort. Anschließend bringe ich Terry ein paar Tage mit!«

Er kam ohne Terry. »Was sollte ich tun?« sagte Boß. »Sie bettelte, noch einen Tag länger bleiben zu dürfen. Morgen kommt sie nach.«

Vergebens stand er mit Robert, dem Chauffeur, am Flughafen.

Abends klingelte das Telefon. »Vera, bist du's? Gott sei Dank!« Ich hörte sie kichern. »Der Hund von Betty ist gestorben.«

Boß riß mir den Hörer aus der Hand. »Hallo!« Er hörte sich

Terrys Redeschwall ungeduldig an. Dann schrie er los: »Ein Glück, daß der Köter tot ist. Jetzt kannst du sofort abreisen.«

Am anderen Ende brüllte Terry: »Du pietätloser Kerl! Die arme Betty! Es ist dir doch klar, daß ich sie trösten muß. Ich bleibe noch eine Woche. Der Hund muß erst beerdigt werden.«

»Komm sofort! Sonst ist es aus zwischen uns. Ich warne dich!«

Es war nicht aus. Terry kam quietschvergnügt nach zehn Tagen und drückte Boß die Hotelrechnung in die Hand. »Die Band mußte mich auslösen. Schicke ihnen sofort das Geld!«

»Nur, wenn du brav bist«, räumte Boß ein.

»Stell dich nicht so an, du Geizkragen! Was tust du schon für mich? Ich opfere dir meine Jugend. Meine verlorenen Jahre kannst du mit der lumpigen Rechnung sowieso nicht bezahlen.«

Boß zahlte.

Ein andermal trafen sie sich in Rom. Wieder erschien Terry nicht wie versprochen.

»Na, die ist gestraft«, frohlockte Boß. »Sie sitzt ohne einen Pfennig in Rom. Bin neugierig, wann sie gekrochen kommt.«

Niemand kam gekrochen. Niemand rief an.

Nach acht Tagen gab Boß seiner Nervosität nach und rief sie an.

»Sei nicht böse, lieber Boß«, flötete Terry, »hast recht, mit mir zu schimpfen. Aber denk dir, Nina ist befreundet mit einem hohen Diplomaten, und der hat mir morgen eine Privataudienz beim Papst verschafft. Bitte schick mir Geld! Hab' den Buckel voller Schulden. Gleich nach der Audienz, schon übermorgen, fliege ich mit der ersten Maschine hier ab!«

»Na ja«, sagte Boß zu mir, »es hat sich aufgeklärt. Wollen wir Nachsicht üben und ihr das Erlebnis gönnen. Es muß ja ergreifend sein!«

Diesmal erschien Terry pünktlich mit einem Koffer voller Puzzikleider. Sie grinste und zwinkerte mir zu. »Nina kennt wirklich einen Diplomaten. Die Klamotten haben wir durch ihn im Vatikan für den halben Preis bekommen!«

Boß wollte Näheres über ihren Besuch beim Papst wissen.

»Hör auf, mir kommen die Tränen, und ich bin gerade so lustig. Es war einmalig! Mehr will ich jetzt nicht sagen.«

Zum Glück konnte ich Profy alles erzählen. Wir schüttelten uns oft vor Lachen. Mein Verhältnis zu Profy konnte nichts trüben. Wir liebten uns. Krach kannten wir nicht.

Ellen lebte jetzt die meiste Zeit an der Côte d'Azur. In der Nähe von Cannes erwarb sie ein Haus. Ellen schwelgte in dem Glauben, unsere Ehe gekittet zu haben. Wie richtig! Das Hochhaus trotzte allen Stürmen.

Profy gab einen Millionenauftrag. Natürlich herrschte eitel Freude und Sonnenschein. Ich kassierte drei Prozent.

Freude macht mich übermütig, den Boß schläfrig. Wieder schlief er vor dem Fernsehapparat ein. Er brachte mit seinem Gesäge fast einen Urwald zu Fall, bestritt aber jedesmal heftig, geschlafen zu haben, und deshalb machte er sich schuldig an meinem Zerwürfnis mit Profy.

Herrlich, wie fotogen er dasaß und hinter geschlossenen Augen einen Western verfolgte. Es krachte, knatterte und blitzte auf dem Bildschirm.

Warte, mein Bürschchen, dir werde ich's beweisen, wie gut du schläfst! Es gelang mir, ihm ungestört Profys Toupet aufzukleben. Er grinste im Traum mit Wohlbehagen. Ich krümmte mich vor Lachen. Die Polaroid-Kamera in meiner Hand vibrierte. Mit Blitzlicht schoß ich die Beweisaufnahme. Das Geräusch paßte sich gut der Filmhandlung an.

Nach einer Minute zog ich das Bild aus dem Schnellentwickler. Ich hüpfte vor Vergnügen! Das Foto war gelungen. Um dem Spaß noch einen Höhepunkt zu verleihen, eilte ich in mein Zimmer und suchte nach einer Schleife, die ich aufs Toupet stecken wollte. Schön groß und bunt müßte sie für eine Farbaufnahme sein.

Vergnügt eilte ich zurück ins Fernsehzimmer. Boß war verschwunden. Ich nahm es nicht tragisch, lief durch sämtliche Räume und rief: »Bossi, willst du mal was sehen? Bossi! Boß!«

Auf dem Weg zur Küche wurde mir mulmig. »Frieda, wo ist mein Mann?«

»Eben rief Herr Profy an. Ich hörte was von einer Sitzung. Herr Boese sagte, er käme sofort. Sicher ist er in die Stadt gefahren. Er war in großer Eile.«

Um Himmels willen! Ich stürzte ins Zimmer, suchte das Toupet — umsonst!

Zurück in die Küche: »Regine, Frieda, kommt mal alle schnell her. Habt Ihr meinen Mann gesehen, als er fortging?«

»Nein, aber Anton.«

»Anton«, schrie ich aus Leibeskräften, »Anton, wo stecken Sie?« Ich rannte der ›Hier‹ rufenden Stimme entgegen. Sie befand sich im Obergeschoß. Ich nahm immer gleich zwei Stufen auf einmal. Außer Atem, brachte ich stoßweise hervor: »Haben ... Sie ... meinen Mann ... fortgehen sehen?«

»Jawohl, gnädige Frau!«

»Ist Ihnen etwas Besonderes an ihm aufgefallen?«

Er grinste übers ganze Gesicht. »O doch, Herr Boese hatte plötzlich rote Haare.«

Das war's, was ich vermutete. Ich fiel fast in Ohnmacht. »Haben Sie ihm nichts gesagt?«

»Um Gottes willen, gnädige Frau — ich werde mich hüten!«

»Wo ist er denn hin?«

»Herr Boese unterrichtet mich nie, wohin er geht. Mir ist nur bekannt, daß er außerhalb zu Abend ißt. Frieda weiß da mehr. Sie hörte etwas von einer Sitzung.«

Ich flog die Treppen hinunter. »Frieda, Frieda, wohin ist mein Mann gegangen?«

»Das konnte ich nicht hören, als er mit Herrn Profy sprach. Er sagte wörtlich: Ich komme sofort zu der Sitzung.«

»Der Chauffeur ... vielleicht weiß seine Frau ...«

»Herr Boese fuhr selbst, Robert ist heute beurlaubt.«

»Auch das noch!« stöhnte ich. Dann jagte ich zum Telefon und wählte Profys Nummer. Vielleicht konnte man mir dort nähere Auskunft geben. Die Nummer war besetzt. Immer und immer wieder versuchte ich es, mit dem gleichen Ergebnis. Ich heulte vor Nervosität und Wut. Endlich: Profys Haushälterin meldete sich. Nach dem Gespräch war ich so schlau wie vorher.

Ich ergab mich noch nicht. Ich rief einige Hotels und schließlich den Industrieklub an.

»Jawohl, heute abend um sieben Uhr wurde eine Sitzung von Herrn Profktatschy anberaumt.«

»Hier ist Frau Boese. Können Sie mir bitte sagen, ob mein Mann schon eingetroffen ist?« Ich hoffte, ein Treffen mit Toupet verhindern zu können.

»Die Herren sind vollzählig versammelt.«

Vielleicht irrte er sich. Profy kam oft zu spät.

»Bitte, schießen Sie rauf...«

»Schießen, meine Dame? Sie verlangen Unmögliches von mir!«

»Nein, nein, so nicht. Ich meine, gehen Sie doch bitte ganz schnell rauf und flüstern Sie Herrn Boese zu — aber nur, wenn er rote Haare hat —, er trüge ein Toupet!«

Ach, du liebe Zeit, der Mann wollte und wollte nicht kapieren. Nun erläuterte ich ihm den Vorgang schon zum zehnten Mal! Endlich erklärte er sich bereit, meinen Auftrag auszuführen. Es war fünfzehn Minuten nach sieben Uhr. Falls er das Toupet wirklich trägt, resignierte ich, wäre es jetzt sowieso zu spät...

Die Sitzung war in vollem Gange. Profy hielt einen Vortrag, als der Bote — wie mir Boß später berichtete — auftauchte. Er sah sich suchend um, ging auf den einzigen mit roten Haaren zu und flüsterte: »Sind Sie Herr Boese?«

Boß, ungehalten, entgegnete barsch: »Ja, was ist denn?«

»Ihre Gattin rief eben an.«

»Kann jetzt nicht. Was will sie denn?«

»Sie tragen ein Toupet.«

Boß wollte kein Wort von Profys Ausführungen verpassen und hörte deshalb nur mit halben Ohren dem Geflüster meines Boten zu. »Was ist?« Dabei wehrte er den Störenfried mit einer Handbewegung ab.

»Sie tragen ein Toupet!«

»Ich verstehe immer Toupet! Was soll's damit?« fragte Boß gereizt.

Mein Bote wurde ungeduldig. Profy unterbrach seine Rede

und schaute auf Boß. Das Flüstern störte ihn offensichtlich. In die Stille fielen jetzt ziemlich laut die Worte meines Boten, der es nun endgültig satt hatte: »Sie tragen ein Toupet!«

»Sind Sie verrückt?« schrie Boß und griff sich automatisch an den Kopf. »Das ist ja unerhört!« Er zerrte und zog, aber es klebte fest. Die Herren starrten ihn entgeistert an.

Schon bei der Ankunft hatte er einiges Aufsehen erregt, man hatte sich jedoch bemüht, die kleine Eigenart zu übersehen. Aber jetzt diente Boß ungehemmt als Zielscheibe des Spotts.

Endlich! Mit einem kräftigen Ruck schaffte er es. Wutschnaubend betrachtete er die Bescherung, dann schleuderte er das Ding über seine Schulter. »Ich wußte nichts davon«, stammelte er verwirrt und rieb sich den höllisch brennenden Kopf.

Dröhnendes Gelächter erfüllte den Sitzungssaal.

Boß versuchte, sich Gehör zu verschaffen. »Meine Frau ... Hören Sie doch mal zu ... Meine Frau muß mir den Streich gespielt haben ...«

Niemand hörte zu. Der Sitzungssaal glich einem Narrenhaus.

Profys eiskalte Miene schien die boshaften Anspielungen abzulehnen.

Hilfesuchend, mit weinerlicher Stimme, wandte sich Boß an ihn: »Nun helfen Sie mir doch! Die machen mich ja hier zum Deppen! Das Ding war ursprünglich für Sie gedacht, stimmt's?«

Profys Gesicht erstarrte zur Maske.

»Ich hab' sogar meiner Frau die Reise nach Rom bezahlt ... zu Ihrem ...«

»Ruhe!« rief Profy hastig, mit schneidender Stimme. »Meine Herren, darf ich Sie bitten? Wir befinden uns hier nicht im Kabarett. Können wir jetzt zum eigentlichen Thema übergehen?«

Betretenes Schweigen. Der Fall schien erledigt.

Nicht für mich. Ein heilloses Donnerwetter brach noch in der gleichen Nacht über mich herein.

»Millionen hätte mich dieser Unfug kosten können!« Boß wischte sich den Schweiß von der Stirn. »Gottlob, die Verträge waren schon vor der Sitzung unterzeichnet. Wie ein Trottel saß ich da. Ich überlege, wie ich dich enterben kann!«

Mit Wucht flog die Tür ins Schloß.

Ich schluchzte in meinen Kissen. Wie dankbar bin ich dir, Ellen, für das Hochhaus! Solche Drohungen konnten mich nicht erschüttern. Aber mein seelischer Kummer ... Ich wußte, Profy würde mir meine Indiskretion nie verzeihen. Schrecklich, schrecklich! Warum mußte Boß auch noch erwähnen, daß er die Reise bezahlte ... Was sollte Profy bloß von mir denken, zweimal hatte ich kassiert ...

Ich traute mich nach diesem Vorfall nicht mehr anzurufen. Tagelang brütete ich am Telefon — umsonst, Profy schwieg. Auch mein Brief blieb unbeantwortet. Dagegen schienen seine Sympathien für Boß gewachsen. Ob er ihm leid tat? Des öfteren gingen sie gemeinsam aus.

»Hat er mich nicht grüßen lassen?« fragte ich F. O. mit bebender Stimme.

»Nein.«

»Hast du Profy erklärt, wie alles zusammenhing, und daß ich ihn keinesfalls kränken wollte?«

»Ja, ja, er will nichts mehr davon wissen.«

Ich heulte Tag und Nacht. Wie konnte Profy so nachtragend sein? Es sah ja fast aus, als hätte er nur auf einen günstigen Moment gewartet, mich loszuwerden. Es blieb F. O. nicht verborgen, wie sehr ich litt. Sein Gewissen plagte ihn anscheinend, denn er war sehr nett zu mir. Ich konnte ihn auch von einer gewissen Schuld nicht freisprechen.

Nun, immerhin hatte Profy zu unserer großen Gartenparty zugesagt. Ein kleiner Hoffnungsschimmer!

Am 15. Juni 1967 standen zwei schachmatte Kampfhähne, Franz Otto und Frau Vera, empfangsbereit, um den dreihundert geladenen Gästen die Hände zu schütteln.

In der deutschen Wirtschaft kriselte es. Auch F. O. mußte Einbußen hinnehmen. Nun erst recht hieß es zu beweisen: Es geht uns gut!

Aus diesem Anlaß zeigte sich unser Garten im neuen Gewand. Ein riesengroßes, rotweiß gestreiftes Zelt grenzte auf der einen Seite direkt an unser Haus, auf der anderen verlief es, weit über den Garten gespannt, hinter dem Swimming-pool. Unsere Werksarbeiter waren tagelang damit beschäftigt, den Pool in eine Parketttanzfläche zu verwandeln. Tausende von Nelken, rote und weiße, hingen in Körben als Ampeln von der Decke, schmückten die Wände und rahmten den Swimmingpool ein.

Der grasgrüne Teppich auf dem Rasen schützte die Seidenpumps der Damen. Das Mobiliar: rote Stühle um weißgedeckte Tische. Als Tischdekoration wählte ich rote Nelken und rote Kerzen. Auf beiden Terrassen standen neben lauschigen Eckchen je eine Bar. In einem besonderen Zelt auf der anderen Seite des Gartens sollte nach Mitternacht ein ganzer Hammel gebraten werden.

In den Bäumen hingen bunte Birnen. Versteckte Scheinwerfer strahlten aus den Büschen. Die Wege säumten flackernde Kerzen in bunten Gläsern. Es sah entzückend aus!

Eine ausgezeichnete Kapelle sorgte für Stimmung. Die kulinarischen Genüsse wurden auch den verwöhntesten Gaumen gerecht.

Herr und Frau Boese zeigten sich den Gästen als glückliches Ehepaar — niemand ahnte, wieviel Kräche diesem Fest vorausgegangen waren. Zugegeben: Boß, ein ausgezeichneter Organisator, hatte alles meisterhaft durchgeführt, seine Ideen wurden mit viel Aufwand und diesmal ohne Pfennigfuchserei in die Tat umgesetzt.

Mein Vorschlag — ich bestand auf Kerzenlicht — erregte jedoch seinen Unwillen. »Du bist wohl wahnsinnig, das kostet ein Vermögen! Es gibt keine Kerzen. Finde ich völlig überflüssig.«

»Ich finde den Hammel überflüssig und den Champagner — Sekt tut's auch. Aber die Kerzen sind für das Wohlbehagen der Damen wichtig. Sie machen sie schön und erzeugen eine feierliche, warme Atmosphäre.«

Der Streit um die Kerzen nahm kritische Formen an. Ich

drohte, dem Fest fernzubleiben und, zum hundertstenmal, die Scheidung einzureichen. Natürlich leere Drohungen, aber es bestätigte mir wieder einmal: Boß wollte sich keinesfalls von mir trennen.

Die Kerzen brannten überall verschwenderisch.

Die Tischordnung, ein zweiter wunder Punkt, ließ mich wieder mit Scheidung drohen.

Boß brüllte: »Dieses alte Schrapnell bekommt nicht Dr. Welsch!«

»Edith, das alte Schrapnell, ist zweiunddreißig Jahre alt und meine beste Freundin, und sie bekommt ihn!«

Boß erfand für alle Gäste, die ich geladen hatte, boshafte Namen; seine Gäste dagegen waren unantastbar.

»Was? Die Siegessäule willst du neben den Gartenzwerg setzen?« höhnte Boß. Man mußte nicht rätseln, beide waren von mir eingeladen.

»Na, und Sophia Loren ist sehr glücklich mit ihrem Gartenzwerg. Edith sucht einen Mann. Sie kommt extra von Wien nach Hösel. Welsch, ein reicher Junggeselle, wäre richtig für Edith.«

»Hahaha, dieser Glatzkopf!«

»Lieber einen kleinen Mann mit Glatze, der einen auf Händen trägt, als einen großen fetten, der einen nur betrügt und einem das Leben zur Qual macht!«

Edith bekam den etwas zu klein geratenen Dr. Welsch. Ich meinte es ja nur gut, denn Dr. Welsch, eine bekannte Persönlichkeit, wäre durchaus in der Lage gewesen, Edith das begehrte sorgenfreie Leben zu bieten.

Am nächsten Tag allerdings schrie ich vor Lachen. Ich fragte Edith: »Wie hast du dich unterhalten, warst du mit Dr. Welsch zufrieden?«

Edith schnitt eine Grimasse. »Komisch war's schon! Plötzlich hör ich a Stimmchen: ›Gnä' Frau, darf ich Sie zu Tisch führn?‹ Ich sah mich um, und konnte niemanden entdecken. Und wieder dies Stimmchen: ›Verzeihung, gnä Frau, darf ich . . .‹ Ich suchte, blickte unter mich und sah tatsächlich a Mann!«

Meine Mutter, die selbstverständlich auch an unserem Fest teilgenommen hatte, fragte: »Wie sah er denn aus?«

Edith starrte an die Decke. »Gott, wie soll ich ihn beschreiben ... links hat er a paar Haar, rechts hat er a paar Haar, und in der Mitten hat er a Glatzen, die war so blank poliert, daß selbst a Laus sich hätt's Genick gebrochen ...«

Wir lachten schallend.

Edith fuhr fort: »Und dann hat er mir von seiner komfortablen Jagdhüttn gesprochen, aber da wär's sehr zugig. ›Sie wer'n Rheumatismus kriegn‹, hab' ich gsagt. ›Nein‹, sagt er drauf, ›ich wohn' selbstverständlich im Hotel.‹ ›Na‹, hab' ich gsagt, ›da bin ich Ihnen richtig dankbar, daß Sie mir das erzähln. Ich hatt' mir bereits Sorgen gmacht.‹«

Edith erzählte zu drollig, nein, sie war wirklich süß. »Bei all seinem Reichtum, liebe Vera, dös is ka Mann für mich!«

Boß setzte sich neben Edith, küßte ihr die Hand. »Verzeihung, Edith, es war nicht meine Idee; Vera hat dir den Gartenzwerg zugeteilt.«

»Du brauchst mich nicht zu bedauern, ich hab' mich gleich nach dem Essen aus dem Staub gemacht — da war ja ein ganz doll aussehender Mann, der hatte es mir angetan. Der liebe Gott segnete ihn zwar auch nicht mit einem dicken Haarschopf ... Wie soll ich mich ausdrücken? Geheimratsecken hat er ghabt.«

»Wie hieß er denn?« fragte ich, mit kekstrockener Stimme.

»Da kannst mich totschlagn, den Namen konnt' ich bei Gott nicht behalten. Irgendwas mit Prr ...«

»Das ist unser Profktatschy«, unterbrach Boß, und seine Röntgenaugen durchbohrten mich.

»Stimmt, sein Nam ist ka Schönheit — aber der Mann, na, so was, ein Herr vom Scheitel bis zur Sohle. Typischer Frauenliebling! Der hat a paar Augen — also, wenn ich euch nicht auf den Wecker fall', blieb ich gern noch a paar Tag'! Sonst müßt' ich in ein Hotel. Wir haben uns nämlich für morgen abend verabredet.«

Edith war ein Biest!

»Natürlich bleibst du, so lange du willst!« bestimmte Boß. »Wenn du dir Profy schnappen kannst, hast du's große Los gezogen. Tolle Familie, er steht in ›Who's Who‹. Ist seit zwei Jahren geschieden.«

Edith klatschte in die Hände. »Na, dann auf in den Kampf!«

Ich wurde ganz still und überlegte, ob ich diesen Schuft anrufen sollte. Mir kamen fast die Tränen. Als die Kapelle gestern abend auf meinen Wunsch zur Damenwahl aufrief, ging ich doch tatsächlich zu Profy. Ich war schon ziemlich beschwipst, sonst hätte ich es nicht getan. Er hielt mich im Arm, als hätte ich eine ansteckende Krankheit. Dieser Tanz verlief fast ohne Worte.

Endlich sagte er: »Vera, mein Kompliment, der Neid muß es dir lassen, du siehst fabelhaft aus!«

Ich strahlte glücklich. Gerade wollte ich mir alles von der Leber reden, da tanzte doch neben uns so ein Heini mit Edith im Arm und machte mir Komplimente:

»Gnädige Frau, dieses Fest ist besonders gelungen durch dieses herrliche Kerzenlicht. Diese warme, anheimelnde Atmosphäre ist nur mit Kerzenlicht zu erreichen. Selbst im Krieg —«, es darf doch nicht wahr sein, fängt der mit Kriegserlebnissen an, »die Bomben flogen —«, ist gut, mein Junge, schaukele in eine andere Ecke und laß mich in Ruhe, »die Elektrizität fiel aus. Wir saßen in unseren Erdhöhlen bei Kerzenlicht, und gerade das war irgendwie so feierlich!« Dein Gequatsche ist nicht mehr feierlich, es ruiniert meinen feierlichsten Moment! »Selbst den Kriegsschauplatz ließ es uns für einige Momente vergessen. Können Sie nun meine Gefühle verstehen?« Ich habe das Gefühl, du bist lästig, verschwinde!

In dem Moment endete der Tanz. Alles klatschte. Ich verfluchte meine Idee mit dem Kerzenlicht.

»Wenn es Ihnen recht ist, Herr Profy, tauschen wir mal unsere Partnerinnen.«

Schon lag Edith in Profys Armen.

Es ist mir nicht recht, schrie ich innerlich, und tanzte tapfer weiter. Mein Partner hatte einen zehn Zentner schweren Mehlsack zu befördern! — Ach, wie ich diese Pflichttänze hasse! Meine Füße brannten wie Feuer.

Aber das war nichts gegen das Brennen in meinem Herzen, als ich Edith über ihr erstes Rendezvous mit Profy aushorchte. Das war die Hölle!

Zunächst beschrieb mir Edith, der ahnungslose Engel, genau sein Haus — sie kannte selbst sein Schlafzimmer!

»Wurde er zärtlich?« forschte ich neugierig, mit gebrochener Stimme.

»Natürlich haben wir ein Gschpusi gehabt. Er ist sehr lieb und feinfühlig.«

»Warst du im Bett mit ihm?«

»Na, Vera, du willst es aber genau wissen. Was verstehst du denn sonst unter Gschpusi?«

»Schon gut.« Es genügte mir. Ich rannte auf die Toilette. Mir drehte sich der Magen um.

Edith verließ uns noch vor dem Mittagessen mit Sack und Pack. Sie zog zu Profy.

Es war der gleiche Tag, an dem uns Terrys Hochzeitsanzeige ins Haus flatterte.

Wir waren beide nicht unvorbereitet, trotzdem traf es Boß hart. Er litt sichtlich, und sah mit einem Mal sehr müde aus. Mit kraftloser Stimme wählte er die für ihn ungewöhnlichen Worte: »Terry war ein gutes, liebes Geschöpf. Ich freue mich für sie, daß Gott ihr einen so hochanständigen jungen Mann zuführte. Er ist Dollarmillionär«, sagte Boß, nicht ohne Stolz.

»Hmm.« Es stimmte sogar.

»Im Alter passen sie zusammen. Er ist zweiunddreißig. Ich bin dagegen ein alter Mann.«

Ich schwieg.

»Er soll sehr vornehm aussehen.«

»Sooo?« Es ließ sich nicht leugnen, ich kannte ihn.

Boß seufzte. »Alle Achtung, kleine Terry!« Er sprach mit bewegter Stimme, als hielte er eine Grabesrede. »Du hast es schwer in deiner Jugend gehabt, aber mit deinem anständigen Charakter hast du dich vorbildlich durch alle Klippen und Versuchungen des Lebens gekämpft. Ich gönne dir von Herzen diesen ...«, seine Stimme zitterte, »guten Mann. Er möge dich auf eurem gemeinsamen Lebensweg glücklich machen!«

Amen, dachte ich im stillen.

»Allerhand«, sagte Boß, »wenn man bedenkt, unser Zigeunerkind und der Vizepräsident eines großen Konzerns!«

Ich kicherte in mich hinein.

Zum Glück wurde die Suppe aufgetragen. Vizepräsident — das war zuviel für mich! Obwohl es stimmte, er war tatsächlich Vizepräsident, aber von der Chicagoer Unterwelt. Sein Konzern: ein Gangster-Syndikat!

Aber Terry liebte ihn abgöttisch. Warum sollte ich F. O.'s Andenken an sie trüben? Nein! Ich fieberte bereits, sie demnächst besuchen zu dürfen.

Wir aßen still unsere Suppe. F. O.'s Gedanken weilten schmerzhaft in Chicago, die Suppe schlürfte er trotzdem! Mich störte es nicht mehr.

Tiefsinnig versunken, grübelte ich. Vor mir tauchte eine Vision auf: Edith in Profys Armen. Eine Träne würzte meine Suppe.

Boß, ausgerechnet, sah sie tropfen. »Häschen«, brachte er keuchend hervor, »mein Häschen!« Auch ihm standen Tränen in den Augen.

Spontan standen wir auf, und fielen uns mitfühlend in die Arme. Zu unserer seelischen Auffrischung reisten wir allein nach Ascona — in unser Haus. Wir bestätigten uns gegenseitig, in all den zehn Jahren noch nie so glücklich gewesen zu sein. Unser Aufenthalt glich einem Honigmond.

»Weißt du, Häschen, wir sind doch eigentlich zu beneiden. Wenn ich bedenke, es hat doch nie Krach zwischen uns gegeben!« Typisch Boß! Die schlechten Zeiten strich er einfach aus seinem Gedächtnis.

Was mich anbetraf, so hielt ich täglich Einkehr. Komm zur Vernunft, Vera, mit 46 Jahren zählst du als Frau heutzutage zum alten Eisen. Wie beruhigend ist es, einen starken Mann wie den Boß neben sich zu haben! Dir kann nichts mehr passieren. Du hast ausgesorgt! Selbst wenn Boß geschäftlich Schiffbruch erleiden sollte, könnten wir beide von dem Hochhaus leben.

Ja, beide. Ich liebte F. O. mit allen seinen Fehlern und würde mich nie von ihm trennen. Gründlich bereitete ich mich im Tessin auf einen ruhigen, gemütlichen Lebensabend vor.

Auf der Rückreise von Ascona — wir saßen im Auto — bestärkte mich F. O. aufs neue in meiner Zuversicht auf ein geruhsames Leben an seiner Seite.

»Was bin ich glücklich, Terry, diese kleine Hexe, losgeworden zu sein! Gott, war ich ein Idiot, die hat mich ja ein Vermögen gekostet! Was ich jetzt spare, dafür kann ich mit dir eine Weltreise machen. Ganz gemütlich, auf einem Schiff. Das war doch schon lange dein Wunschtraum, oder?«

Ich schwelgte bereits in Vorfreude. »Ja, laß uns einen Luxusdampfer suchen, auf dem man den Passagieren viel Abwechslung bietet, sonst hätte ich Angst, du steigst unterwegs vor Langeweile aus.«

F. O. lachte. »Keine Angst, Häschen; aber zu deiner Beruhigung: wir nehmen ein Schiff, das nirgends anlegt.«

Wir lachten beide. »Ja, einen Bananendampfer!«

Wieder beschäftigten sich seine Gedanken mit Terry.

Komisch, die ganzen drei Wochen in Ascona schien ihr Name für uns tabu. Jetzt begann er schon wieder: »Mein Gott, bin ich froh, dieses Ungetüm von Terry auf so anständige Art losgeworden zu sein! Die hätte mich bis ans Lebensende ausgesaugt! Durch ihre Heirat bin ich aller Verpflichtungen enthoben. Das hat sie fein gemacht. Heute bin ich völlig darüber weg. Selbst wenn sie zurückkäme, auf den Knien gekrochen — eiskalt würde ich über sie hinwegschreiten. So klar war ich noch nie bei Verstand!«

Welche Illusion! Ich beobachtete F. O., wie er seine Post durchwühlte, sein Augenmerk nur auf die Absender gerichtet. Auch ein Telegramm befand sich darunter. Hastig riß er es auf, seine Stirn kräuselte sich, ein Zeichen schwerwiegender Probleme.

Plötzlich schoß er aus seinem Stuhl, raste zur Tür, in sein Arbeitszimmer, die rote Lampe leuchtete auf.

Ich schlich hinterher, stieß mit Frieda an der Tür zusammen, winkte sie weg. Ich hörte F. O. mit verhaltener Stimme (wie ungewöhnlich!) mit dem Reisebüro sprechen:

»Lassen Sie mir für morgen einen Platz in der Abendmaschine nach Chicago reservieren. Ich erwarte Ihren Bescheid!«

»Du fliegst nach Chicago?« fragte ich.

»Wieso? Wie kommst du darauf?«

»Ich hörte es zufällig, als ich an deinem Arbeitszimmer vorbeiging.« Ich bemühte mich, möglichst ruhig und gleichgültig zu wirken.

»Du hast mich belauscht!« blaffte er mich empört an. »Das lasse ich mir nicht gefallen! Zur Strafe kannst du dir die Schiffsreise an den Hut stecken.«

»Das hast du dir ja schön ausgedacht! Bravo!« Ich verließ kerzengerade das Zimmer.

F. O. rannte hinter mir her. »Wenn du dich so benimmst, werde ich mich wieder mit Terry zusammentun!«

Prost Mahlzeit! Geschieht ihm recht! Im Geist sah ich schon Terry mit ihrem Gangster den Boß ausplündern, vielleicht hauen sie ihm einen Ätherpuschel auf die Nase.

»Hahaha«, lachte ich schallend, »Terry würde mich schon rächen!«

»Lach nicht so frech! Du kannst dir einen anderen Liebhaber suchen. Ich hab' die Nase voll, dir als Notnagel zu dienen.«

Ich krümmte mich jetzt vor Lachen. Ein neues Bild war nämlich vor mir aufgetaucht. Ich sah den rechtschaffenen Bürger Boese, der nie den Zoll oder das Finanzamt um einen Pfennig prellte, jetzt mit vor Stolz geblähter Brust, denn er wähnte sich ja in bester Gesellschaft, umringt von Gangstern in vornehmsten Lokalen sitzen. Nie würde Terry das Visier lüften, nie würde sie Boß über die wahre Person ihres Mannes aufklären, das wußte ich genau!

Ich schrie vor Lachen, wie hysterisch wälzte ich mich auf der Couch.

Boß wußte nichts mit mir anzufangen, auf alle seine Gemeinheiten antwortete ich nur mit Gelächter. Verwirrt knallte er die Tür hinter sich zu.

Am Abend schien Boß wie umgewandelt. »Mein Häschen, der böse Boß bittet um Vergebung! Ich war nicht nett zu dir! Natürlich machen wir die Schiffsreise, ich muß nur schnell nach Chicago fliegen.« Er rutschte verlegen auf seinem Sitz hin und her. »Terry, na ja, du kannst es ruhig wissen, hat mir ein Telegramm geschickt: ›Bitte komm sofort, muß dringend persönlich mit dir sprechen.‹ Ich fliege nur hin, und komme sofort zurück.«

Ich schaute ihn voller Skepsis an.

»Muß ich ja schon, wegen Caroline.«

»Caroline?«

»Ach ja, das habe ich ganz vergessen, dir zu erzählen. Meine Tochter Caroline trifft Ende der Woche hier ein, wird ungefähr ein Jahr bei uns wohnen. Ich bin mit ihrer Mutter übereingekommen: Caroline muß endlich richtig Deutsch lernen. Außerdem hat sie sich in New York in einen Kerl verrannt, der nicht in unsere Familie paßt. Also ab mit ihr nach Deutschland! In solchen Fällen helfen nur radikale Maßnahmen, und die haben wir getroffen!«

Er sagte es in einem Ton, der jedes Aufmucken meinerseits von vornherein erstickte.

Was wird mir noch alles bevorstehen? In jedem Fall kein ruhiger Lebensabend neben dem Boß.

HEITERER ROMAN

In der Taschenbuchreihe HEITERER ROMAN erscheint als nächster Band unter der Bestellnummer
16 008:

Roda Roda

WILDE HERREN, WILDE LIEBE

Landsknechte und Türkenweiber, Abenteurer und adelige Herren, die Gewässer, Gebirge und Wälder des Balkans, das sind die Elemente, aus denen Roda-Roda in seiner unnachahmlich, kernig-heiteren Art diesen Roman gestaltet. Die heiße Sonne des Landstrichs zwischen der Drau und dem Papuk-Gebirge hat ihre eigenen Menschen geformt, mutige, wilde Menschen, die nach ihren eigenen Gesetzen leben.

Hier ist die Heimat der Panduren, die sich Maria Theresia im Siebenjährigen Krieg holte, eine wilde Horde, die Europa lange Zeit in Schrecken setzte. Hier führen die adeligen Familien der Trenck und der Sokolys ihr feudales Leben, hier wächst die kleine Gräfin Kiki auf, reift vom Kind zur stolzen Frau, sie, die einen Großwesir des Sultans zu ihren Vorfahren zählt.

Jede Seite des Romans zeigt uns eine bunte, von heißer Leidenschaft und echter Menschlichkeit erfüllten Welt, gesehen durch die Brille des großen Humoristen Roda-Roda.

BASTEI LÜBBE

**Bastei·Lübbe
Bestseller**

In der BESTSELLER-Taschenbuchreihe erscheint mit der Bestellnummer 11 084:

Christine Arnothy

HERBST IN DER NORMANDIE

Roman

John Farrel, Amerikaner, ist seit Kriegsende Aufseher auf einem Soldatenfriedhof der Normandie, um seinem toten Freund Fred Murray nahe zu sein. In seiner abgekapselten Welt befällt ihn die Angst, wahnsinnig zu werden. Er vertraut sich dem Landarzt Laffont an, fühlt sich von ihm nicht verstanden und geht fortan aus dem Weg.
Laffonts Freundin Elisabeth empfindet tiefe Zuneigung zu dem scheuen Amerikaner. Als auch er Zutrauen zu ihr faßt, taucht plötzlich Ann Brandt, Freds einstige Geliebte, auf und zerstört in ihm das Bild des Freundes. Farrel erleidet einen lebensgefährlichen Schock.
Laffont und Elisabeth kämpfen um das Leben des Todkranken, obwohl nur eine winzige Chance der Rettung besteht ...
Dieser Roman ist die Geschichte einer unzerstörbaren Liebe und eines unversöhnlichen Hasses, geboren aus enttäuschter Liebe. Er ist aber noch mehr: ein Versuch, den Menschen aus seiner Einsamkeit zu befreien und die Mauern niederzureißen, die Menschen und Völker voneinander trennen.

In Vorbereitung:

Nr. 11 085 Daphne Du Maurier »*Mary Anne*«.
Nr. 11 086 Charles Durbin »*Der Patriot*«.

BASTEI LÜBBE

Ein Buch – mitreißend wie der Sturm

Catherine Cookson
Stunde des Sturms
Roman

352 Seiten

Gustav Lübbe Verlag GmbH.
5070 Bergisch Gladbach

Vor dem Hintergrund der rauhen und einsamen Gebirgslandschaft Northumberlands entwickelt sich eine Tragödie leidenschaftlicher Verstrikkungen, deren Verlauf von den Sünden der Väter bestimmt ist. Die Mallens, seit Generationen durch ihre Ausschweifungen berüchtigt, sehen sich einem Schicksal ausgesetzt, das in den Abgrund führen muß ...
Catherine Cookson, die englische Erfolgsautorin, schuf eine Familiensaga von großer erzählerischer Kraft, die in Großbritannien alle Bestsellerlisten anführt.

Eine junge Frau im Strudel des Schicksals

Marie Louise Fischer
Das Schicksal der Lilian H.
Roman

288 Seiten

Gustav Lübbe Verlag GmbH.
5070 Bergisch Gladbach

Schlank, blond und begehrenswert schön ist die Sekretärin Lilian H., der ein intimes Verhältnis mit ihrem Chef nachgesagt wird. Als man seine Frau ermordet auffindet, fällt der Verdacht sofort auf Lilian, denn für sie gibt es ein Tatmotiv.
Ist Lilian H. eine eiskalte berechnende Mörderin oder das Opfer eines Justizirrtums? Meisterhaft schildert Marie Louise Fischer in ihrem gesellschaftskritischen Roman die Menschen mit ihren Wünschen, Schwächen und Begierden, aber auch ihrem Mut und ihren Idealen.